Opération U-Boot

Casterman
Cantersteen 47
1000 Bruxelles

www.casterman.com

Publié en Grande-Bretagne par Hodder Children's Books, sous le titre : *Grey Wolves*

Traduit de l'anglais par Antoine Pinchot.

ISBN : 978-2-203-08059-1
N° d'édition : L.10EJDN001281.C003

Achevé d'imprimer en mars 2017, en Espagne.
Dépôt légal : septembre 2014 ; D.2014/0053/273
Déposé au ministère de la Justice, Paris (loi n°49.956 du 16 juillet 1949
sur les publications destinées à la jeunesse).

Robert Muchamore

OPÉRATION U-BOOT

Traduit de l'anglais
par Antoine Pinchot

HENDERSON'S BOYS. 04

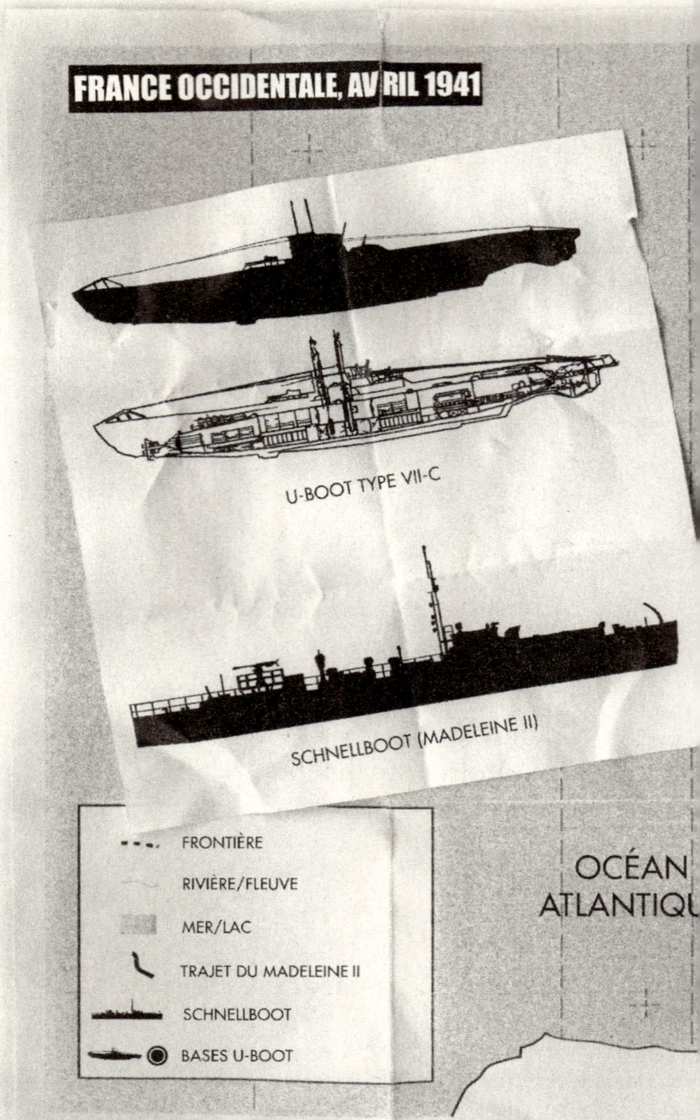
FRANCE OCCIDENTALE, AVRIL 1941
U-BOOT TYPE VII-C
SCHNELLBOOT (MADELEINE II)
FRONTIÈRE
RIVIÈRE/FLEUVE
MER/LAC
TRAJET DU MADELEINE II
SCHNELLBOOT
BASES U-BOOT
OCÉAN
ATLANTIQU

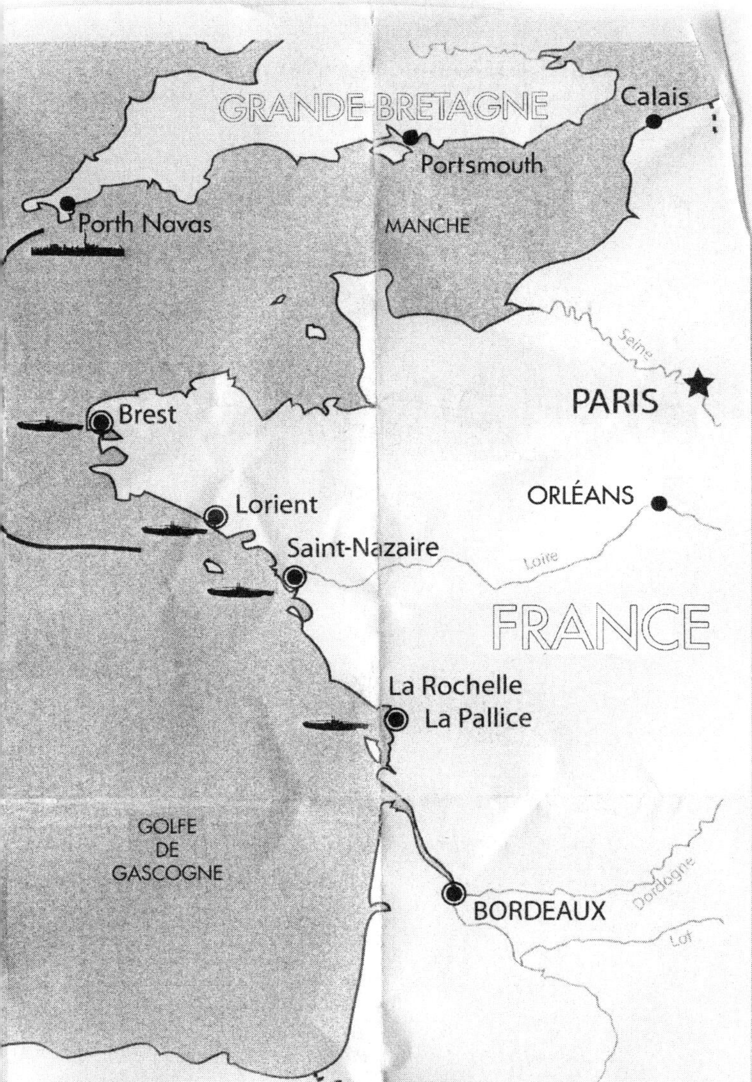
GRANDE-BRETAGNE
Calais
Portsmouth
Porth Navas
MANCHE
Seine
PARIS
Brest
ORLÉANS
Lorient
Saint-Nazaire
Loire
FRANCE
La Rochelle
La Pallice
GOLFE
DE
GASCOGNE
BORDEAUX
Dordogne
Lot
ESPAGNE

PREMIÈRE PARTIE

« La seule chose qui m'effraya réellement au cours de la guerre, ce fut la menace sous-marine. »

WINSTON CHURCHILL,
Premier Ministre britannique de 1940 à 1945

À l'été 1940, l'armée allemande fond sur l'Europe de l'Ouest, conquérant la France, les Pays-Bas, la Belgique et le Luxembourg en à peine deux mois. Hitler concentre ses efforts sur la Grande-Bretagne, mais la Royal Air Force démontre sa supériorité lors de la bataille d'Angleterre et le contraint à renoncer à tout projet d'invasion.

Il applique alors la stratégie de l'asphyxie : les villes anglaises et leurs fragiles lignes de ravitaillement sont systématiquement bombardées. Désormais privé d'allié sur le sol européen, le sort du Royaume-Uni repose sur le pétrole, les armes et les denrées alimentaires importées par bateau des États-Unis et du Canada. Mais ces bâtiments, lents et délicats à manœuvrer, constituent des cibles faciles pour les sous-marins allemands, plus connus sous la dénomination U-Boot.

En avril 1941, plus de neuf cents tankers et cargos ont été envoyés par le fond. Les chantiers navals britanniques se révèlent incapables de pallier cette hécatombe.

Si l'action meurtrière des U-Boot n'est pas mise à mal, le peuple du Royaume-Uni sera condamné à mourir de faim.

CHAPITRE PREMIER

DIMANCHE 20 AVRIL 1941

Au cours de sa préparation, Marc Kilgour avait sauté d'un avion, sillonné la campagne aux commandes d'une vieille moto de marque Triumph, abattu des mannequins garnis de paille à l'aide d'un fusil à lunette, étudié les procédures de pose des mines limpets sur la coque d'un bateau, appris à subsister en pleine nature en ne se nourrissant que de baies sauvages et de chair d'écureuil, farci des rats crevés de dynamite, nagé dans des lacs gelés et effectué tant d'exercices de musculation que son corps avait atteint les limites de ce que l'on pouvait attendre d'un adolescent de quatorze ans.

Mais il n'était plus à l'entraînement, et tous ces efforts seraient réduits à néant s'il perdait les pédales. Accroupi dans le canoë à deux places devant le capitaine Charles Henderson, trempé jusqu'au nombril, une rame posée sur les cuisses, il sentait la peur lui nouer les tripes.

Il était vingt-trois heures cinquante. La nuit sans lune offrait les conditions d'un débarquement clandestin. La mer était calme et le froid cinglant. Tout n'était que ténèbres autour de l'embarcation. Ses passagers ignoraient s'ils se trouvaient à cent mètres ou à un kilomètre du rivage.

Ils s'étaient longuement préparés à être parachutés en France occupée, mais la Royal Air Force avait refusé de mettre l'un de ses précieux bombardiers à la disposition de l'unité d'infiltration. Nullement découragé, Henderson avait supplié l'un de ses supérieurs de la Royal Navy de le débarquer à bord d'un torpilleur rapide. Sans plus de succès.

En désespoir de cause, ils avaient effectué les deux jours de traversée depuis Porth Navas, au pays de Galles, à bord du *Madeleine*, un antique bateau à vapeur français conçu pour la navigation fluviale. Leur canoë, une embarcation de loisir, avait passé plusieurs années suspendue au plafond d'un bazar de Cambridge avant qu'Henderson ne raccommode sa coque en tissu à l'aide de colle de poisson et de pièces découpées dans une bâche à charbon.

Leur équipement n'était pas en meilleur état. La vieille radio fonctionnait par intermittence. Deux fois plus pesante que les modèles les plus récents, elle alourdissait dangereusement le canoë et mettait en danger le reste du matériel. Henderson avait protesté auprès de sa hiérarchie, mais la Grande-Bretagne se battait seule contre l'empire nazi. Comme de nombreuses unités, CHERUB souffrait de la pénurie générale.

— Tes nerfs tiennent le coup, fiston ? demanda-t-il en manipulant sa pagaie.

— À peu près, répondit Marc.

En vérité, seule la présence de son supérieur le dissuadait de céder à la panique. Certes, Henderson n'était pas un exemple : c'était un ivrogne, un coureur de jupons, un individu colérique qui se moquait ouvertement de la hiérarchie. Mais certains hommes, quels que soient leurs défauts, peuvent se transformer en génies, confrontés à un ballon de football ou à un problème mathématique. Henderson, lui, était un as de l'espionnage. Il était froid, méthodique, parlait parfaitement les cinq principales langues européennes, en maîtrisait de nombreux accents régionaux et n'avait pas son pareil pour concevoir des opérations aussi efficaces que sophistiquées.

— Est-ce que tu vois quelque chose ? demanda Henderson.

Marc plissa les yeux en vain.

— Si ça se trouve, la marée descendante nous entraîne vers le large. D'ailleurs, comment savoir si nous ramons dans la bonne direction ? On ne devrait pas consulter la boussole ?

Henderson étouffa un éclat de rire.

— À croire que tu n'as pas confiance en mes qualités de navigateur ! Écoute les mouettes. Leurs cris sont-ils plus ou moins forts à mesure que nous nous déplaçons ?

— Plus forts, répondit Marc, réalisant que les oiseaux marins se rassemblaient en colonies sur les côtes.

Il se sentait un peu idiot : certes, ils ramaient dans le noir absolu, mais Henderson savait ce qu'il faisait. Il s'orientait grâce à ses autres sens.

— On n'apprend pas aux vieux singes à faire la grimace, n'est-ce pas ? plaisanta Marc.

Une masse sombre apparut devant la proue. Marc positionna sa rame en avant afin d'amortir le choc de la coque contre les rochers qui affleuraient à la surface. Le canoë se bascula à bâbord au contact des récifs constellés de bernacles. Henderson se pencha à droite pour compenser ce déséquilibre, mais la coque embarqua une grande quantité d'eau de mer.

Marc jeta sa pagaie à ses pieds, s'empara d'une vieille boîte de peinture en fer-blanc et commença à écoper.

Henderson, à l'aide de sa rame, s'escrimait à écarter le canoë de l'écueil. Hélas, la proue y était fermement ancrée. Marc eut beau redoubler d'efforts, la coque continua à se remplir. Aucune vague n'ayant frappé l'embarcation depuis plusieurs minutes, ses deux occupants comprirent de quoi il retournait.

— Nous prenons l'eau, dit Marc en s'efforçant de maîtriser les tremblements de sa voix.

La poupe du canoë se souleva lorsque Henderson sauta sur le rocher le plus proche. Il espérait que cette manœuvre rétablirait l'assiette, mais le transfert de charge provoqua un afflux d'eau vers la proue. Emportée par les flots, la lourde valise contenant la radio frappa Marc au milieu du dos.

L'avant de l'embarcation plongea et une poutrelle métallique creva la coque. Marc donna un coup de talon afin de remonter à la surface lorsque le bateau heurta le fond sablonneux, à environ deux mètres de profondeur. Il en déduisit que le rivage était tout proche, mais son soulagement fut de courte durée. L'un de ses pieds se prit dans un fil de fer barbelé.

Il fit la grimace et étouffa un hurlement. Henderson, qui était parvenu à transborder deux valises et un sac à dos sur le rocher, réalisa que son coéquipier était en difficulté. Au premier coup d'œil, il reconnut le morceau de métal qui saillait de la coque : c'était un croisillon antichar, trois courtes sections de rail assemblées en trépied afin de prévenir le débarquement des blindés et des véhicules amphibies.

C'était une découverte inattendue : Henderson avait choisi une plage bordée d'une petite falaise qu'aucun tank ne pouvait franchir. Soit les Allemands avaient installé ces ouvrages défensifs par excès de zèle, soit il s'était trompé d'objectif.

Mais l'heure n'était pas aux réflexions stratégiques. Pour le moment, Marc, agrippé au croisillon, semblait avoir le plus grand mal à se maintenir à flot. Terrorisé, il essaya de dégager sa jambe, mais des pointes métalliques s'enfoncèrent dans la toile de sa chaussure de sport.

— Pour l'amour de Dieu, arrête de gigoter, avertit Henderson en s'agenouillant sur le rocher. Ce dispositif est peut-être relié à des explosifs.

Marc n'avait pas envisagé cette possibilité.

— Hein ? s'étrangla-t-il. Ils ont l'habitude de piéger leurs défenses ?

— Vois le bon côté des choses. Si tu déclenches une mine antichar, ni toi ni moi ne le saurons jamais. Maintenant, soulève ta jambe *lentement*. Aussi haut que possible, sans tendre le câble.

Henderson disposait d'une paire de pinces coupantes suspendue à la ceinture, à côté de son étui à pistolet et de sa lampe torche. Marc leva le genou vers sa poitrine. Son coéquipier le rejoignit, glissa une main le long de sa jambe immergée, puis coupa le fil de fer en deux endroits, n'en laissant qu'une courte section entortillée autour de sa cheville.

Lorsque Henderson l'eut traîné jusqu'à la partie la plus plane du rocher, Marc prit deux profondes inspirations avant de rouler sur le dos et d'étudier les deux pointes acérées plantées dans son cou-de-pied.

— Tu pèses des tonnes, haleta son complice.

Marc mit un genou à terre, serra les dents et arracha le morceau de barbelé. Tandis que sa chaussette se gorgeait de sang, il posa son pied blessé et y transféra prudemment le poids de son corps.

— Tu peux marcher ?

— Ça fait mal, mais c'est supportable.

Henderson souleva le canoë afin de le dégager du croisillon antichar. Au même instant, une vague balaya le rocher, déséquilibrant l'une des valises qui avaient réchappé du naufrage. Marc se mit à quatre pattes et la retint par la poignée.

— Où est le transmetteur ? demanda-t-il.

— À la flotte.

— Cela vaut-il la peine de le repêcher ?

— Pas après un bain dans l'eau de mer, répondit Henderson en lestant le canoë à l'aide de pierres. Je vais couler le canot. Les Allemands le découvriront lorsque la mer se retirera, mais on sera déjà loin, pourvu que ton pied tienne le coup.

En théorie, les deux espions auraient dû débarquer sur un rivage faiblement protégé, enterrer leur embarcation, puis l'exhumer à l'issue de leur mission, mais ce plan était désormais obsolète.

— On dirait que ces rochers forment une digue naturelle qui s'étend jusqu'à la plage, fit observer Henderson en remettant les pinces coupantes à son coéquipier. Prends une valise, avance et ouvre l'œil. L'endroit pourrait bien grouiller de barbelés.

Marc souffrait le martyre, mais l'instructeur Takada lui avait enseigné plusieurs techniques permettant de contrôler la douleur. Il pensa aux innombrables malades qui avaient subi stoïquement des opérations chirurgicales avant l'invention de l'anesthésie. Sa blessure n'était rien en comparaison des souffrances que ces malheureux avaient endurées.

Par endroits, l'alignement de rochers disparaissait sous la surface, et Marc dut patauger dans l'eau salée jusqu'aux genoux. Il tenait la valise devant lui, de façon à protéger ses jambes d'éventuels obstacles immergés.

Enfin, ses tennis s'enfoncèrent dans le sable humide. La plage était peut-être truffée de mines antipersonnel, mais l'obscurité ne permettait pas de s'en assurer. Il n'y avait en la matière qu'une seule stratégie à adopter : croiser les doigts.

— Reste baissé, avertit Henderson lorsqu'il eut à son tour gagné le rivage, chargé du sac à dos et de la seconde valise.

Les deux espions se mirent à couvert derrière une dune, puis Henderson scruta les environs à l'aide d'une paire de jumelles.

— Vous apercevez quelque chose ? demanda Marc.

— Rien. Pas assez de lumière. Le côté positif, c'est que si on ne peut pas les voir, ils ne peuvent pas nous voir non plus.

Soudain, à la faveur d'un changement de direction du vent, des rires et des chants parvinrent à leurs oreilles.

— On ne ferait pas mieux de déguerpir ? s'inquiéta Marc.

Du doigt, Henderson suivit la ligne d'horizon.

— S'ils ont installé des défenses antichars sur cette plage, il doit aussi y avoir un abri ou un bunker dans les parages. Je ne bougerai pas d'ici tant que je ne saurai pas précisément où il se trouve.

Ces propos étaient frappés au coin du bon sens, mais Marc avait froid, et sa blessure le tourmentait. Quatre minutes s'écoulèrent avant qu'il ne se mette à gémir comme un enfant.

— Allez quoi, on y va...

— Le soleil ne se lève que dans quatre heures, mais tôt ou tard, nous finirons bien par entendre une porte claquer ou voir une sentinelle allumer une cigarette. En attendant...

Henderson se tut. Il venait d'apercevoir de la lumière : la lanterne chancelante d'une bicyclette, éclairant une route, au-delà des buissons, puis soulignant la silhouette de deux petits bunkers de forme circulaire qui émergeaient de la végétation.

CHAPITRE DEUX

Marc et Henderson étaient trempés et frigorifiés. Le sable collait à leurs vêtements, s'infiltrait par tous les interstices. En cinq minutes, ils avaient prudemment parcouru en rampant les soixante-dix mètres qui les séparaient des taillis.

Ils pouvaient désormais apercevoir le toit triangulaire d'une vaste habitation. Ils tendirent l'oreille. À en juger par leur accent distingué, les Allemands qui y festoyaient faisaient partie de l'état-major. Henderson et son coéquipier ne s'étaient pas seulement trompés de plage : ils étaient tombés sur un nid d'officiers nazis.

Cette constatation soulevait une foule de questions. Les deux casemates situées à une dizaine de mètres de leur position étaient-elles occupées ? Pourraient-ils rejoindre la route ou avaient-ils atterri dans une zone sécurisée ceinte d'une clôture électrifiée ? Et s'ils parvenaient à se sortir de ce guêpier, à quelle distance se trouvaient-ils de l'objectif prévu par le plan initial ?

Les bunkers trapus constituaient leur premier sujet d'inquiétude. Ces casemates de béton à l'épreuve des bombes étaient équipées d'une épaisse porte blindée. Une longue meurtrière horizontale placée face à la mer permettait aux soldats de mitrailler n'importe quel point de la plage.

Henderson ordonna à Marc de rester en retrait avec le matériel puis progressa lentement dans la végétation. Alors, un coup de feu claqua.

Une nuée d'oiseaux blancs s'éparpilla en piaillant. Convaincu qu'une sentinelle avait détecté sa présence, il sortit son pistolet de son étui. En levant la tête, il ne détecta aucun signe d'activité à l'intérieur des casemates. Il patienta quelques secondes, s'attendant à tout instant à voir un détachement de soldats se précipiter dans sa direction.

Plusieurs détonations se firent entendre.

— Tu ne sais pas tirer ! cria un homme en allemand.

— Il fait noir, répliqua son collègue. Je n'y vois rien.

Une volée de balles déchira les cieux. Quelques instants plus tard, une mouette s'écrasa lourdement sur le sol. Les soldats poussèrent des cris enthousiastes.

— Une autre cartouche, vite.

— Va te faire foutre. C'est mon tour. Passe-moi le fusil.

En espionnant ces échanges, Henderson conclut que le groupe était composé de sept officiers, tous dans un état d'ébriété très avancé. Ils restaient masqués par la végétation, mais il comprit que l'individu qui venait de s'exprimer était le plus haut gradé du détachement.

— Je vais vous montrer, moi, comment tire un Prussien digne de ce nom.

D'autres coups de feu résonnèrent, puis on entendit une formidable décharge de fusil à pompe, accompagnée d'un éclair orangé. Constatant qu'aucun oiseau n'avait été touché, les officiers éclatèrent de rire.

— Il a lâché le fusil ! fit une voix juvénile. Il est tellement beurré qu'il a lâché le fusil !

— Comme oses-tu ? Je suis ton supérieur. Tu tiens vraiment à passer la semaine à briquer la caserne avec une brosse à dents ?

Pour appuyer sa menace, l'homme pointa son arme vers le ciel et enfonça une nouvelle fois la détente.

Au même instant, la porte de l'une des casemates située à trois mètres d'Henderson grinça, puis un homme gras, au torse velu, en sortit d'un pas mal assuré. Il était pieds nus et tenait son pantalon pour éviter qu'il ne tombe sur ses chevilles.

— Vous ne pouvez pas la mettre en veilleuse, bande de tordus ? Ce chahut a assez duré. J'ai mieux à faire. Cette petite catin se débat comme une diablesse.

— Capitaine Gerhardt ! lança une voix. Je ne savais pas que votre mère se trouvait parmi nous !

— Répète un peu ça, pour voir, gronda l'officier sans pour autant s'éloigner de l'abri.

À l'évidence, il préférait goûter aux plaisirs de la chair que d'exercer sur-le-champ des mesures de représailles à l'encontre de son subordonné.

— Allons boire un coup ! proposa l'un des soldats, que cette partie de tir au pigeon avait fini par lasser.

Il se dirigea vers le casernement, bientôt suivi de ses compagnons de jeu.

L'air satisfait, le capitaine Gerhardt se tourna vers la jeune femme qui se trouvait à l'intérieur de la casemate.

— Maintenant, finissons notre petite affaire, sourit-il.

Henderson avait décidé de maîtriser Gerhardt avant qu'il ne s'enferme à l'intérieur du blockhaus. Il avait l'intention de mettre la main au plus vite sur un uniforme allemand, fût-il mal ajusté.

Mais avant d'avoir pu esquisser un geste, une bouteille de vin éclata en mille morceaux sur la tête de l'officier allemand. La fille se tenait dans l'encadrement de la porte, le poing serré sur le goulot du récipient brisé. Hélas, le coup avait à peine ébranlé Gerhardt, qui partit d'un rire tonitruant.

— Tu as mérité une bonne fessée, saleté de Française, glousssa-t-il.

Tandis qu'il traînait sa victime à l'intérieur de l'abri, Henderson bondit sur sa cible et lui porta un violent coup de crosse sur le crâne. La fille lâcha un cri lorsque son agresseur bascula sur le flanc.

— Marc, amène le matériel et ferme la porte derrière toi.

La casemate était faiblement éclairée par une lampe à gaz. Le sol était jonché de vêtements et de bouteilles vides. L'adolescente à demi dénudée, plus petite que Marc, ramassa sa robe. Henderson la saisit par les épaules.

— Tourne-toi vers le mur et ne me regarde pas, l'avertit-il en forçant son accent anglais, ou je devrai te tuer.

Gerhardt gisait inanimé, mais c'était un homme solide, et Henderson redoutait qu'il ne reprenne connaissance. Il sortit une capsule de cyanure d'une poche dissimulée sous sa ceinture.

Il pinça le nez de l'Allemand pour le forcer à ouvrir la bouche, plaça le poison mortel entre ses molaires et referma solidement ses mâchoires.

Quelques instants plus tard, le corps de Gerhardt fut secoué de convulsions. Henderson se redressa puis recula de deux pas. La fille jeta un bref coup d'œil par-dessus son épaule.

— Tu tiens *vraiment* à mourir jeune, ma petite ?

Marc déposa le sac à dos dans le blockhaus, tira la lourde porte et fit glisser le verrou.

— Pas un mot, ordonna Henderson avant d'introduire deux doigts au fond de la gorge de Gerhardt.

Comme il l'avait prévu, les fonctions réflexes de sa victime étaient encore actives. Un jet de liquide rougeâtre jaillit de sa bouche puis se répandit sur le sol. Henderson bloqua sa respiration et retourna Gerhardt sur le ventre en prenant soin de placer sa joue dans la flaque fétide. Ainsi, chacun penserait qu'il était tombé dans un coma éthylique et avait inhalé ses propres vomissures. Dans ces conditions, il était peu probable qu'une autopsie soit ordonnée.

— Rassemble ses affaires, lança Henderson à l'adresse de Marc. Ne prends que sa veste. Il ne faut pas que ses collègues pensent qu'il a été détroussé.

— Il est mort ? demanda la fille.

— Plutôt, oui.

Il se posta dans son dos et souffla délibérément sur ses épaules nues. C'était une manœuvre d'intimidation visant à la rendre aussi coopérative que possible. Elle bascula la tête en arrière et lâcha un sanglot.

— Je vais te poser quelques questions, dit Henderson en forçant plus que jamais sur son accent. Commençons par la plus simple. Comment t'appelles-tu ?

— Delphine.

— C'est charmant. Où nous trouvons-nous, Delphine ?

— Mais... comment pouvez-vous l'ignorer ?

Henderson lui planta un doigt entre les omoplates.

— C'est *moi* qui pose les questions. Toi, tu te contentes de répondre, sans faire de commentaires.

— Nous sommes à l'entrée de Larmor-Plage, répondit Delphine.

Puis elle ajouta, avec une pointe de sarcasme :

— Ça vous dit quelque chose ?

Marc consulta les papiers d'identité du mort à la lumière de la lampe : *Kapitän Maximillian Gerhardt,*

Kriegsmarine[1], *section des submersibles, certification obtenue en 1932*. Dans son portefeuille, il découvrit deux photos : une femme endimanchée et un enfant assis en tailleur à côté d'un molosse ; Gerhardt en compagnie de quarante-huit hommes rassemblés sur le pont d'un U-Boot portant l'inscription U27.

Marc sourit. Même s'ils étaient pris et exécutés, ils auraient au moins liquidé le capitaine d'un sous-marin.

Henderson était ravi, lui aussi. Il avait débarqué à moins de deux kilomètres de son objectif initial. Il ne restait plus qu'à l'atteindre sain et sauf.

— Qu'est-ce que c'est que cette baraque ? demanda-t-il. Quelle est sa fonction ?

— C'est la maison de Mme Richard. Elle a quitté la région avant l'invasion. Maintenant, elle sert de casernement aux officiers de la marine allemande.

— Et qu'est-ce que tu fiches ici ?

— Ils ont organisé une fête pour l'anniversaire du Führer.

— C'est aujourd'hui ? s'esclaffa Henderson. Désolé, l'oncle Adolf, j'ai oublié de t'envoyer une carte. Dis-moi, Delphine, ça te plaît de coucher avec les Boches ?

— Ma mère m'interdit de leur rendre visite, mais on mange bien ici, et ils ont toujours été très corrects. Enfin, jusqu'à ce que ce porc m'enferme dans cet abri pour m'arracher ma robe.

---

1. Nom officiel de la marine allemande sous le régime nazi.

Marc considéra la jeune fille en frottant le sable resté collé à ses vêtements. Ses pieds étaient sales et ses genoux couverts d'égratignures. On l'avait sans doute traînée dans les buissons. Elle n'avait pas menti.

— Tu connais bien la région ? demanda Henderson.

— Oui. Je vis à Lorient, à une heure de marche.

— Est-ce que la zone est délimitée par une clôture ?

— Non, mais il y a un poste de contrôle, sur la route qui longe la côte.

— C'est loin d'ici ?

— À deux ou trois cents mètres.

— Et jusqu'à Lorient, combien de barrages ?

— Sur toutes les routes menant à la ville, autour de la base des sous-marins. Il y a aussi des barrages mobiles, mais pas après le couvre-feu, en général.

— Merci, dit Henderson. C'est bon à savoir.

— Vous êtes anglais ? demanda Delphine. Vous devriez être prudents. Sauf votre respect, votre accent est facilement reconnaissable.

— Mon épouse parlera à ma place.

Par ce mensonge, Henderson souhaitait induire Delphine en erreur et lui faire croire que Marc, qu'elle avait à peine aperçu dans l'obscurité du blockhaus, était une femme.

— Je suis certain que tu es digne de confiance et tu m'es reconnaissante de t'avoir tirée des griffes de ce bouffeur de choucroute, mais tu es venue ici de ton plein gré pour faire la fête avec l'ennemi. Tu pourrais très bien te mettre à hurler dès qu'on aura quitté cet abri. Alors je crois que je n'ai pas d'autre choix que de te faire avaler une petite pilule.

— Par pitié, s'étrangla Delphine, saisie d'épouvante. Je ne veux pas mourir. Laissez-moi vous aider.

Henderson éclata de rire.

— Pas une pilule de poison, mon ange. Tu resteras inconsciente pendant trois ou quatre heures, et tu auras un peu mal à la tête à ton réveil, mais rien de plus. Si les Allemands te posent des questions, tu diras que tu as trop bu et que tu ne te souviens de rien.

CHAPITRE TROIS

Après avoir administré à Delphine un puissant somnifère, les deux espions, à la faveur de l'obscurité, traversèrent la pelouse où étaient éparpillés les officiers de la Kriegsmarine. Affublé de la veste de Gerhardt, Henderson brailla un chant traditionnel bavarois. Marc lança un *Heil Hitler* à l'adresse d'un Oberlieutenant qui se roulait dans un taillis, une bouteille de champagne glissée dans la ceinture de son pantalon.

Désireux de contourner le poste de contrôle de la route principale, ils franchirent un muret, progressèrent dans un champ en jachère avant d'atteindre une voie goudronnée puis, ayant consulté leur boussole, marchèrent droit vers le nord.

L'année précédente, lors d'une opération en France occupée, ils avaient pu constater que les forces de sécurité étaient dispersées, même dans les zones sensibles situées près de la côte. C'était inévitable : les Allemands ayant conquis la moitié de l'Europe, ils n'étaient plus assez nombreux pour contrôler l'ensemble de cet immense territoire.

Mais des millions de civils français avaient fui vers le sud lors de l'invasion hitlérienne. Afin de réduire les risques de troubles, les autorités d'occupation avaient interdit aux réfugiés de regagner les zones côtières.

Ainsi, les champs n'étaient plus entretenus, et les maisons abandonnées avaient souffert de l'hiver. C'était un cauchemar pour les malheureux arrachés à leur foyer et à leur exploitation agricole, mais une bénédiction pour Henderson et Marc, qui cherchaient un abri où remiser une partie de leur équipement et changer d'apparence. Dès que possible, ils endosseraient les rôles d'un père et d'un fils déshérités à la recherche d'un peu de travail.

Ils traversèrent deux hameaux au pas de course avant de fixer leur choix sur une ferme isolée au poulailler vide et à la cour envahie par la végétation. Ils n'eurent même pas à forcer la serrure de l'habitation. Des pillards s'en étaient chargés avant eux.

Le butin que ces derniers avaient emporté témoignait des sévères restrictions dont souffrait le peuple français. Les bibelots et les chandeliers étaient à leur place, sur le rebord des fenêtres, les couverts et les ustensiles de cuisine suspendus au-dessus du fourneau, mais il ne restait pas une miette de nourriture, pas un morceau de charbon. Tout ce qui pouvait tenir chaud et alimenter un feu avait disparu : rideaux, meubles, portes, draps et couvertures. Il ne restait du vaisselier que des copeaux et des échardes.

— Des maraudeurs affamés et glacés jusqu'à l'os, dit Henderson en tournant le robinet de l'évier.

Un papillon de nuit en jaillit, puis une eau claire s'écoula. Marc dénicha un bout de chandelle. Il la plaça sur une assiette, au centre de la table, puis gratta une allumette.

— Et ton pied ? demanda Henderson.

— Ma cheville est un peu enflée, mais ça ne fait pas très mal.

— Le sel marin est un antiseptique naturel. Quand tu auras nettoyé la plaie, nous appliquerons de la teinture d'iode et nous confectionnerons un bandage. Ensuite, tu pourras te reposer pendant quelques heures.

Marc s'assit sur une chaise et délaça sa chaussure de tennis ensanglantée.

— Comment va-t-on faire, sans le transmetteur ? demanda Marc.

— Nous rejoindrons le *Madeleine* demain soir, comme prévu.

— Mais nous avons perdu le canoë. Et cet imbécile de Farès nous a déposés au mauvais endroit. Comment savoir si le bateau se trouvera au point de rendez-vous ?

— Nous aurons du temps pour y réfléchir. Si nous ne parvenons pas à fuir par la mer, nous devrons traverser le pays pour essayer de gagner l'Espagne. Pour le moment, tenons-nous-en au plan initial.

Ils formèrent un lit de paille sur le carrelage de la cuisine puis se glissèrent dans leurs sacs de couchage. Les conditions étaient paradisiaques, en comparaison des deux nuits passées à bord du *Madeleine*, qui n'offrait pour tout confort qu'un pont arrière détrempé et une cabine disposant de couchettes étroites entassées près d'une chaudière produisant une chaleur étouffante et un vacarme infernal. Marc avait erré de l'une à l'autre, sans pouvoir dormir plus de quelques heures.

En dépit de la douleur que lui causait son pied blessé, il trouva rapidement le sommeil. Au matin, en se tournant vers la fenêtre, il découvrit un ciel d'azur.

Henderson avait déjà quitté son sac de couchage.

— Toujours vivant ? sourit ce dernier en franchissant la porte donnant sur la cour, où il venait de nettoyer ses bottes. Je t'ai préparé un petit déjeuner royal.

Marc avait saigné au cours de la nuit. Son bandage avait adhéré à son sac, mais la douleur était tolérable. Sur la table, il trouva une tablette de chocolat et une petite boîte de lait concentré.

— J'ai caché les vivres au grenier, expliqua Henderson. Nous reviendrons y piocher si nécessaire.

— Et si les pillards reviennent ?

— Ils sont bien placés pour savoir qu'il ne reste rien à voler.

Le chocolat était dur comme de la pierre. Marc en réchauffa une barre entre ses paumes avant de la tremper dans le liquide épais et blanchâtre.

— Mange, dit Henderson, constatant que son protégé se montrait hésitant. C'est peut-être tout ce que tu pourras avaler de la journée. Nous avons de faux tickets de rationnement, mais je ne suis même pas certain que les commerces aient quelque chose à vendre.

— Je n'ai pas beaucoup d'appétit, le matin. Ah, au fait, j'ai examiné les papiers de Delphine, pendant que vous l'interrogiez. Sa carte d'identité ressemblait en tout point aux nôtres, mais son permis de circulation à bicyclette et sa carte de tabac étaient d'une couleur différente. Elle possédait aussi un document l'autorisant à franchir les postes de contrôle situés à l'entrée de Lorient.

— Nous aurons sans doute des difficultés à atteindre le centre-ville et à photographier les U-Boot. Mais Mme Mercier connaît bien la région. Il doit bien y avoir un moyen détourné d'atteindre notre objectif.

— Si elle habite toujours à la même adresse, ajouta Marc.

— Que serions-nous sans ton indéfectible optimisme ? sourit Henderson. Allez, commence à t'habiller. Tes tennis tachés de sang risquent de soulever des questions. Tu peux marcher pieds nus ?

— Avant de rejoindre l'Angleterre, j'étais un orphelin sans souliers.

Lorsque Marc se fut vêtu, ils quittèrent la ferme. Henderson portait un sac de toile rempli de vêtements et d'objets sans valeur censés, en cas de contrôle, confirmer son statut de paysan ruiné. Il avait glissé son pistolet à l'arrière de son pantalon et dissimulé son appareil photo miniaturisé sous le revers de son chapeau. Marc était équipé d'un couteau de chasse, ce qui n'avait rien d'étonnant pour un enfant de la campagne.

Le pistolet d'Henderson constituait un risque majeur. En cas de fouille, il lui vaudrait une arrestation immédiate, mais il préférait demeurer armé tant qu'il n'était pas convaincu de posséder tous les documents et laissez-passer officiels.

Il savait où ils avaient débarqué et tenait un point aussi précis que possible de leurs mouvements depuis qu'ils s'étaient remis en route, mais ils avaient marché longtemps dans l'obscurité la nuit passée, et il n'était pas parvenu à déterminer l'emplacement exact de la ferme. Ils se déplaçaient prudemment, prenant soin d'éviter les artères principales et les postes de contrôle.

Après avoir progressé à travers champs sous le soleil, les deux espions atteignirent Quéven, un village situé au nord-ouest de Lorient, à six kilomètres du centre-ville. Mme Mercier vivait dans une rue bordée de grandes maisons où, avant la débâcle, logeaient des notables de la région.

Henderson et Marc ne se sentaient pas à leur place dans leurs vêtements de velours élimé. Ils remarquèrent de luxueuses automobiles garées dans les allées, et des lignes téléphoniques desservant chaque habitation. C'était mauvais signe, car seuls les Allemands étaient autorisés à jouir de cette commodité.

Tout agent des services secrets approchant d'un bâtiment doit évaluer soigneusement la situation ; effectuer une reconnaissance attentive, sous peine de tomber dans un piège, sans s'attarder aux abords de son objectif, ni rôder dans son périmètre, ni jeter des coups d'œil par-dessus les haies, sous peine d'éveiller les soupçons du voisinage et des passants.

La villa sise au numéro dix-huit était ceinte d'une grille derrière laquelle se dressaient plusieurs palmiers. Le long d'un mur, un homme débitait du bois de chauffage. Au premier regard, Marc et Henderson le prirent pour un domestique, puis ils reconnurent le pantalon gris propre au personnel portuaire de la Kriegsmarine.

Henderson adressa à son coéquipier un hochement de tête signifiant clairement : *continue à marcher comme si de rien n'était*. Mais l'Allemand les avait repérés. Il leva la tête et s'exprima dans un français hésitant.

— Bonjour messieurs. Je peux vous aider ?

— Je cherche Mme Mercier, répondit Henderson sur un ton détaché. On m'a dit que je pouvais la trouver ici.

— Elle est en haut. Vous voulez lui parler ?

Il avança vers le portail avant de crier :

— Madame ! Il y a des gens pour vous !

— Charles Hortier, dit Henderson lorsque l'homme eut ouvert la grille.

— Monsieur Hortier ! répéta ce dernier.

La femme qui se présenta sur le perron de la maison était immense, en hauteur comme en largeur. Elle semblait avoir peu dormi. Elle portait un négligé turquoise. Son maquillage avait dégouliné sur son visage. À en juger par ses cheveux ras, elle ne sortait jamais sans perruque.

— Je ne connais aucun Hortier, rugit-elle en considérant avec mépris l'homme et le garçon aux pieds nus. Et je n'ai besoin ni de jardinier, ni de laveur de carreaux. Encore moins de mendiants cupides.

Henderson s'attendait à rencontrer quelque résistance, mais le soldat qui observait la scène rendait la situation plus délicate encore.

— Je suis navré, madame, dit Henderson en sortant de sa poche une petite photographie. Puis-je cependant vous laisser ma carte de visite, au cas où vous changeriez d'avis ?

— Si cela vous fait plaisir et me permet de me débarrasser de vous.

Sur le cliché, on pouvait observer trois hommes posant devant Big Ben. Mme Mercier les reconnut au premier coup d'œil. C'était les soldats polonais dont elle avait favorisé la fuite vers l'Angleterre, quelques mois plus tôt.

— Oh, monsieur Hor-*tier* ! s'exclama-t-elle avant de pointer un doigt accusateur en direction de l'Allemand. Klaus, votre accent est décidément épouvantable ! J'avais compris *Hautier*. Mais entrez donc, mon cher. Comment allez-vous ? C'est votre fils ? Doux Jésus, comme il a grandi !

Le vestibule était encombré de chauffeuses garnies de coussins, de caniches en porcelaine, de flamants roses empaillés, d'instruments de navigation en laiton, d'une collection de shakers à cocktail et de trophées de chasse. L'estomac retourné par l'odeur de talc, de parfum et d'urine de chat, Marc réprima un haut-le-cœur.

— Pouvons-nous parler sans être inquiétés? demanda calmement Henderson. D'autres Allemands sont-ils cantonnés dans cette maison?

Mme Mercier éclata de rire. Elle conduisit ses hôtes jusqu'à un boudoir à la décoration chargée sans quitter des yeux la fenêtre donnant sur le perron.

— Klaus ne vit pas chez moi. J'ai conclu un accord avec un officier de *très* haut rang. Il s'est pris de passion pour l'une de mes meilleures pensionnaires, mais il n'a pas les moyens de s'offrir ses services. Il me fournit de l'aide, pour tondre la pelouse, couper du bois, ce genre de choses… C'est un marché honnête, car il est impossible de trouver du personnel, par les temps qui courent.

— Si je comprends bien, les Allemands n'ont pas fait fermer votre… établissement, madame Mercier? demanda Henderson, un sourire discret au coin des lèvres.

— Appelez-moi Brigitte… dit-elle en se penchant à la fenêtre du boudoir pour s'assurer que Klaus s'était remis au travail. Vous savez, les uniformes changent, mais les hommes restent, avec leurs petits besoins : alcool bon marché et filles faciles. Lorient a toujours été une cité de marins. Dès que les Français et les Anglais ont fichu le camp, les Allemands les ont remplacés. Je possède des bars et des clubs, en ville. Trois d'entre eux, les plus cosys, sont réservés aux Boches. Les trois autres reçoivent les gens du coin et le personnel de la base de sous-marins.

— Un vrai petit empire, sourit Henderson. Voulez-vous savoir ce que sont devenus vos trois anciens employés ? Solomon a eu la gentillesse de m'adresser une lettre de recommandation, mais j'ai bien peur qu'elle ne soit quelque peu détrempée.

Mais Mme Mercier n'avait d'yeux que pour Marc. Elle lui pinça la joue puis souleva son menton.

— Quel beau garçon vous avez là ! Un visage d'ange, mais quelles larges épaules… Il va en briser des cœurs, dans quelques années !

Marc eut le sentiment extrêmement désagréable de disparaître dans un nuage de poudre parfumée. Henderson avait le plus grand mal à garder son sérieux.

— Et il marche pieds nus, le pauvre chaton ! Nous devons absolument lui trouver une paire de bottes.

— Elles pourraient lui être utiles, en effet, confirma Henderson. Merci beaucoup.

— Alors, comment vont mes trois petits protégés ? demanda Mme Mercier en dépliant la lettre que lui tendait son hôte. Sont-ils tous parvenus à gagner l'Angleterre ?

— La traversée n'a pas été de tout repos, mais ils ne s'en sont pas trop mal tirés, considérant qu'aucun d'eux n'avait jamais navigué. Inutile de préciser que tout ceci n'aurait pas été possible sans votre aide.

Mme Mercier baissa modestement les yeux.

— Je n'y suis pas pour grand-chose. Je me suis contentée de les mettre en contact avec des pêcheurs des environs. Oh, si. Nous les avons cachés quand la Gestapo était à leurs trousses. Des garçons charmants. Je suis heureuse d'apprendre qu'ils sont sains et saufs.

— Pour être franc, nous n'avons pas fait le voyage depuis la Grande-Bretagne pour vous donner de leurs nouvelles, expliqua Henderson. Lorsque nous les avons interrogés, ils nous ont informés que votre amitié pour les Allemands n'était pas que de façade, et que vous disposiez de solides relations à Lorient. C'est l'une des plus importantes bases de sous-marins en France. Ces machines de mort sont en train d'anéantir nos flottes civile et militaire dans l'Atlantique, et nous devons mettre un terme à leurs agissements.

— Et comment comptez-vous vous y prendre ? demanda Mme Mercier. Il me semble que vous n'êtes pas très nombreux…

— Nous nous trouvons en Bretagne pour une mission de renseignement, expliqua Henderson. Nous avons une journée pour rassembler autant d'informations que possible. Des horaires de bus aux modalités du couvre-feu en passant par le plan de la base, les documents d'identité du personnel, la ligne d'approvisionnement des forces allemandes et les mesures de sécurité. Lorsque nous retournerons en Angleterre, nous analyserons ces informations. Si les conditions sont réunies, nous reviendrons pour procéder à une opération de sabotage à grande échelle. Honnêtement, madame Mercier, vous êtes notre seul contact à cinquante kilomètres à la ronde. Je doute que nous puissions mener à bien notre objectif sans votre assistance, d'autant que nous avons perdu le canoë qui nous a permis de débarquer.

Mme Mercier s'accorda quelques secondes de réflexion. Marc était mort d'inquiétude. Ils avaient passé des mois à planifier cette mission, et Henderson avait mis en jeu la réputation de son unité.

— Ces salopards de Boches ont tué mon père, mon oncle et deux de mes frères pendant la Grande Guerre, annonça Mme Mercier. La simple idée qu'ils se trouvent dans *mon* pays me donne la nausée. Demandez-moi tout ce que vous voulez, monsieur Hortier, et je ferai mon possible pour vous venir en aide.

CHAPITRE QUATRE

Henderson n'avait aucune certitude. Mme Mercier aurait très bien pu décrocher le téléphone, avertir ses amis de l'état-major allemand et le livrer à la Gestapo. Un agent secret opérant derrière les lignes ennemies devait tôt ou tard prendre des risques mesurés et, en l'absence d'alternative, accorder sa confiance à des complices de fortune, quitte à mettre sa vie en jeu.

— Pourquoi avoir emmené le garçon avec vous ? demanda Mme Mercier avant de s'asseoir dans un profond fauteuil pour étudier les faux papiers d'Henderson.

— Si j'agissais seul, j'éveillerais inévitablement les soupçons.

— Réalisez-vous les risques que vous lui faites courir ?

— À Londres, des milliers d'enfants souffrent sous les bombes, intervint Marc. Je préfère être ici et travailler contre les Boches que de me terrer au fond d'un abri en attendant d'être pulvérisé. Comme tous mes camarades, je me suis porté volontaire, et j'ai suivi un entraînement rigoureux.

— Quelle attitude admirable, dit Mme Mercier en alignant les documents sur la table basse. Il vous faudrait des laissez-passer pour entrer dans Lorient, et des cartes de rationnement du nouveau modèle. Si on vous trouve en possession de ces contrefaçons, vous serez arrêtés.

— Alors on ne pourra pas aller en ville ? soupira Marc.

— Pas de défaitisme, mon garçon... Mais vous devrez d'abord rejoindre la gare. Ils y distribuent des tickets de nourriture temporaires aux nouveaux arrivants. Ensuite, vous traverserez la rue et vous vous présenterez au bureau de recrutement de l'OT[2]. Ils recherchent désespérément de la main-d'œuvre pour travailler à la construction des nouveaux bunkers réservés aux sous-marins. Vous obtiendrez un laissez-passer officiel, grâce auquel vous pourrez vous rendre à la poste, où vous vous inscrirez sur la liste des bénéficiaires permanents du système de rationnement, et demanderez un permis de circulation à bicyclette, si nécessaire.

— Formidable, gémit Marc. On va passer la matinée dans les files d'attente.

— Mais nous obtiendrons des papiers authentiques qui nous permettront de confectionner des faux

2. Organisation Todt (OT) : organisation allemande chargée du génie militaire et civil (NdT).

crédibles, à l'avenir, s'enthousiasma Henderson. Mais ceci ne nous dit toujours pas comment nous allons atteindre la gare...

— Je suis certaine que Klaus se fera un plaisir de vous y conduire en automobile. Il doit être un peu las de fendre des bûches en plein soleil. Lorsque vous aurez rassemblé tous les documents, vous vous rendrez au *Chat botté*. Vous y déjeunerez, et je ferai en sorte qu'une personne de confiance s'occupe de vous.

— Vous êtes bien aimable, dit Henderson en adressant une caresse au chat de Mme Mercier.

.:.

Lorient était placé sous bonne garde. Les rues les plus étroites avaient été murées, et les artères principales menaient à trois postes de contrôle. Chaque barrage disposait de deux accès, l'un réservé aux civils, qu'il était impossible de franchir en moins d'un quart d'heure, l'autre aux membres de l'armée allemande.

Klaus conduisait une vieille camionnette Renault réquisitionnée auprès du boucher de Quéven. Henderson occupait le siège passager avant. Marc était accroupi à l'arrière, à même le plancher souillé de sang et de graisse figée.

En ce matin ensoleillé, la ville était un peu triste, avec ses bâtiments dont la peinture écaillée laissait entrevoir la pierre grise. Les habitants passaient désormais le plus clair de leur temps à faire la queue. Ils patientaient pour obtenir du pain, du café et des pommes de terre. Ils patientaient pour franchir les postes de contrôle. Ils patientaient pour mettre la main sur un ticket qui leur permettrait, l'après-midi venu, de se glisser dans une nouvelle file d'attente.

Marc et Henderson trouvèrent la gare étrangement calme. Les six quais étaient déserts, et un seul des huit guichets était ouvert au public. Les Allemands, soucieux de prévenir l'afflux des populations civiles, avaient limité la circulation à trois trains par heure. Une dizaine d'hommes et de femmes patientaient devant une rangée de téléphones à pièces.

Klaus permit aux deux agents de franchir sans être inquiétés le poste de contrôle dressé à la sortie de la gare, puis de couper la file d'une dizaine de malheureux qui s'était formée devant le guichet du rationnement. Impressionnée par la présence de l'Allemand, l'employée enregistra sans ciller les faux noms de Marc et d'Henderson, puis leur remit une carte officielle et des tickets d'alimentation correspondant à quatre jours de consommation.

Klaus désigna le bureau de l'OT, de l'autre côté de la place, puis prit congé. L'Organisation Todt était chargée de la conception et de la construction des autoroutes et des aérodromes en Allemagne, mais aussi des ouvrages défensifs, des usines, des camps de travail et des bunkers en territoire occupé.

C'était une organisation semi-militaire. Les chefs, armes et poignards nazis à la ceinture, portaient un uniforme brun, un brassard orné d'une croix gammée et les insignes de leur grade. Le personnel était composé d'individus d'origines diverses, des prisonniers polonais et africains traités comme des esclaves aux employés civils qualifiés et correctement rémunérés.

Le bureau embaumait l'encaustique et la fumée de tabac. Les volontaires se pressaient derrière trois guichets, où leur état civil était soigneusement consigné. Cette formalité remplie, ils devaient se déshabiller dans une pièce voisine et subir un examen médical. À l'extrémité d'un long couloir était installée une machine à rayons X, où les ouvriers passaient une radio afin d'écarter tout cas de tuberculose.

Les murs étaient tapissés de tableaux noirs sur lesquels étaient répertoriés les postes vacants et les conditions de recrutement : *Forgerons, charpentier, plombiers, traducteurs et électriciens sont priés d'emprunter la file prioritaire. Les travailleurs non qualifiés doivent être âgés de dix-huit à cinquante-cinq ans. Les garçons de treize à dix-sept ans sont embauchés à titre d'apprentis et reçoivent une rémunération correspondant à un tiers de la paye prévue par le règlement. Tous les volontaires signent un engagement de deux ans.*

Henderson avait les nerfs à vif. D'une part, il était toujours en possession de son pistolet automatique. D'autre part, il avait remarqué que les ouvriers embarquaient à bord de camions dès les formalités accomplies pour être conduits *manu militari* sur leur lieu de travail.

— Je crois que nous devrons nous débrouiller sans laissez-passer, chuchota-t-il à l'adresse de Marc.

Lorsqu'il tourna les talons pour regagner la place, un homme en uniforme brun lui barra le passage.

— Puis-je savoir pourquoi vous nous quittez si précipitamment, cher monsieur ? demanda ce dernier, un Français au service de l'OT.

— Les ouvriers sont conduits sur le chantier dès qu'ils ont signé leur contrat, expliqua Henderson. Je dois d'abord me rendre à la poste pour récupérer ma carte d'alimentation.

— Où habitez-vous ?

— J'arrive de Rennes à l'instant pour signer mon engagement.

— Dans ce cas, vous serez logés dans les baraques réservées aux ouvriers, vous et votre fils. Vous serez nourris, n'ayez crainte, et vous recevrez une carte spéciale, pour vous alimenter lors des jours de congé. Vous pouvez regagner la file d'attente. Il est inutile de vous rendre à la poste.

— Je dois aussi téléphoner à mes proches, insista Henderson.

— Possédez-vous un laissez-passer ?

— Mais je vous dis que je viens d'arriver...

— Alors vous n'êtes pas autorisé à vous déplacer librement dans Lorient. Si vous quittez ce bâtiment, je vous ferai arrêter et remettre à la Gestapo.

Cette conversation tendue avait attiré l'attention d'un officier de l'OT, un Allemand filiforme au regard sournois.

— Écartez-vous de la porte ! ordonna-t-il en désignant une table placée au centre de la pièce. Déposez vos papiers ici.

L'officier examina brièvement les cartes d'identité puis lâcha une rafale de questions.

— Quel métier exerciez-vous, à Rennes ?

— Je n'avais pas d'emploi, répondit Henderson, qui s'était longuement préparé à un tel interrogatoire.

— Votre statut militaire ?

— Je suis libéré de toute obligation, comme en atteste ce document.

L'Allemand saisit le papier bleu pâle posé sur la table, une décharge que tout Français âgé de moins de cinquante ans se devait de posséder pour prouver qu'il ne servait pas sous les drapeaux au jour de l'armistice, sous peine d'être considéré comme un prisonnier de guerre et déporté illico dans un camp sur le territoire du Reich.

— Rayé des contrôles pour raison disciplinaire en 1938, lut à haute voix l'officier. Et quelle faute aviez-vous commise ?

— Incident de tir dans une pièce close ayant entraîné la blessure d'un camarade, expliqua Henderson.

L'Allemand poursuivit la lecture du document.

— Quatre mois de mise aux arrêts, fin de la peine prononcée le 13 avril 1939. Montrez-moi vos dents.

Henderson ouvrit la bouche.

— Vous n'avez jamais fumé. Pourquoi possédez-vous une carte de tabac ?

Tous les Français détenaient une telle carte. Les non-fumeurs la remettaient à des membres de leur famille ou la revendaient.

— Je devrais peut-être avertir la Gestapo, s'amusa l'officier. À l'évidence, vous vous livrez au trafic de tabac.

Henderson envisagea de lui proposer un pot-de-vin, ou de dégainer son arme, puis se ravisa.

— Très bien, si vous insistez, je vais retourner dans la file, dit-il avant de claquer les talons et de tendre le bras droit. *Heil Hitler !*

Plusieurs travailleurs présents dans la pièce gloussèrent discrètement.

— Cher monsieur, je n'apprécie pas beaucoup votre sens de l'ironie, gronda l'Allemand. Je suis au regret de vous annoncer que nous allons devoir poursuivre cette discussion dans mon bureau.

∴

Marc et Henderson étaient assis sur un banc, dans une pièce meublée d'une armoire métallique et d'une table étroite. Dans un vase, trois petits drapeaux nazis côtoyaient des fleurs en tissu aux pétales grisâtres. À l'évidence, leur adversaire n'avait rien d'un ponte du régime nazi. Ils n'avaient même pas été fouillés.

L'officier ouvrit un attaché-case.

— Combien de temps allons-nous rester ici ? demanda Marc.

L'Allemand ne répondit pas. Il sortit de sa mallette une demi-baguette de pain et un morceau de fromage enveloppé dans du papier sulfurisé. Son expression était éloquente : *Je vous tourmenterai aussi longtemps qu'il me plaira, car j'en ai le pouvoir.* Il quitta la pièce et verrouilla la porte derrière lui.

— Je pourrais crocheter cette serrure en deux temps, trois mouvements, fit observer Marc. Qu'est-ce qu'on attend ?

— Tu es trop impatient, dit Henderson. Il y a un garde devant la porte principale, et un poste de contrôle de l'autre côté de la rue. Ce n'est pas un jeu, mon garçon. À la moindre erreur de jugement, nous finirons éparpillés contre un mur, hachés par les balles d'une mitrailleuse.

La porte grinça sur ses gonds, puis une femme voûtée fit son apparition. Marc reconnut l'employée aperçue derrière le guichet d'embauche. Elle s'approcha des deux espions puis chuchota :

— Hortier ?

Henderson hocha la tête. L'inconnue lui remit une enveloppe.

— Je suis navrée d'arriver si tard, mais j'ai dû attendre que ce crétin s'accorde sa pause casse-croûte. Vous n'auriez pas dû vous montrer aussi méfiant. Mme Mercier m'avait donné des instructions par téléphone. Tout était convenu. Je m'occupe personnellement de procurer des laissez-passer aux filles qu'elle emploie dans ses établissements. Tout ce dont vous avez besoin se trouve dans cette enveloppe, y compris les tickets d'alimentation. Officiellement, vous êtes serveur. Vous devriez pouvoir vous rendre en centre-ville sans être inquiété.

— Que se passera-t-il quand ce sac à merde sera de retour ?

La femme éclata de rire.

— Qu'est-ce que vous vous imaginez ? Ce n'est pas le bras droit d'Hitler, juste un fonctionnaire en mal d'autorité. Je lui dirai que nous avons reçu l'ordre de monter tous les ouvriers dans les camions. Il est bien trop feignant pour en référer à sa hiérarchie.

— Et le Français, devant la porte ? demanda Marc.

— Je lui ai suggéré d'aller prendre l'air et lui ai remis quelques pièces de la part de Mme Mercier. Tout le monde a droit à sa part du gâteau, n'est-ce pas ? Vous devez vous présenter au *Chat botté*. Vous êtes attendus.

L'inconnue les poussa vers le couloir et les conduisit jusqu'à une porte de service donnant sur une courette.

— En sortant, prenez à gauche. À trois minutes de marche, vous trouverez le *Café Mercier*. Le *Chat botté* est au sous-sol. Normalement, il n'ouvre que le soir, mais il vous suffira de frapper à la fenêtre.

— Merci infiniment, dit Henderson.

Les agents empruntèrent la ruelle aux pavés jonchés d'ordures qui courait derrière le bâtiment de l'OT. Redoutant de marcher sur du verre pilé, Marc progressait par bonds. Une bouffée d'air brûlant les frappa en plein visage lorsqu'ils passèrent devant le soupirail d'une blanchisserie, apercevant fugitivement les employées qui travaillaient à l'entresol.

Ils s'adossèrent à un mur pour céder le passage à un Allemand juché sur une moto, une fille en robe à pois agrippée à sa taille. Ils se remirent en route puis débouchèrent sur une petite place au centre de laquelle se dressait une église que jouxtait un vieux cimetière. Des immeubles plus récents encadraient l'édifice. À proximité du porche, sur un antique banc de bois, un officier filiforme grignotait du pain et du fromage.

S'il n'avait pas, à cet instant précis, levé la tête puis ne s'était pas dressé d'un bond, Marc et Henderson ne l'auraient sans doute jamais remarqué. Mais voilà, il se sentait investi d'une mission quasi divine et ne pouvait laisser deux prisonniers prendre la fuite en toute impunité.

— *Mein Gott!* rugit-il, au comble de l'indignation.

Les agents ne pouvaient s'offrir le luxe d'une course-poursuite au beau milieu de la ville. Henderson envisagea de se porter au contact de l'Allemand afin de l'étrangler ou de le réduire au silence à coups de poing, mais l'homme posa la main sur l'étui de son pistolet.

Tandis qu'Henderson saisissait son arme, Marc dégaina son couteau de chasse, qui pirouetta aussitôt dans les airs. La lame se ficha dans le torse de l'officier, à quelques centimètres du cœur.

L'Allemand serra la crosse de son pistolet, mais fut incapable de lever le bras. Le sang reflua de son poumon gauche, puis jaillit de sa bouche.

Marc s'approcha, déterminé à le réduire au silence, mais ce n'était plus nécessaire. Henderson courut jusqu'au portail de l'église dans l'intention d'y traîner le corps de l'officier, poussa l'un des vantaux et se retrouva nez à nez avec un groupe de femmes rassemblées devant la statue d'une sainte.

— Bien le bonjour, mesdames. Navré de vous avoir dérangées.

Il referma la porte avant que les fidèles puissent apercevoir le corps de l'Allemand secoué d'ultimes convulsions.

— J'ai pensé que le couteau serait plus discret que le pistolet, dit Marc avant de constater qu'il pataugeait dans une flaque de sang noir. Oh, la poisse…

Henderson comprit que son coéquipier était plus perturbé qu'il ne le laissait paraître.

— Tu as fait ton devoir, ce pour quoi tu as suivi ce long entraînement. Qui sait combien de Boches nous aurions vus débarquer s'il avait pu tirer un coup de feu ? Allez, attrape-le par les pieds.

Lorsqu'ils eurent jeté le cadavre dans le soupirail donnant sur la cave d'un immeuble abandonné, Henderson se débarrassa du pain et du fromage, puis fit disparaître les traces de sang dans le gravier.

Les lieux du crime n'échapperaient pas à un examen médico-légal, mais au moins, les passants ne remarqueraient rien d'inhabituel.

Marc tenta d'essuyer ses pieds dans l'herbe du cimetière, mais le mélange de sang et de poussière était terriblement poisseux.

Henderson le tira par la manche.

— Il faut qu'on se taille avant d'être repérés.

À peine se furent-ils remis en route que Marc se mit à trembler comme une feuille.

— J'ignorais que tu étais aussi habile au lancer de couteau, dit Henderson.

— Je n'ai pas vraiment réfléchi. J'ai suivi un entraînement au maniement des armes blanches en décembre. Une fois, j'ai planté un mannequin entre les yeux à vingt mètres.

— Ça va barder quand ils découvriront le corps du Boche. Espérons que personne ne le trouvera avant qu'on ait rejoint le *Madeleine*.

Bientôt, ils atteignirent une large avenue bordée de cafés, de bars et de dancings, puis ils localisèrent l'entrée du *Chat botté*.

CHAPITRE CINQ

Meublé de tables et de chaises en fer forgé, le club présentait des alcôves tendues de velours rouge réparties autour d'un carrelage formant un damier noir et blanc. Les murs étaient ornés de clichés d'artistes en vogue. Une minuscule estrade réservée aux deux musiciens de l'établissement était dressée dans un angle. Un couloir obscur menait à la dizaine de chambres où les filles de Mme Mercier faisaient commerce de leurs charmes.

Chaque soir, une foule d'Allemands désireux de s'encanailler se pressaient en ces lieux, mais pour l'heure, ils étaient déserts. Une employée du *Café Mercier*, situé au rez-de-chaussée, leur servit de la soupe, du poisson fumé accompagné de gratin et de la tarte aux pommes. Marc, qui n'avait rien avalé de chaud depuis quatre jours, dévora son déjeuner, les pieds reposant dans une bassine d'eau parfumée.

Henderson, lui, prit tout son temps. Il sirota un verre de vin en discourant avec la serveuse, glissant çà et là des questions relatives à la mission : *Combien d'Allemands fréquentent le club ? Où travaillent-ils ? Ont-ils beaucoup d'argent ? Ils sont plutôt bavards, lorsqu'ils ont un coup dans le nez, n'est-ce pas ?*

— Vous n'en voulez pas ? demanda Marc en désignant la part de tarte d'Henderson.

Ce dernier la coupa en deux avec sa fourchette, puis en déposa la moitié dans l'assiette de son protégé.

— Les garçons, à cet âge, sourit-il en se tournant vers la jeune femme. Toujours affamés...

— Avec toutes les files d'attente que nous avons aperçues en ville, je pensais qu'on nous servirait du pain noir et du fromage rance, dit Marc.

— Mme Mercier nous a recommandé de bien nous occuper de vous, expliqua la serveuse. Les fermiers ont l'obligation de vendre toute leur production aux Allemands à un prix dérisoire. Alors ils mettent certaines choses de côté, à leurs risques et périls. On peut trouver de tout au marché noir, mais il faut avoir les moyens.

On frappa deux coups discrets contre la vitre dépolie donnant sur l'escalier menant à la rue.

— On a touché le gros lot, dit Marc lorsque la jeune femme se fut éloignée. Mme Mercier prend drôlement bien soin de nous.

Henderson ne partageait pas cet optimisme.

— Klaus a forcément compris que quelque chose ne tournait pas rond ; l'employée de l'OT avait été informée de notre venue ; la serveuse ne s'est pas contentée de nous servir à manger, elle a aussi discuté ouvertement de marché noir, ce qui signifie qu'elle sait plus ou moins qui nous sommes et ce que nous faisons ici. À présent, des pêcheurs sont censés nous procurer une embarcation. Tous ces gens ne veulent que notre bien, mais ils ne prennent strictement *aucune* précaution.

La jeune femme retourna vers la table accompagnée d'un enfant hirsute aux vêtements crasseux, qui déposa sur le carrelage trois paires de bottes. Il était impossible de savoir s'il s'agissait d'une fille ou d'un garçon.

– Voici Édith, annonça la serveuse.

– Je ne savais pas quelle pointure choisir, dit la fillette. Si celles-là ne conviennent pas, j'irai en chercher d'autres, mais ça me prendra au moins dix minutes.

Marc sortit les pieds de la bassine et se saisit d'une serviette placée sur le dossier de sa chaise. Tandis qu'il s'essuyait les orteils, Henderson étudia l'une des bottes.

– On dirait un modèle de l'armée britannique. Et elles n'ont jamais été portées.

Édith hocha la tête.

– Les Anglais ont abandonné une cargaison entière de bottes et d'uniformes sur les quais quand les Allemands sont arrivés. Alors on s'est servis. La moitié des gens de la ville portent ces godasses, ces vestes et ces pantalons.

Pour appuyer son affirmation, elle souleva une jambe et exhiba une botte trop grande, à la semelle incrustée de boue, et un pantalon kaki sommairement retaillé.

Marc enfila une botte à sa pointure.

— Pas mal, dit-il avant de se tourner vers son coéquipier. Pouvez-vous me passer l'une des paires de chaussettes qui se trouvent dans le sac ?

Édith louchait avec gourmandise sur le morceau de tarte d'Henderson.

— Vas-y, mange, lança ce dernier en poussant son assiette vers la fillette.

— Je peux vous faire visiter la base, dit-elle avant de hocher la tête en direction de Marc. Mais il vaudrait mieux qu'il vienne seul.

— Et pourquoi ça ? demanda l'intéressé.

— Les gardes se laissent facilement avoir par les enfants, expliqua Édith en avalant les dernières miettes de tarte.

— Je vous indiquerai le chemin à suivre pour rejoindre le quartier de Kernével, à Larmor-Plage, ajouta la serveuse. C'est là que vous trouverez les pêcheurs qui sont venus en aide aux Polonais.

Henderson fit la grimace. La jeune femme venait d'évoquer sa stratégie d'exfiltration devant Édith. Il se demandait désormais s'il existait une seule personne en ville qui n'ait pas été tenue informée de ses projets.

∴

L'appareil photo miniature était dissimulé dans une boîte d'allumettes de fabrication française, mais en raison de son poids, l'astuce ne résisterait pas un examen attentif. Marc le manipulait nerveusement au fond de sa poche en suivant Édith sur les pavés de la ruelle.

Il avait visité les plus importantes installations portuaires des côtes de la Manche. Certaines, comme le port de Dunkerque, avaient été purement et simplement anéanties. La plupart avaient subi de graves dommages au cours de l'invasion allemande. Mais Lorient était situé sur la côte atlantique. Des raids aériens sporadiques avaient eu lieu au cours de l'été précédent, et la Royal Air Force n'avait depuis lors procédé à aucun bombardement.

Les U-Boot étaient basés un kilomètre au sud, sur la presqu'île de Keroman, une avancée de terre au milieu de la rade de Lorient. Elle offrait deux avantages : des bassins de cale sèche favorisant l'entretien des submersibles, et un chenal d'accès étroit facile à défendre contre les attaques menées depuis la mer.

— Ne sois pas si inquiet, dit Édith. On restera à distance. Je connais un endroit. J'y suis allée des centaines de fois, pour récupérer du charbon.

Marc ne parvenait pas à se concentrer. Il revoyait le couteau fiché dans la poitrine de l'officier allemand et se demandait s'il avait déjà été porté manquant.

— Alors, qu'est-ce que tu fais de tes journées ? interrogea Marc, désireux de rompre le silence. Tu ne vas pas en classe ?

— Les Boches parlent de rouvrir les écoles, pour empêcher les enfants de commettre des vols. Mais j'ai presque treize ans. S'ils ne se décident pas rapidement, je ne serai même plus obligée d'y aller.

— Et tes parents, qu'est-ce qu'ils en disent ?

— Pas grand-chose, vu qu'ils sont morts. C'est Mme Mercier qui s'occupe de moi, maintenant. Je gagne ma croûte en nettoyant les écuries et en lui rendant des petits services.

Sur ces mots, elle sauta à pieds joints dans une flaque de mazout. Marc fit volte-face pour protéger son visage, mais des gouttes de liquide huileux mouchetèrent son dos.

— Tu ne serais pas un peu garçon manqué ? grogna-t-il.

Hilare, Édith lui souffla un baiser, puis ils reprirent leur route.

— Au nom de quoi serais-je obligée d'être une fille ? demanda-t-elle en haussant un sourcil. Pour que des vieux cochons posent leurs sales pattes sur moi dans une chambre dégoûtante en échange de vingt-cinq francs ?

— Vingt-cinq francs ? s'esclaffa Marc. Tu rêves. Estime-toi heureuse si tu en obtiens cinq.

Édith enfonça un doigt entre ses côtes.

— Espèce de salopard !

— Moi aussi, je t'aime, répliqua Marc. Bon, c'est encore loin ?

Peu à peu, la cité prit des allures de ville fantôme. Aux façades des bâtiments, les fenêtres étaient barrées de planches et les portes bâillaient.

— Tous les habitants du quartier ont été évacués, expliqua Édith. Les bâtiments vont être rasés pour laisser place à un nouveau blockhaus réservé aux U-Boot.

Ils empruntèrent une rue bordée de maisons festonnées de fil de fer barbelé et de panneaux d'interdiction rédigés en français et en allemand. Édith s'engagea dans une ruelle, poussa le portail de bois d'un jardinet, escalada un monceau de détritus et se laissa tomber derrière un muret.

Surpris par son agilité, Marc sauta à son tour dans une flaque de boue fétide parsemée d'éclats de verre. Ils s'engouffrèrent dans une maison abandonnée, suivirent un couloir obscur, puis débouchèrent dans une rue située à l'intérieur du périmètre interdit.

Édith se mit à courir. Marc, gêné par sa cheville blessée et le cuir raide de ses bottes neuves, avait toutes les peines du monde à ne pas se laisser distancer. Bientôt, il sentit l'air marin fouetter son visage. Ils tournèrent à droite et tombèrent nez à nez avec un groupe de garçons âgés de neuf à onze ans qui tuaient le temps en lançant des cailloux sur des boîtes de conserve. Aux yeux de Marc, leur présence en ces lieux était plutôt rassurante.

— Tiens, Sac-à-puces s'est trouvé un fiancé ! s'exclama joyeusement le plus grand de la bande.

Édith lui adressa un bras d'honneur puis guida Marc jusqu'à un mur à demi écroulé au-dessus duquel on apercevait une montagne de charbon. Ils s'immobilisèrent devant un pan dont une douzaine de briques situées près du sol avaient été descellées.

— Là où nous nous trouvons, tout ce qu'on risque, c'est de se faire enguirlander et d'être raccompagnés en zone autorisée. Mais de l'autre côté du mur, c'est autre chose. Si les Boches nous soupçonnent de vouloir voler du charbon, on aura de sérieux ennuis.

Marc dut rentrer son ventre pour se faufiler dans l'ouverture. Édith gravit courageusement le monticule de combustible. À chaque mouvement, ses bottes projetaient de la poussière noire au visage de son complice. Redoutant d'être repérée, elle acheva l'ascension à quatre pattes.

— Quelle vue superbe, dit Marc en s'allongeant à ses côtés.

Des fragments de charbon dévalèrent les flancs de la colline lorsqu'il y planta les coudes pour jouir du spectacle. La base des sous-marins s'étendait sur un demi-kilomètre. Elle se trouvait à soixante mètres à l'ouest de leur position, au-delà d'un court canal encadré de béton qui, sur leur gauche, s'ouvrait sur la rade et, à l'autre extrémité, s'achevait par une rampe destinée aux réparations navales.

Marc déboutonna le col de sa chemise, essuya ses doigts souillés sur son pantalon, puis sortit de sa poche la boîte d'allumettes où était caché son appareil photo. Le dispositif était équipé d'un viseur escamotable et d'un bouton permettant de choisir le niveau d'exposition.

Il régla l'appareil sur *medium* puis enfonça l'interrupteur à plusieurs reprises. Il travailla méthodiquement, réalisant des clichés des trois bunkers de forme allongée, de la partie avant du U-Boot qui saillait de l'une des constructions, et de deux submersibles rangés côte à côte, recouverts de filets de camouflage gris.

Il étudia le blockhaus situé à la pointe de la presqu'île dont les murs latéraux, épais de plusieurs mètres, étaient achevés. Des hommes chargés de démonter un échafaudage étaient suspendus à des harnais. D'autres équipes travaillaient au montage du toit. À l'une des extrémités, seules les premières plaques de soutien avaient été posées. À l'autre, une grue soulevait les épais rectangles de béton armé destinés à la couverture de l'édifice.

La construction du second bunker était moins avancée. Les murs d'enceinte ne mesuraient pour l'heure pas plus de quelques mètres. Les alvéoles, quais destinés à l'accueil des submersibles, étaient positionnées au-dessus du niveau de la mer. L'édification du slipway, système complexe comprenant une écluse et des rails inclinés permettant d'y acheminer les appareils, était achevée.

— Je suppose que c'est là que les sous-marins les plus endommagés seront placés en cale sèche pour y subir les réparations, dit Marc.

Édith hocha la tête.

— À ce qu'on dit, quand ce sera terminé, les plus puissantes bombes anglaises ne pourront même pas rayer le toit.

Des bunkers de taille plus modeste, destinés aux réserves de carburant, aux stocks de munitions et aux quartiers du personnel, étaient en voie d'édification. Marc prit autant de photographies que le lui permettait la pellicule, puis s'accorda quelques secondes pour observer le spectacle qui s'offrait à ses yeux. Il resta saisi par l'énormité des édifices. Tout démontrait que la Kriegsmarine concentrait tous ses efforts sur sa flotte de submersibles.

— Au train où vont les choses, dit-il, ils pourront bientôt abriter une trentaine de sous-marins, et la Royal Air Force n'aura aucun moyen de les couler avant qu'ils ne prennent le large.

Édith ne fit pas de commentaire. Elle venait d'apercevoir deux soldats allemands portant les insignes distinctifs de la police de la Kriegsmarine qui se ruaient dans leur direction.

— Il faut qu'on fiche le camp, cria-t-elle avant de rouler tête la première en bas du tas de charbon. Le gros Adolf est à nos trousses !

CHAPITRE SIX

Henderson se mit en route pour Kernével, où il devait rencontrer les pêcheurs. Le pont qui permettait de quitter Lorient par l'ouest avait été fortifié et équipé de canons antiaériens. Des ballons de barrage flottaient sur toute sa longueur afin de prévenir les attaques aériennes à basse altitude.

Mal à l'aise, il remit ses papiers au jeune soldat allemand en faction au poste de contrôle. Ce dernier tira sur la jugulaire de son casque, dévoilant un menton constellé de boutons rouges provoqués par le feu du rasoir, puis le dévisagea avec suspicion.

— Je connais ce bar, dit-il, mais je ne vous y ai jamais rencontré.

Si on lui avait laissé le choix, Henderson n'aurait pas adopté pour couverture un métier exercé dans un lieu public.

— La plupart du temps, je travaille en cuisine ou dans l'arrière-salle.

Il palpa discrètement l'arme glissée dans son pantalon. Il était exclu de se soumettre à une fouille. Tandis que le soldat étudiait sa carte d'alimentation, il observa les abords du barrage, envisageant les possibilités de fuite qui s'offraient à lui. Un garde était posté à chaque extrémité du pont. En cas d'urgence, il bondirait par-dessus le parapet puis courrait le long de la berge pour se mettre à couvert dans les taillis les plus proches.

— Votre permis de circulation indique que vous vous trouvez à Lorient depuis un mois, mais vos tickets sont intacts, dit l'Allemand. Vous manquez d'appétit ?

Affichant une confiance inébranlable, Henderson improvisa une explication assortie de détails crédibles.

— J'ai perdu ma carte. Mr Muller m'a remis celle-là hier après-midi.

Guère convaincu, le soldat étudia la décharge militaire. La femme qui patientait derrière Henderson poussa un soupir agacé. Sur le pont, un camion venu de la rive opposée filait en direction du poste de contrôle. Le chauffeur lança un coup d'avertisseur, forçant un cycliste à se ranger précipitamment le long du parapet. Enfin, ayant immobilisé brutalement son véhicule devant la barrière, il se pencha à la portière et se mit à hurler en allemand à l'adresse de son collègue :

— Eh, il paraît que tu es rentré en retard à la caserne, la nuit dernière, et que tu vas te faire remonter les bretelles.

— Qui te l'a dit ?

— Peu importe. Tu es bon pour la corvée de fosse à purin, avec de la merde jusqu'aux coudes. Tu n'es pas près de te débarrasser de l'odeur.

— Tant mieux, lâcha le garde en soulevant la barrière. J'y rencontrerai sans doute ta mère.

— Va te faire foutre ! gronda le chauffeur avant d'enfoncer la pédale d'accélérateur.

L'expression du jeune homme exprimait une profonde détresse. Il avait le mal du pays, de ses parents, de ses amis. Il jeta les papiers au visage d'Henderson puis, d'un geste las, l'invita à franchir le barrage. Ce dernier les ramassa et poussa un soupir de soulagement, mais l'incident l'avait mis sur ses gardes. À l'évidence, ses faux documents n'étaient pas irréprochables, et il redoutait désormais de se trouver confronté à des Allemands plus zélés.

.:.

L'air chargé de poussière de charbon était irrespirable. On n'y voyait pas à deux mètres. Sourd à la douleur que lui causait sa cheville, Marc courait derrière Édith. Un soldat s'était posté devant la brèche qui leur avait permis d'accéder au dépôt, mais la fillette avait un plan de secours. Ils détalèrent le long du mur d'enceinte. Le gros Adolf, âgé d'une cinquantaine d'années, était lourd et lent, mais son collègue, bien plus jeune, gagnait rapidement du terrain.

Édith se dirigeait vers un portail grillagé couronné de fil de fer barbelé. Marc, qui avait appris à franchir ce type d'obstacles, aurait pu abandonner sa complice aux griffes des Allemands, mais elle seule pouvait le mener au point de rendez-vous où il devait retrouver Henderson et les pêcheurs.

— Je vous tiens ! lança un troisième Allemand surgi de derrière un monticule de charbon dressé au bord du quai.

D'une seule main, il saisit Édith par le col puis la plaqua brutalement contre le mur.

Marc lui porta un formidable coup de botte à l'entre-jambe, le contraignant à lâcher prise et à se rouler dans la poussière, terrassé par la douleur. Le garçon fit volte-face puis, constatant que leur poursuivant était presque sur eux, lança un coup de pied circulaire. Hélas, sa cheville blessée dérapa dans les éclats de charbon qui jonchaient le sol, et il manqua sa cible. L'Allemand saisit sa jambe, la tordit violemment et le précipita sur le dos.

À nouveau, Édith se retrouva prisonnière. L'homme dont Marc avait martyrisé les parties intimes se fit un plaisir de l'immobiliser en lui pliant fermement le bras dans le dos. Le souffle court, le gros Adolf arriva en boitillant, une main posée sur la poitrine. Les enfants qui rôdaient dans la zone lui avaient attribué ce surnom en raison de son embonpoint et de la petite moustache carrée qui ornait sa lèvre supérieure.

— Bon sang, quand cesseras-tu enfin de me faire courir ? gronda-t-il à l'adresse d'Édith, plus consterné que furieux.

Un peu sonnée, la fillette adressa un sourire innocent à son vieil adversaire.

— Vous n'auriez pas une petite barre de chocolat pour moi, aujourd'hui ?

— Vous n'avez pas conscience des ennuis que vous me causez, vous tous ! rugit le gros Adolf. Tous les jours, des gens importants viennent inspecter les nouvelles installations, de l'autre côté du canal. Ils voient des gamins qui courent dans ce dépôt, et je n'arrête pas de me prendre des savons. Combien de fois t'ai-je attrapée, déjà ? Huit, neuf ?

— Je vous présente mes excuses, monsieur, gémit Édith en frottant son crâne endolori. Si vous me laissez partir, je vous promets de ne jamais remettre les pieds dans les parages.

— Hélas, j'ai reçu de nouvelles instructions, soupira le gros Adolf. Les mains sur le mur, jambes écartées.

Édith obéit, mais le plus jeune soldat la força à adopter une position encore plus inconfortable à grands coups de pied dans les talons. Enfin, il brandit une longue matraque de bois et la frappa violemment aux côtes.

Elle grimaça, mais n'émit pas un son. Elle reçut un deuxième coup à l'arrière des genoux.

— Tu apprécies le spectacle, mon garçon ? ricana le gros Adolf. Eh bien, réjouis-toi, car c'est loin d'être terminé.

Le coup suivant atteignit Édith entre les omoplates. Elle s'écroula à plat ventre dans la poussière. Son tortionnaire planta une botte dans son dos et frappa au niveau des cuisses. Il ne semblait pas disposé à interrompre le supplice.

— Assez ! ordonna Adolf. Je t'ai demandé de lui donner une leçon, pas de la tuer.

Alors vint le tour de Marc. Solide et endurant, il parvint à se tenir debout tout au long de la punition, mais il reçut quatre coups aux côtes qui lui coupèrent le souffle. Avant d'avoir pu recouvrer leurs esprits, les deux enfants furent traînés jusqu'à un portail grillagé puis jetés hors du dépôt. Édith, le visage ruisselant de larmes, était secouée de sanglots.

Le soldat qui avait administré les coups de matraque s'adressa au gros Adolf en allemand.

— Ils n'en ont pas eu assez, monsieur.

— Ferme-la, pauvre idiot. Retourne au dépôt, et tâche de débusquer d'autres mioches. Je veux que tu leur fasses peur, pas que tu les massacres.

Les deux subordonnés s'éloignèrent la tête basse.

Une main serrée sur sa cuisse endolorie, Édith jeta à Adolf un regard noir.

— Vous disiez que votre fille avait le même âge que moi, cracha-t-elle. J'espère que votre maison sera bombardée, et qu'elle y restera.

— Vous ne devez pas entrer dans le dépôt, insista l'homme. Vous n'êtes encore que des enfants. Je sais bien que vous n'emportez qu'un peu de charbon à chaque fois, mais vous êtes tellement nombreux… J'ai reçu l'ordre de capturer ou d'abattre tous les pillards. Il n'y aura pas d'autre avertissement. Fais passer le mot à tes copains. Je ne voudrais pas que l'un de vous finisse avec une balle dans le dos.

Tandis que le gros Adolf débitait son sermon, Marc glissa une main dans sa poche pour s'assurer qu'il était toujours en possession de ses papiers, de son couteau et de l'appareil photo. Tout compte fait, il avait accompli sa mission, et la douleur causée par les coups de matraque restait tolérable.

— Tenez, dit l'Allemand en tendant deux bonbons enveloppés dans du papier doré. Je suis désolé.

Constatant qu'Édith n'esquissait pas un geste, il les laissa tomber à ses pieds puis tourna les talons. La fillette attendit qu'il ait disparu de son champ de vision avant de les glisser dans sa poche.

∴

La Kriegsmarine avait ordonné l'évacuation de la flotte de pêche locale, initialement basée à Keroman, vers le petit port naturel de Kernével, à un kilomètre et demi au sud. Henderson y trouva rassemblé un nombre considérable de petites embarcations. Il s'adressa à un garçon qui étendait un filet sur le quai principal :

— Bonjour, je cherche Alphonse Clément.

L'enfant tendit le bras vers un bistrot à la façade délabrée.

Henderson n'y trouva pas son contact, mais la serveuse l'invita à patienter. Il s'installa à une table placée devant l'établissement afin de jouir d'une vue générale sur le port. Il commanda un café dont le goût évoquait celui de l'acide de batterie, puis un petit verre de cognac pour se calmer les nerfs. À peine l'eut-il englouti qu'un vieil homme chaussé de bottes en caoutchouc, à la barbe en bataille et à la peau tannée par le soleil, fit son apparition.

— Hortier ? demanda-t-il.

Henderson hocha la tête.

— Nicolas Clément, enchanté de vous rencontrer. Mon frère Alphonse est en train de préparer le bateau. Il ne devrait plus tarder.

Sur ces mots, il demanda à la serveuse d'emporter l'ersatz de café et de leur servir deux tasses d'un breuvage digne de ce nom.

Henderson désigna trois grands chalutiers de modèle récent dont la coque présentait de larges traces de rouille.

— Pourquoi restent-ils à quai ?

— Plus de gazole, expliqua Nicolas. Et presque plus de charbon. Nous en sommes réduits à naviguer à la voile.

— Mais la pêche doit rapporter gros, avec toutes ces restrictions alimentaires.

— On s'en sort, mais on ne roule pas sur l'or, loin de là.

La serveuse déposa deux petits noirs fumants sur la table.

— Les nouvelles règles sont sévères, poursuivit Nicolas. Pêche de jour uniquement, interdiction de s'éloigner de plus de six kilomètres des côtes. La plupart des gars valides sont prisonniers en Allemagne. J'ai soixante-treize ans, et je travaille avec mes petits-fils âgés de quinze et dix-sept ans.

Tout en écoutant son interlocuteur, Henderson étudia attentivement les environs, notant chaque détail, des femmes qui vidaient les poissons sur le quai principal aux canons de 20 mm installés à l'entrée du port. Lorsqu'il eut terminé son café, Nicolas consulta sa montre à gousset et se leva.

— Je me demande ce que fabrique Alphonse, dit-il. Marchons jusqu'à son atelier, monsieur Hortier.

Le vieil homme se déplaçait d'un pas alerte sur les pavés grossiers de la rue menant vers l'intérieur du village. Il emprunta une voie étroite sur la droite, puis se baissa pour franchir une large porte équipée d'un volet roulant.

Henderson découvrit un atelier bien ordonné où flottait une forte odeur d'huile de vidange. Des outils étaient alignés sur les murs, des pièces de moteur entreposées sur des étagères. Le maître des lieux se tenait devant son établi.

Un troisième individu guettait, embusqué derrière une pile de caisses. Henderson ne prit conscience de sa présence que lorsqu'il lui colla le canon de son fusil sous le nez.

CHAPITRE SEPT

Henderson fut fouillé. On le délesta de son arme et de ses papiers, mais le petit couteau dissimulé dans la doublure de sa veste échappa aux investigations. Il reçut l'ordre de s'asseoir sur un tabouret placé au centre de l'atelier puis Alphonse mena l'interrogatoire. Plus jeune que son frère, c'était un homme aux traits durs et aux mains souillées de cambouis.

— Mme Mercier est trop confiante, monsieur Hortier, dit-il. Si c'est là votre véritable nom, bien entendu.

— Je m'appelle Henderson.

— Vous prétendez avoir débarqué la nuit dernière, mais vous ne possédez ni bateau ni radio.

Henderson se tortilla nerveusement sur son tabouret.

— Si j'étais un espion allemand, je n'aurais aucun mal à me procurer cet équipement.

— Et le garçon, qu'est-ce qu'il fiche avec vous ?

— Un père et un fils sont moins susceptibles d'éveiller les soupçons.

— La photo des trois Polonais devant Big Ben sent le montage à plein nez. Je crois, moi, qu'ils ont été capturés en mer et interrogés par la Gestapo. Ils ont lâché le nom de Mme Mercier sous la torture. Ils ne l'ont pas arrêtée tout de suite, de manière à remonter tout le réseau.

Sur ces mots, Alphonse s'empara d'une lourde clé anglaise.

— Votre version est plausible, dit Henderson en tâchant de conserver son calme. Vous avez travaillé dans la police, avant la guerre ?

— J'ai du flair, Mr Henderson, ou quel que soit votre nom. Vous êtes britannique, n'est-ce pas ?

— Cent pour cent anglais.

L'homme se tourna vers ses complices.

— Amenez-le ! ordonna-t-il.

On entendit une porte grincer, puis un inconnu se planta devant le tabouret. Sa joue droite et son cou portaient les traces d'une récente brûlure. Henderson considéra son pantalon et sa chemise de paysan, sa moustache finement taillée, et reconnut les bottes réglementaires des pilotes de la Royal Air Force.

— Salut, mon vieux, dit Henderson en anglais. Votre avion a été abattu, je suppose ?

— Nous avons dû sauter de l'appareil. Panne de carburant.

Le ton du pilote trahissait son appartenance à la haute société. Ayant été informé qu'il avait sans doute affaire à un agent secret allemand, il semblait extrêmement méfiant.

— Nous avons eu la chance d'être secourus en mer par ces pêcheurs.

— *Vous* ? Combien étiez-vous ?

D'un regard, Alphonse interdit au pilote d'en dire davantage.

— Ils veulent que je vous pose des questions, expliqua ce dernier. À propos de choses que seul un Anglais peut connaître. Vous vous intéressez au cricket ?

— Je préfère le football, répondit Henderson. Je suis issu d'un milieu modeste, voyez-vous. Je soutiens Arsenal.

— C'est ennuyeux, dit le pilote en lissant pensivement sa moustache. J'allais vous demander le nom des joueurs qui ont remporté le dernier tournoi des Ashes…

— Je peux vous dire qui a gagné la Cup, l'an passé. Portsmouth quatre, Wolves[3] un.

— Hélas, je ne connais pas grand-chose au football. Laissez-moi réfléchir… Sauriez-vous me dire qui a remporté les quatre dernières courses d'aviron universitaires ?

— J'hésite entre Oxford et Cambridge, sourit Henderson.

— Hymne national, troisième couplet ?

---

3. Surnom donné aux joueurs de l'équipe de football de Wolverhampton (NdT).

— *Not in God's land alone, but be thy mercies known.*

— Non, ça c'est le quatrième. La suite du couplet ?

— La dernière fois que je l'ai chanté, c'était à l'école, il y a plus de vingt ans. Franchement, je ne m'en souviens pas.

Alphonse manifesta son impatience.

— Alors ?

Le pilote s'exprima dans un français épouvantable.

— Difficile à dire. Mais il a un fort accent de Londres. S'il est allemand, c'est un bon acteur.

Henderson était confronté à deux problèmes. D'une part, Alphonse avait mis en jeu sa crédibilité en le désignant comme espion. D'autre part, il n'existait pas, à sa connaissance, de détails de la culture britannique qu'un agent allemand ne puisse mémoriser.

Alphonse brandit sa clé à mollette.

— Moi, je dis qu'on devrait lui attacher une enclume aux pieds et le jeter dans le port, dit-il.

— Si la Gestapo est après nous, ça ne changera pas grand-chose, fit observer Nicolas. Il a sans doute averti ses supérieurs qu'il devait nous rencontrer. Ils ont peut-être déjà bouclé la rue, en ce moment même.

— Exactement, confirma Henderson en hochant la tête en direction du pilote. Vous lui avez bien fait confiance, à lui, non ? Pourquoi ne pas considérer une seconde que je suis ce que je prétends être ? Qu'est-ce que vous avez à perdre ?

Nicolas esquissa un sourire.

— On les a trouvés à moitié noyés dans l'Atlantique. Les Boches sont rusés, mais de là à monter une telle mise en scène…

À nouveau, la porte grinça sur ses gonds. Les trois Français tournèrent la tête, convaincus de voir débouler la Gestapo. À leur grand soulagement, la serveuse du café Mercier fit son apparition, accompagnée d'Édith et de Marc. Ce dernier, frappé par la tension qui régnait dans l'atelier, glissa une main dans sa poche et serra la poignée de son couteau.

— Mais qu'est-ce que vous fabriquez ? s'exclama la fillette en fusillant Alphonse du regard. Vous avez perdu la boule ? Il est ici pour nous aider.

— C'est un salaud de la Gestapo. J'en mettrais ma main au feu.

— Les Boches viennent de le passer à tabac, expliqua Édith en désignant son camarade. Il a pris des photos de la base des sous-marins.

— Ils sont plus malins que tu ne le crois. C'est une manœuvre pour faire tomber tout le réseau.

— Et dans ce cas, nous sommes déjà condamnés, insista Nicolas. Nous n'avons pas d'alternative, Alphonse. Nous devons leur faire confiance. La vérité, c'est que tu ne veux pas perdre la face.

Tandis que les Français se chamaillaient, Marc estima rapidement la situation. Les trois hommes ne le considéraient pas comme une menace. Ils n'avaient même pas pris la peine de le fouiller. S'il parvenait à neutraliser l'individu qui tenait le fusil, Henderson n'aurait aucun mal à se débarrasser d'Alphonse. Nicolas étant un vieil homme, ils pourraient prendre la fuite et le distancer sans difficulté.

— Il ne peut pas prouver qu'il est anglais, gronda Alphonse.

— Mais *comment* pourrais-je le prouver ? répliqua Henderson. Il a dit que mon accent était parfait.

Marc tenait le couteau dans sa poche, mais il était décidé à n'en faire usage qu'en toute dernière extrémité. L'affaire pouvait tourner au bain de sang, et il était impossible de prévoir les réactions de la serveuse, d'Édith et du pilote.

Le pilote.

Son visage et son accent aristocratique lui étaient étrangement familiers.

— Vous n'auriez pas un frère nommé Walters ? Un membre de la Royal Air Force, lui aussi ? Il vous ressemble beaucoup, avec peut-être deux ou trois années de moins.

Le pilote secoua la tête, puis leva un sourcil.

— Je m'appelle Jarhope, mais lorsque j'étais à l'entraînement, l'instructeur parlait souvent d'un certain Walters, racontant qu'il avait servi sous ses ordres quelques mois plus tôt, et qu'il me ressemblait à s'y méprendre.

— Eh bien je connais ce Walters ! s'exclama gaiement Marc. Il faisait partie de l'équipage de l'avion quand j'ai sauté en parachute, lors d'une mission d'exercice en Écosse.

— Je suis convaincu qu'il dit vrai, annonça Jarhope. Il n'a pas pu inventer ce détail.

Marc dut traduire l'intervention du pilote pour achever de convaincre Alphonse. Ce dernier, la mine sombre, posa la clé sur l'établi, adressa un signe à l'homme qui tenait le fusil et autorisa Henderson à se lever. Marc lâcha son couteau.

Alors, un immense éclat de rire collectif secoua l'atelier.

∴

Avant de se mettre en route vers le port où ils devaient trouver un bateau et définir une stratégie pour rejoindre le *Madeleine*, Henderson et les deux frères confièrent Marc et Édith aux bons soins de Thérèse, la fille d'Alphonse, une femme âgée d'une trentaine d'années.

Ils ôtèrent leurs vêtements puis se décrassèrent à l'eau froide dans la cour intérieure du bâtiment. Marc n'eut aucun mal à se débarrasser de la poussière de charbon dont son corps était maculé. Édith, elle, se montra rétive, en dépit de la couche de crasse accumulée pendant des semaines de maraude. Elle n'accepta de s'exécuter que lorsque Thérèse menaça de la frotter à l'aide d'une brosse métallique. Privée de ses haillons, la fillette, qui n'avait que la peau sur les os, faisait peur à voir.

Thérèse leur prépara un bain chaud. Par galanterie, Marc laissa Édith s'y glisser la première, mais lorsqu'elle en eut terminé, l'eau était si noire qu'il dut patienter vingt minutes, enroulé dans une couverture, qu'on fasse chauffer de quoi remplir la grande bassine en fer-blanc.

La nuit était tombée. Marc et Édith se réchauffèrent devant la cheminée jusqu'à l'heure du repas.

Jarhope, le pilote, fut le premier à se présenter dans la salle à manger.

— Quelle chance que vous connaissiez Walters, chuchota Marc, soucieux de ne pas réveiller Édith qui somnolait à ses côtés. Sinon, je crois bien que Mr Henderson et moi-même serions déjà en train de nourrir les poissons.

— Pour être tout à fait honnête, je n'ai jamais entendu parler de cet homme-là. Mais je suis coincé dans cette bicoque depuis plus d'un mois, à attendre que mes brûlures guérissent. Mes camarades sont déjà partis vers le sud, et je préfère quitter la France en bateau avec vous que de marcher jusqu'en Espagne, surtout avec cette tête pleine de cicatrices qui risque fort de ne pas passer inaperçue...

CHAPITRE HUIT

Le dîner fut inoubliable. Mme Mercier se fit déposer en automobile. Nicolas déboucha une bouteille de son meilleur cognac. Seul Alphonse resta discret, toujours embarrassé par sa lourde erreur de jugement. La serveuse du *Chat botté* remit à Henderson plusieurs documents en blanc, mais elle n'apportait pas que des bonnes nouvelles. Le corps de l'officier de l'OT avait été découvert. La sécurité aux postes de contrôle avait été renforcée.

Tout le monde s'accordait à penser que la situation était grave. Les Allemands devaient être sur les dents. Les fouilles et les arrestations ne tarderaient pas à se multiplier. Le couvre-feu serait plus strict que jamais. Au pire, des civils seraient exécutés par mesure de représailles.

Constatant l'abattement des convives, Mme Mercier se leva.

— On ne fait pas d'omelette sans casser des œufs, déclara-t-elle. Nous sommes en guerre, et nous traverserons des moments terribles avant de parvenir à la victoire finale.

Impressionné par ce discours, Henderson leva son verre.

— Au triomphe de la France ! lança-t-il.

— Et puissent nos invités regagner leur patrie sains et saufs, ajouta Mme Mercier.

∴

— C'est comme chercher une aiguille dans une botte de foin les yeux bandés, dit Henderson à Jarhope, tandis que le bateau quittait Kernével.

Nicolas et Alphonse avaient déniché un voilier de quatre mètres amarré à l'écart du port, hors du champ de vision des sentinelles allemandes. Henderson, navigateur chevronné, estimait que l'embarcation pourrait leur permettre de gagner les côtes anglaises, même s'ils manquaient leur rendez-vous avec le *Madeleine*. Ils avaient emporté des vivres et de l'eau potable, juste au cas où, mais la perspective de naviguer cinq jours durant à bord de cette coquille de noix n'avait rien d'enthousiasmant. Si une tempête ne les envoyait pas par le fond, la marine allemande pourrait bien s'en charger.

Jarhope, qui n'avait guère le pied marin, souffrait du mal de mer. Marc, allongé près de la proue, tendait l'oreille, impatient d'entendre le bourdonnement caractéristique des turbines du *Madeleine*. Il disposait d'une lampe torche et de bâtons lumineux destinés à signaler sa position, mais il devait être sûr de son fait, sous peine d'attirer par mégarde une corvette allemande.

Ils n'avaient même pas la certitude que le *Madeleine* se présenterait au rendez-vous. Porth Navas se trouvait à une cinquantaine d'heures de mer de Lorient. Le remorqueur avait dû naviguer à soixante-dix kilomètres des côtes, à la merci des patrouilleurs de la Kriegsmarine et des chasseurs de la Luftwaffe.

Henderson suivait une trajectoire en zigzag. Si Farès avait fait correctement son travail, le *Madeleine* se trouvait dans un rayon de deux kilomètres. Ils avaient répété la manœuvre au large des Cornouailles. À quatre reprises, le remorqueur et le canoë avaient opéré leur jonction, mais les deux embarcations étaient à la merci d'une mauvaise rencontre, d'une panne mécanique ou d'une erreur de navigation, comme l'avait démontré Farès la nuit précédente.

Minuit passa. Une heure. Deux heures. Trois heures. Henderson annonça qu'ils renonceraient à quatre heures, de façon à pouvoir s'éloigner des côtes avant le lever du jour.

Le son d'un moteur se fit entendre peu avant quatre heures moins le quart.

— Je suis presque sûr que c'est le *Madeleine*, dit Marc.

Henderson modifia le cap du voilier. Il devait rester sur ses gardes, car l'équipage du remorqueur s'attendait à voir apparaître un canoë. Marc forma un V avec les bâtons lumineux. Un puissant projecteur balaya les flots, le contraignant à fermer les yeux. C'était une procédure risquée à proximité des côtes françaises, mais l'équipage du *Madeleine*, tout comme les occupants du voilier, avaient fini par perdre tout espoir de revoir leurs compagnons d'armes.

Un sourire illumina le visage d'Henderson lorsqu'il reconnut la silhouette caractéristique du remorqueur. L'équipage était composé de Farès, l'instructeur né au Maroc, de Tristan Leconte, un garçon de treize ans rompu à la navigation en haute mer qui venait d'obtenir la qualification d'agent opérationnel, et d'Elizabeth DeVere – que tout le monde appelait Boo –, une jeune fille de dix-neuf ans qui, embauchée au poste d'opérateur radio, n'avait pas tardé à découvrir que CHERUB exigeait un profil pour le moins polyvalent.

Tristan aida Marc à se hisser sur le pont du *Madeleine*, puis Jarhope lui remit le sac contenant l'équipement et les vêtements.

— Vous avez eu des ennuis ? demanda Henderson à Farès.

— Rien à signaler, capitaine.

— Hissons le voilier sur le pont à l'aide du treuil, puis mettons le cap vers le large. Dans quarante minutes, le jour se lèvera.

⁂

Le *Madeleine* avait été dérobé par l'équipe d'Henderson lors de son évasion de France, l'automne précédent. Il avait depuis officiellement été rebaptisé *HMS Madeleine*, et appartenait désormais à la réserve de la Royal Navy, une flotte composée de chalutiers, de remorqueurs et de ferry-boats basée à Porth Navas, en Cornouailles, à l'embouchure de l'Helford River. Officieusement, seul Henderson accordait de l'importance au vieux rafiot bâti quarante et une années plus tôt. Il avait passé un hiver à réunir équipage et matériel afin d'en faire un bâtiment conforme aux exigences des opérations d'infiltration.

Au bout du compte, ce n'était pas à proprement parler un destroyer, mais le résultat dépassait ses espérances. Équipé d'une nouvelle chaudière, d'une quille modifiée, d'un puissant dispositif optique et d'une mitrailleuse 22 mm escamotable à la proue, il était armé pour la navigation en haute mer.

En temps de paix, la traversée vers Porth Navas aurait duré une trentaine d'heures, mais la nécessité de naviguer à l'écart des côtes, des voies commerciales et des mines flottantes anglaises dont l'emplacement lui avait été communiqué condamnait l'équipage du *Madeleine* à trois jours de navigation.

Une fois de plus, Marc dut se résoudre à veiller. Le remorqueur était bruyant, humide et agité. Il s'installa à la proue en compagnie de Tristan, une bouée pour tout oreiller. Les deux garçons, incapables de trouver le sommeil, discutaient de tout et de rien lorsque Farès déboula sur le pont.

— Puisque vous ne dormez pas, vous pourriez peut-être aider Boo à alimenter la chaudière.

Les deux garçons se figèrent, puis firent semblant de ronfler tout en tâchant de réprimer un fou rire. En quelques minutes, Marc, exténué, sombra dans un profond sommeil.

Trois heures plus tard, Henderson le réveilla d'un léger coup de pied à la hanche. Marc s'étira et lâcha un bâillement, mais son supérieur hiérarchique saisit l'une de ses mains et la secoua vigoureusement.

— Va chercher les fusils à lunette, ça presse.

Il faisait jour, et le *Madeleine*, à en juger au rugissement de la chaudière et aux mouvements du pont, était lancé à plein régime. Il se leva et découvrit un Schnellboot[4] allemand qui filait dans leur direction. Longue de trente-cinq mètres, l'embarcation était équipée de torpilles et de canons de gros calibre.

— Ils savent que nous n'avons aucune chance s'ils parviennent à aborder, cria Henderson, tandis que Tristan distribuait des armes automatiques aux membres de l'équipage. Nous allons feindre l'innocence. Garde ton calme, souviens-toi de ce que tu as appris, et prépare-toi à faire feu à mon signal.

---

4. Bateau de guerre puissamment motorisé destiné aux patrouilles à proximité des côtes et à la pose de mines flottantes.

Marc s'empara d'un sac contenant un fusil de précision démonté. Il en assembla les pièces en moins de vingt secondes, puis colla un œil à la lunette pour s'assurer de son bon fonctionnement. Il passa une bande de munitions autour de son torse, courut vers la proue puis s'agenouilla près de l'ancre. Tristan était accroupi à la poupe. Boo avait hissé le canon sur le pont puis levé un panneau de bois destiné à le masquer aux regards extérieurs. Armé d'une mitraillette Sten, Jarhope était embusqué dans une écoutille.

Bientôt, le patrouilleur allemand ralentit le long de la coque du *Madeleine*. Tout l'équipage était dissimulé, à l'exception d'Henderson, qui se tenait sur le pont arrière, et de Farès, qui occupait la minuscule cabine de pilotage. Tous deux affichaient des mines tranquilles, mais ils gardaient leur arme à portée de main.

Marc observait l'ennemi par le trou destiné au passage de la chaîne d'ancre. Il dénombra cinq hommes sur le pont. En étudiant leur comportement, il comprit qu'ils n'avaient pas correctement évalué les risques auxquels ils s'exposaient. L'un d'eux pelait des pommes de terre sur un seau retourné.

— Belle journée, n'est-ce pas ? lança Henderson en plaçant une main au-dessus de son front pour échapper aux premiers rayons du soleil.

— Magnifique, répondit l'un des Allemands, un marin portant une courte barbe. Pourquoi vous trouvez-vous si loin des côtes ?

— Nous sommes restés au large toute la nuit, expliqua Henderson, à cause d'un signal de détresse lancé par un vieux vapeur. Nous avons embarqué des pièces de rechange et un mécano. On l'a cherché pendant une éternité, sans résultat. Maintenant, on retourne à Brest.

— Nous patrouillons dans le secteur depuis le coucher du soleil, dit le marin, et nous n'avons rien entendu. Pardonnez-nous, mais nous allons devoir monter à bord, pour vérifier vos papiers et fouiller le bateau.

Henderson ne se laissa pas démonter.

— Mais je vous en prie, dit-il.

L'Allemand jeta un bout sur le pont du *Madeleine*. Marc observait le comportement du capitaine. Le Schnellboot était deux fois plus long que le remorqueur, mais les deux bateaux étaient parfaitement alignés, lui offrant un angle de tir parfait.

Un choc ébranla le *Madeleine* lorsque les vaisseaux entrèrent en contact bord à bord. Le barbu posa les mains sur le bastingage du remorqueur.

— Géronimo ! lança Henderson en saisissant le pistolet automatique glissé dans sa ceinture et en tirant froidement une balle dans la tête du marin.

La mitraillette de Jarhope balaya le pont, fauchant les quatre Allemands qui s'apprêtaient à monter à bord. Boo ouvrit le feu et abattit deux hommes postés à l'arrière du Schnellboot. La première balle de Marc élimina le capitaine, la deuxième envoya son second dans l'autre monde. Au même instant, un troisième membre d'équipage bondit sur la passerelle. Tristan l'envoya rejoindre ses ancêtres.

Huit hommes avaient perdu la vie avant que les Allemands ne se décident à riposter. Mais il était trop tard. La balance penchait désormais en faveur de CHERUB. L'individu chargé de la corvée d'épluchures fut fauché par une rafale de canon de 20 mm.

La première balle ennemie frôla les cheveux de Marc. Le tireur rectifia son tir, cribla la proue du *Madeleine*, puis pulvérisa les hublots de tribord. Par chance, les deux bateaux étaient trop proches pour que le remorqueur soit touché sous la ligne de flottaison.

Tandis que Farès quittait son poste sous un feu nourri, Tristan dégomma un ennemi jailli d'une écoutille. Marc prit pour cible l'Allemand qui se tenait derrière le canon, mais ce dernier était protégé par les plaques de fonte qui équipaient son arme lourde.

Henderson réalisa qu'il n'y avait qu'un moyen de faire taire cette menace : aborder le Schnellboot, se ruer sur l'ennemi et l'éliminer purement et simplement. Au moment où il se lançait à l'assaut, deux grenades fendirent les airs en direction du *Madeleine*.

L'une d'elles atterrit dans un amas de cordages, à proximité de Tristan. Ce dernier s'en saisit et la jeta par-dessus bord une fraction de seconde avant qu'elle ne lui arrache la main. Boo vit la seconde grenade rebondir sur le pont et rouler jusqu'à une écoutille.

Un troisième engin explosif manqua sa cible. Tristan suivit sa trajectoire et localisa son lanceur, accroupi derrière un tube lance-torpilles.

Jarhope sauta à son tour sur le pont du Schnellboot pour couvrir Henderson. Au même instant, la grenade qui avait roulé dans la cale du *Madeleine* détonna, endommageant gravement la chaudière et dispersant un nuage de vapeur brûlante qui s'échappa par l'écoutille.

Farès poussa un hurlement. Ses bras étaient criblés de fragments de verre. Boo, les mains percées d'échardes, le tira à l'écart de l'ouverture.

Tristan posa un genou à terre et enfonça la détente de son fusil à deux reprises. La première balle manqua sa cible. La seconde atteignit le lanceur de grenade à la fesse gauche et l'envoya rouler sur le flanc.

Henderson avait gravi l'escalier menant à la passerelle de l'U-Boot. Il braqua sa mitraillette en direction des hublots mouchetés de sang et liquida l'Allemand qui manœuvrait le canon. Les ponts extérieurs ayant été nettoyés, on n'entendait plus que le sifflement aigu de la chaudière du *Madeleine*.

— Venez ici, vous tous, ordonna Henderson. Le bateau pourrait exploser d'un instant à l'autre.

Tristan s'exécuta aussitôt, puis il abattit un marin surgi d'une écoutille, à l'arrière du Schnellboot.

Boo aida Farès, dont le visage ruisselait de sang, à enjamber le bastingage.

Marc constata que les deux bâtiments s'étaient écartés à l'avant, mais il ne pouvait gagner la proue en raison de la vapeur brûlante qui jaillissait de l'écoutille.

Il hurla désespérément à l'adresse d'Henderson.

Le charbon stocké dans l'entrepont du *Madeleine* s'était embrasé, et le feu s'était propagé au stock de munitions. Déjà, des rafales éclataient dans les profondeurs du remorqueur.

Jarhope lança une bouée reliée par un filin au bastingage du Schnellboot. Marc s'en saisit. À la poupe, Tristan coupa le bout mis en place par les Allemands pour amarrer les bateaux l'un à l'autre.

Marc se jeta à la mer. Jarhope tira de toutes ses forces sur la corde, mais le garçon, trop lourd, s'enfonça dans les profondeurs de l'océan, entre les deux bâtiments. Le filin échappa aux mains du pilote, labourant ses paumes nues.

Marc rassembla le cordage et, à la force des bras, parvint à se hisser à la surface. Mais la coque du *Madeleine* était dangereusement proche, menaçant de le broyer contre l'étrave du Schnellboot. Il pouvait sentir la chaleur intense dégagée par l'incendie qui faisait rage dans la cale du remorqueur.

— J'ai besoin d'aide ! cria-t-il.

Jarhope tenait ses mains sanglantes l'une contre l'autre. Il était incapable de répondre à cet appel. Boo traversa le pont afin de lui venir en aide. Elle s'allongea sous le bastingage et saisit la bouée.

Sur la passerelle, Henderson manipulait les commandes du bateau. Il redoutait que le feu qui dévorait le remorqueur ne se propage au Schnellboot. Lorsque Marc fut hissé à bord, il lança le moteur à plein régime pendant quelques secondes.

Les énormes turbines diesel rugirent.

— Nous devons demeurer sur nos gardes, cria Henderson en glissant son pistolet sous sa ceinture. Il doit rester cinq ou six boches là-dessous. Il va falloir liquider tous ces salopards.

CHAPITRE NEUF

Tandis que le *Madeleine* se consumait à une trentaine de mètres, Henderson coupa le moteur et ordonna à chacun d'observer le silence. Il tendit l'oreille, attentif aux sons provenant des ponts inférieurs, puis il se tourna vers Tristan.

— Prends la Sten de Farès et poste-toi près de l'écoutille arrière. Si des Boches sortent, donne-leur deux secondes pour se rendre, mais ne prends aucun risque. Marc, tu descends avec moi pour couvrir mes arrières. N'ouvre le feu qu'en cas d'absolue nécessité. Ces bateaux sont conçus pour aller vite, pas pour prendre part aux batailles navales. Nous n'irons pas très loin si la coque est criblée de balles.

Henderson saisit une perche sur le pont et s'en servit pour soulever la trappe avant, s'attendant à essuyer le feu ennemi.

— Sortez de là, les mains en l'air, dit-il en allemand, en se penchant avec précaution au-dessus de l'ouverture.

Pas de réponse.

— Capitaine, dit Jarhope, je ne mets pas en question votre autorité, mais ne pensez-vous pas qu'il vaudrait mieux que je vous accompagne ?

— Vu l'état de vos mains, répliqua Henderson, vous n'êtes pas à même de combattre. Marc est le meilleur tireur que je connaisse. Si vous tenez à vous rendre utile, fouillez les corps de nos ennemis, récupérez tout ce qui pourrait servir, puis balancez-les à la flotte avant qu'on ne patauge dans le sang.

Marc rejoignit son supérieur aux abords de l'écoutille. Au pied de l'échelle, il aperçut une radio de bord endommagée, un pistolet abandonné sur le sol et une table disposant d'un tiroir où étaient rangées les cartes nautiques.

— Finissons le boulot, dit Henderson avant de se laisser tomber un niveau plus bas et de glisser l'arme dans la poche de sa veste.

Lorsqu'il l'eut rejoint, Marc découvrit une porte blindée de chaque côté de la salle. Celle qui menait à la proue était entrouverte, l'autre close.

— Je te parie dix shillings qu'ils sont planqués à l'arrière, dit Henderson, mais commençons par nettoyer l'avant. J'ai dénombré dix cadavres, mais je ne sais pas combien de marins compte l'équipage.

Marc poussa la première porte. Henderson déboula arme aux poings dans une galerie étroite puis tira d'un coup sec le rideau vert qui masquait une ouverture sur la droite. Il inspecta la cabine du capitaine, un minuscule réduit meublé d'une couchette, d'une penderie et d'une tablette escamotable formant une écritoire.

— Personne, dit Marc avant d'avancer dans le couloir.

— Rendez-vous ! cria Henderson en allemand. Je vous promets que vous serez bien traités !

Marc pénétra dans le dortoir de l'équipage. Il découvrit trois renfoncements garnis de couchettes qui épousaient la forme triangulaire de la coque. L'espace confiné empestait la sueur et le tabac froid. Il souleva les couvertures pour s'assurer que les lits étaient inoccupés.

Alors, un Allemand au visage émacié jaillit d'un ultime compartiment situé à la proue en brandissant un hachoir. Henderson poussa Marc sur le côté et adressa au soldat un formidable coup de pied à l'estomac. Lorsque l'arme blanche tinta sur le sol, il le saisit par le col, lui cogna le crâne contre le montant métallique d'un lit puis colla le canon de son pistolet sur sa tempe.

— Un mensonge et je te brûle la cervelle, gronda-t-il. Combien d'hommes se trouvaient à bord de ce bateau ? Et combien de survivants ?

— Je n'en sais rien, répondit le marin.

— Quel manque de veine, gronda Henderson avant de lui briser le nez d'un coup de crosse.

Marc, à qui ce spectacle violent faisait horreur, jeta un œil à la minuscule salle de bains d'où avait surgi l'Allemand. Dans les toilettes, il découvrit des morceaux de papier déchirés et partiellement calcinés.

— On dirait des documents codés, dit-il. Bon sang, qu'est-ce que c'est sale ! Et je sens que ça va être à moi de les repêcher.

Henderson, qui continuait à brutaliser le marin, n'avait rien entendu.

— Combien d'hommes d'équipage ? répéta-t-il.

— La convention de Genève, bredouilla sa victime. Je suis un prisonnier de guerre. J'ai des droits.

— Tu veux poser une réclamation ? Eh bien, tu n'as qu'à adresser un courrier à la Société des Nations. Pour le moment, lève-toi.

Henderson poussa l'Allemand jusqu'à la pièce située sous l'écoutille, où Boo était en train d'étudier la radio de bord.

— Y a-t-il un moyen d'envoyer un message ?

— Je l'espère, répondit la jeune fille en grimaçant à la vue du marin au visage ensanglanté.

Henderson traîna ce dernier devant la seconde porte blindée.

— Ouvre, ordonna-t-il.

— Je ne peux pas.

— Qu'est-ce qu'il y a derrière ?

— Un marin, deux mécanos et un officier. Celui-là, c'est un vrai fanatique. Il m'a ordonné de brûler le code et de détruire la radio. Il me tuera s'il apprend que je vous ai renseigné.

— De quel armement disposent-ils ?

— Juste un pistolet, je pense.

— Avec un peu de chance, il commencera par te tirer dessus, dit Henderson. Boo, à trois, ouvre cette foutue porte. Marc, il doit y avoir des moteurs et des réserves de carburant, là, derrière, alors il vaut mieux éviter les armes à feu. Tu as toujours ton couteau ?

— Oui, monsieur, répondit le garçon avant de glisser la bandoulière du fusil sur son épaule puis de sortir son arme blanche de son fourreau.

Henderson frappa à la porte.

— Nous allons entrer, cria-t-il en allemand. C'est votre dernière chance de vous constituer prisonniers. Un... deux... trois.

Boo tourna la poignée, poussa le lourd panneau de métal et s'écarta de l'ouverture. Henderson propulsa le marin blessé dans la salle des machines puis lui administra un énorme coup de pied aux fesses. Une détonation retentit. Le malheureux s'écroula, touché à l'épaule. L'officier nazi battit en retraite derrière un moteur diesel, empêchant Marc de porter son attaque.

Henderson jeta un bref coup d'œil à l'intérieur de la salle des machines. Au même instant, un colosse en maillot de corps traversa l'étroite travée qui séparait les deux turbines et frappa son supérieur de toutes ses forces.

— Trahison ! hurla l'officier avant de perdre connaissance, tandis que le matelot et le second mécanicien avançaient vers la porte, les mains levées au-dessus de la tête.

Henderson se précipita vers le géant.

— Ne tirez pas ! cria ce dernier. Si une balle atteint les réserves, nous serons tous volatilisés.

— Combien d'hommes se trouvent encore à bord ?

— Il n'y a plus que nous, assura le mécanicien. Je vous jure que c'est la vérité.

Henderson baissa son arme puis adressa à ses prisonniers un hochement de tête rassurant.

— Montez sur le pont, vous trois. Et pas de gestes brusques, compris ?

Il se tourna vers l'écoutille et cria :

— Jarhope, je vous envoie du monde. Vous m'avez entendu ?

— Nous sommes prêts à les accueillir, répondit le pilote.

Enfin, Henderson s'adressa à Marc.

— Ligote l'officier avant qu'il ne reprenne ses esprits, puis tâche de dénicher une trousse de secours afin de venir en aide au marin blessé. Boo, essaie de faire fonctionner la radio. C'est important. Il faut envoyer un message à la Royal Navy. Si nous approchons des côtes anglaises à bord de ce bateau, nous risquons d'être bombardés par notre propre aviation.

Marc considéra le marin couvert de sang de la tête aux orteils. Son bras droit ne tenait plus qu'à un fil. Il était capable de porter les premiers soins à un blessé léger, mais ce cas dépassait de très loin ses compétences.

— Mais qu'est-ce que vous attendez de moi? bredouilla-t-il, épouvanté.

— Fais de ton mieux, dit Henderson. Je serai de retour dès que possible, mais s'ils ont eu le temps de lancer un appel de détresse, on pourrait bien avoir la moitié de la flotte allemande aux fesses si nous traînons dans les parages.

Il passa près de Boo, qui étudiait le panneau de commande de l'émetteur, puis gravit l'échelle menant au pont. Farès, le navigateur de l'équipe, était étendu à l'arrière du bâtiment, les jambes couvertes de cloques et les bras constellés d'éclats de verre. Ce n'était pas beau à voir, mais sa vie n'était pas menacée.

Jarhope, lui, devait surveiller les prisonniers. Henderson convoqua Tristan sur la passerelle.

— Je sais que tu t'y connais en voiliers, mais qu'en est-il des bateaux à moteur?

Le garçon considéra les instruments maculés de sang.

— Je n'ai jamais manœuvré de navire de cette taille, mais les commandes ne sont pas très différentes de celles du vieux chalutier de mon père.

— C'est parfait. Comme il me reste beaucoup de problèmes à régler, je veux que tu prennes la barre. Mets le cap au nord-nord-ouest et donne l'alerte si d'autres bateaux se pointent à l'horizon. Je te donnerai d'autres instructions dès que possible, mais pour l'instant, le plus important, c'est de nous éloigner des côtes françaises. Dès que tu te sentiras prêt à manœuvrer, pousse les machines à vingt-deux nœuds pendant un quart d'heure, puis réduis la vitesse à dix nœuds. Nous sommes loin de l'Angleterre, et j'ignore de quelles réserves de carburant nous disposons. Je suppose que ces diesels sont plutôt gourmands.

— À vos ordres, capitaine, lança Tristan, à la fois fier et impressionné de se trouver aux commandes d'un trente-cinq-mètres puissamment motorisé.

Henderson chercha le *Madeleine* du regard.

— Notre bon vieux rafiot a coulé ?

Tristan hocha tristement la tête, puis poussa doucement la manette des gaz.

— Oui, quand vous étiez en train de chasser les Boches dans l'entrepont. Il était en feu, et je me suis dit que la fumée devait se voir à des kilomètres. Alors j'ai demandé à Jarhope de le canarder sous la ligne de flottaison.

Henderson était en état de choc.

— Tu as pris cette initiative ? Sans m'avertir ?

Tristan se tortilla nerveusement sur son siège.

— Je sais que j'ai eu tort, monsieur. Mais vous étiez en bas, et j'ai estimé que la situation était critique et que…

— Et tu as bien fait, mon garçon ! s'exclama Henderson en lui adressant une claque amicale dans le dos. Je suis fier de toi !

Tristan augmenta progressivement la vitesse du Schnellboot.

— Si nous parvenons à le ramener en Angleterre en un seul morceau, nous pourrions le baptiser *Madeleine II*.

— C'est une excellente idée ! Surtout, n'hésite pas à effectuer quelques virages, histoire de bien sentir les gouvernes. Nous devons savoir ce que ce navire a dans le ventre avant que l'ennemi ne pointe le bout de son nez.

— C'est compris, monsieur.

— Appelle-moi si tu as besoin d'assistance, conclut Henderson en se dirigeant vers l'écoutille. Pour le moment, je dois retrouver Marc.

— C'est entendu. Oh, et au fait, toutes mes félicitations pour le bébé.

Henderson se figea au milieu de l'échelle.

— Pardon ?

Tristan manqua de s'étrangler.

— Oh... je pensais que Boo vous avait informé. Il faut dire que nous étions tous épuisés et tendus...

— Mais informé de quoi ? Crache le morceau, enfin !

— McAfferty nous a communiqué la nouvelle par radio, hier après-midi. Vous avez un fils, monsieur. Il ne pèse que deux kilos trois cents, mais il est en excellente santé, tout comme votre femme.

— Eh bien celle-là, c'est la meilleure, lâcha Henderson.

DEUXIÈME PARTIE

Quatre semaines plus tard

CHAPITRE DIX

Samedi 17 mai 1941

À la lueur des éclairs qui déchiraient le ciel, la camionnette perdait de la vitesse à mesure qu'elle approchait du sommet de la colline. Malgré les essuie-glaces qui couinaient sur le pare-brise, Rosie Clarke n'y voyait pas à cinquante mètres.

— Il faut que tu rétrogrades, poupée, dit son petit ami PT.

Rosie enfonça la pédale d'embrayage, passa au point mort, puis attendit quelques instants, le temps que les engrenages ralentissent, avant de déplacer le levier de vitesse et de sélectionner ce qu'elle croyait être la seconde. Le véhicule se mit à vibrer et le moteur cala.

— Non, ça, c'était la première, expliqua PT. Il fallait tirer vers toi.

Le camion s'immobilisa puis partit en marche arrière. Rosie actionna la pédale de frein puis tourna la clé de contact, mais le moteur hoqueta de nouveau.

— Il faut d'abord débrayer, dit PT.

— La ferme, gronda la jeune fille en frappant du poing le volant. Comment veux-tu que j'arrive à me concentrer si tu n'arrêtes jamais de parler ? Contente-toi de regarder la carte et de m'indiquer le chemin. Et arrête de m'appeler *poupée*. Je ne suis ni ton chaton, ni ta poupée, ni ton foutu sucre d'orge.

PT esquissa un sourire espiègle.

— Tu es tellement belle quand tu es en colère, bébé.

Les mâchoires serrées, Rosie relança le moteur. Elle passa la première, lâcha la pédale d'embrayage mais cala une nouvelle fois. Le véhicule recula de quelques mètres. Elle tira le frein à main.

— Bon, cria-t-elle, qu'est-ce que j'ai fait de travers, cette fois ?

— Oh, mais je croyais que je produisais des interférences qui t'empêchaient de te concentrer...

Rosie émit un grognement, ouvrit la portière et descendit de la camionnette.

— Tu préfères que je conduise ? demanda PT.

Il pleuvait à verse. En quelques secondes, Rosie se retrouva trempée jusqu'à l'os.

— Je te déteste ! hurla-t-elle dans un sanglot. Je ne veux plus entendre parler de toi et de ta saleté de camion. Dégage !

Elle claqua violemment la portière et courut vers le sommet de la colline. PT se glissa derrière le volant, descendit la vitre et lança :

— Tu vas attraper la mort !

Rosie se retourna et lui adressa un bras d'honneur.

— Va crever !

— Pour l'instant, c'est toi qui es en train de te noyer, fit observer PT.

Il tourna la clé de contact, puis s'accorda un moment de réflexion. Des jours durant, il avait fait de son mieux pour lui enseigner la conduite. Seulement, elle était autoritaire et détestait qu'on lui donne des ordres. Tout bien pesé, elle méritait une bonne leçon.

— Il te reste moins de deux kilomètres, lança-t-il en se portant au niveau de Rosie, On se retrouve de l'autre côté.

Lorsqu'il accéléra, un rideau de boue doucha sa petite amie.

Après avoir serpenté de grange en ferme sur l'étroite route de campagne, il franchit un portail de bois barbouillé de peinture bleu marine, puis emprunta un sentier boueux jusqu'à un vieux wagon de chemin de fer privé de roues, calé sur des briques.

— Je souhaite acheter un cochon, dit-il au paysan venu l'accueillir.

— Un cochon ? lança ce dernier sur un ton suspicieux. Qu'est-ce qui vous fait dire que j'ai des cochons ? Il faut une licence pour ça. Les éleveurs clandestins risquent la prison.

PT, tout sourire, descendit du camion.

— C'est une amie qui m'a dit où vous trouver, expliqua-t-il. Elle m'a aussi précisé que vous aimiez le whisky. Du Speyside, quinze ans d'âge, ça vous dit quelque chose ?

À ces mots, le visage anguleux du fermier s'illumina. PT exhiba deux bouteilles d'excellent whisky écossais.

— Il est impossible de s'en procurer, par les temps qui courent, dit-il. Toute la production est exportée vers l'Amérique, pour financer l'effort de guerre. Mais si, par le plus grand des hasards, vous pouviez me trouver un cochon, même sans papiers en règle, je suis prêt à vous céder ces deux raretés, en plus du prix habituel, cela va sans dire.

Le paysan recula d'un pas puis lança un regard noir.

— Je n'aime pas beaucoup que les gens parlent de mes… petites affaires. Qui est votre amie, exactement ?

— Une dame du nom de Pippa. C'est la cantinière de mon unité, au champ de tir d'artillerie. Nous célébrons un important événement, ce soir, et la fête serait gâchée si nous devions nous contenter de boîtes de corned-beef.

— Eh bien, si c'est Pippa qui vous envoie… marmonna l'éleveur.

Il saisit l'une des bouteilles et la considéra d'un œil ému.

— Du Speyside quinze ans d'âge… À bien y réfléchir, je dois peut-être avoir un cochon qui traîne quelque part.

— Oh, qui l'eût cru ? ironisa PT.

∴

Charles Henderson quitta le cottage et traversa au pas de course les cinquante mètres qui le séparaient du quartier général de CHERUB, installé dans l'école du village abandonné. D'une main, il tenait un parapluie. De l'autre, il serrait un bébé contre sa poitrine. Le petit frère de Tristan, qui l'avait aperçu par la fenêtre, s'empressa de lui ouvrir la porte.

— Merci, Martin. Pourrais-tu secouer ce pépin pour moi, s'il te plaît ?

— Comment va le petit Terence ? demanda le garçon en s'emparant du parapluie.

— Pas trop mal, répondit Henderson avant de s'accroupir devant le vivarium qui trônait dans l'entrée.

C'est là que vivait l'énorme mygale devenue mascotte officielle de CHERUB.

— Je te présente Mavis, expliqua-t-il à son fils en caressant sa petite tête. Elle est très méchante, et si tu n'es pas sage, elle te dévorera. Tout comme ta mère, sois-en averti.

Terence était beaucoup trop jeune pour comprendre de quoi il retournait, mais Martin éclata de rire.

— Il est incroyablement petit, glousa-t-il. C'est sans doute le bébé le plus petit de tous les temps.

— Il est arrivé deux mois plus tôt que prévu, mais ses poumons sont parfaitement formés, et il pèse presque trois kilos deux cents, maintenant.

— Alors, avez-vous choisi les agents qui retourneront en France ? demanda Martin.

— Comme tu n'as que huit ans, je crois pouvoir te certifier que tu ne seras pas de la partie.

— Je sais bien, monsieur, sourit l'enfant, mais mon frère et ses copains ne parlent que de cette mission. Ça commence sérieusement à me taper sur les nerfs.

— Ils sauront bientôt quel sort je leur réserve. Où se trouvent-ils, d'ailleurs ?

— Ils s'entraînent au canoë sur le lac, répondit Martin. Je voulais les accompagner, mais la superintendante McAfferty a préféré que je reste au chaud, vu que je me remets tout juste de mon otite.

— As-tu retrouvé une audition parfaite des deux côtés ? demanda Henderson en poussant la porte de sa supérieure hiérarchique, Eileen McAfferty.

— Oui, monsieur.

Lorsque Henderson entra dans le bureau, McAfferty se leva et lui adressa un large sourire. Boo se trouvait à ses côtés. Transfigurée par un uniforme des auxiliaires féminins de la Royal Navy et un rouge à lèvres éclatant, elle était éblouissante.

— Bonjour Terence ! s'exclama McAfferty lorsque son collègue déposa le bébé entre ses bras. Mais regardez-moi ce petit nez adorable ! Il a drôlement forci depuis la semaine dernière, non ? Oh, il est plus mignon que jamais. N'est-ce pas que tu es mignon ? Mais ouiii, tu es *crooos* mignooon !

Tandis que Boo attendait patiemment qu'on lui remette le nourrisson, Henderson marcha jusqu'à son bureau, un œil sur la pile de documents entassés dans sa corbeille à courrier, l'autre sur la poitrine et le postérieur rebondi de Boo.

— Des nouvelles concernant le matériel? demanda-t-il.

La jeune fille s'empara d'un bloc-notes.

— Les choses se présentent plutôt bien, monsieur. L'une des radios livrées à Porth Navas a été attribuée au *Madeleine II*. Les canoës pliables sont attendus mardi matin, au plus tard. Nous attendons confirmation officielle de la Royal Air Force, mais je pense que nous pouvons compter sur leur soutien, si nous avons besoin qu'on nous largue de l'équipement au cours de l'opération.

— Eh bien, ça a pris du temps, soupira Henderson, mais je crois qu'ils se sont enfin décidés à nous prendre au sérieux.

— J'ai également reçu un appel des ingénieurs de Porth Navas. Ils ont réquisitionné un hors-bord de fabrication allemande équipé de moteurs seize cylindres Daimler dont le propriétaire a pris la précaution d'accumuler un stock de pièces de rechange avant que la guerre n'éclate.

— Quelle excellente nouvelle. Je craignais que nous ne devions désosser l'un des moteurs du *Madeleine II* pour réparer l'autre.

— Oh, et nous avons reçu vos galons, capitaine *de vaisseau* Henderson.

— Pourriez-vous vous en occuper, troisième officier DeVere ?

— J'ai appris à coudre à la Roedean School de Brighton, capitaine. Ça ne devrait pas être trop compliqué.

McAfferty éclata de rire.

— Je croyais que tous les marins étaient censés savoir repriser leur uniforme.

— Je n'ai jamais pris le coup de main, expliqua Henderson. Maladroit comme je suis, je risque de coudre ce galon trop haut, et me propulser malgré moi au grade d'amiral.

Boo sourit.

— Dites-moi à quelle heure je peux passer chercher votre uniforme, dit-elle.

— Je ferais mieux de vous le remettre moi-même. Si ma femme se réveille et vous trouve dans la maison, elle va encore briser tous les objets qui lui tombent sous la main.

— Comme vous voudrez, capitaine.

Soudain, Henderson se raidit.

— Suis-je en train de devenir fou, ou est-ce que je viens vraiment de voir passer un cochon devant la fenêtre ?

Un cri porcin répondit à son interrogation.

— Je crois que papa s'est remis à boire, gloussa McAfferty en caressant les joues du bébé.

— Si seulement... soupira Henderson. J'avais mis deux bouteilles de Speyside de côté, mais je n'arrive pas à remettre la main dessus.

Des bruits de pas précipités résonnèrent dans l'entrée. Henderson jeta un coup d'œil à l'extérieur du bureau et vit Rosie, la robe détrempée, gravir quatre à quatre les marches menant au premier étage.

— Qu'est-ce qui ne va pas ? s'étonna Henderson.

— Je déteste cette vie ! cria la jeune fille, des sanglots dans la voix, avant de claquer violemment la porte de son dortoir.

Henderson envisagea d'aller la trouver mais, tout bien considéré, il préférait glisser le bras dans un piège à loup que de s'entretenir avec une adolescente tourmentée. Il dévala le perron puis se dirigea vers les cris et les sons incongrus qui résonnaient le long du bâtiment.

La pluie avait cessé. PT, Paul, le frère de Rosie âgé de douze ans, et Pippa, la cantinière de CHERUB, formaient un barrage devant un cochon affolé. L'instructeur Keïta, torse nu, brandissait un lourd bâton et un ciseau à bois.

— D'où sort cette bestiole ? demanda Henderson en se joignant à la chasse.

Le cochon battit en retraite dans un angle de la cour. PT lança un sourire malicieux à son supérieur.

— Si vous posiez moins de questions, je mentirais moins souvent, plaisanta-t-il. Ce cochon est notre dîner, monsieur.

Henderson hésitait quant à l'attitude à adopter. En tant qu'officier de la Royal Navy, il était censé sanctionner fermement tout manquement à la discipline, mais CHERUB ne formait pas à proprement parler des soldats. Il voulait que ses agents apprennent à penser par eux-mêmes. En se procurant cette marchandise illégale au marché noir, ils en avaient sans doute appris davantage en matière d'espionnage que lors des cours théoriques qui leur étaient dispensés. En outre, ce cochon était à ses yeux particulièrement appétissant.

Soudain, l'animal, se sachant acculé, reprit l'initiative. Il bouscula Pippa, renversa deux poubelles métalliques puis détala en direction d'Henderson. Redoutant d'être percuté de plein fouet par la bête, qui devait bien peser ses soixante kilos, il tenta de se déporter, mais l'une de ses chaussures dérapa sur le sol détrempé. Il s'affala de tout son long et fit accidentellement un croche-patte à l'animal, qui roula à son tour sur la chaussée avant de recouvrer son équilibre.

Accouru sur les lieux de la collision, Keïta porta un coup de gourdin à la bête, lui arrachant un couinement désespéré. À la deuxième tentative, il lui brisa le crâne.

Tandis qu'Henderson se redressait, l'instructeur retourna l'animal et lui planta le ciseau à bois dans la gorge. Un jet de sang artériel éclaboussa la marelle tracée à la peinture blanche au centre de la cour.

Pippa et Keïta, qui avaient manifestement déjà « tué le cochon », saisirent leur proie par les pattes puis la traînèrent vers la porte de service de la cuisine. PT, lui, détourna le regard. Paul, blanc comme un linge, était sur le point de vomir tripes et boyaux. Henderson profita de cet instant de faiblesse pour réaffirmer son autorité.

— Vous deux, dit-il en désignant la flaque de sang, allez chercher des balais et des seaux, puis nettoyez-moi tout ça. Je ne veux pas que les petits salissent leurs chaussures en pataugeant dans ce merdier.

CHAPITRE ONZE

Les plus jeunes résidents du campus étaient épuisés, mais en cette longue soirée d'été, le soleil paressait au-dessus de l'horizon. Une dizaine de garçons rassemblés autour d'un feu de camp dégustaient des tranches de porc rôti et des pommes de terre grillées au romarin. CHERUB appartenant à l'armée britannique, ses membres bénéficiaient d'un régime alimentaire plus riche que les populations civiles. Cependant, s'ils ne souffraient pas de la faim, ils avaient rarement l'occasion de manger de la viande fraîche.

Rosie continuait à bouder. Son petit frère Paul délaissa ses camarades et vint s'asseoir à ses côtés.

— Tu veux du rab ? demanda-t-il en lui présentant une assiette en fer-blanc.

Elle détourna le regard et soupira.

— J'étais un peu jaloux, au début de ton histoire avec PT, dit le garçon. Mais maintenant, je le trouve du tonnerre.

— C'est un crétin, répondit Rosie. Il me parle comme si j'étais encore une gamine. Je sais piloter une moto, et même l'Austin de McAfferty, mais cette saleté de camion, rien à faire.

Paul adressa un sourire à Martin, qui faisait la course avec une résidente âgée de sept ans.

— Rosie, c'était exactement la même chose quand papa t'apprenait à faire de la bicyclette. Tu n'as aucune patience. Je t'en prie, va parler à PT.

La jeune fille serra les lèvres.

— Ne me dicte pas ma conduite, d'accord ? J'ai dû marcher des kilomètres dans la boue jusqu'à cette foutue ferme. Quand je suis remontée dans le camion, il a menacé de m'enfermer à l'arrière avec le cochon si je n'arrêtais pas de râler.

Paul trouvait l'anecdote assez amusante, mais il se garda prudemment d'exprimer son hilarité.

— Oh, tu as vu Henderson, là-bas ? s'exclama-t-il, impatient de changer de sujet.

Rosie tourna la tête et découvrit le capitaine *tout proche* de Boo, une main posée sur un tronc et l'autre courant sur la cuisse de la jeune femme.

— Oh, c'est ignoble. Il a deux fois son âge. La prochaine fois, tu verras, c'est à moi qu'il s'en prendra.

— Quand je pense qu'il a une épouse et un bébé… ajouta Paul.

Lorsque Henderson se hasarda à frôler le postérieur de Boo, cette dernière sursauta et écarta brutalement son bras. Ils n'entendirent pas les mots qu'elle prononça alors, mais son expression furieuse était éloquente. Le capitaine battit en retraite d'un pas hésitant qui traduisait un état d'ivresse avancé.

Deux autres garçons s'écartèrent du groupe principal et se joignirent à Paul et Rosie : Joël, cheveux blonds en bataille, quatorze ans, mi-français, mi-allemand ; Luc, d'un an son cadet, aussi costaud et impopulaire qu'un char d'assaut de la Wehrmacht.

— Alors, qui sera sélectionné pour la prochaine mission, à votre avis ? demanda Joël avant de se tourner vers Rosie. Toi, je suis certain que tu en seras. Hormis Boo, tu es la seule à savoir télégraphier correctement.

— Moi, je mise sur Marc, lâcha Luc sur un ton méprisant. C'est le chouchou d'Henderson.

— Peut-être parce que c'est le meilleur d'entre nous, dans tous les domaines, fit observer Paul.

Luc secoua la tête.

— Meilleur que toi, ça c'est certain.

— Luc, jusqu'ici, tu n'as fait que t'entraîner, dit Rosie. Dis-moi, qu'est-ce que tu connais du travail sur le terrain ? Tu n'as aucune expérience.

— Si un avorton comme Paul s'en est sorti vivant, je ne me fais pas trop de souci. Quant à toi… c'était quoi tous ces cris, tout à l'heure ? PT a encore essayé de glisser la main sous ta jupe ?

Hors d'elle, Rosie se dressa d'un bond.

— Pourquoi tu ne retournes pas dans la forêt, te cacher sous une pierre avec tes copines les punaises ?

— Je sais que tu m'adores, poulette, gloussa Luc. Tu ne pourras pas me résister éternellement.

Il esquissa un sourire malveillant puis tourna les talons. Paul réprima un frisson.

— Bon sang, qu'est-ce que je le déteste ! J'en suis à espérer ne pas être sélectionné, plutôt que de devoir partir en mission avec lui.

— Tu n'as pas tort, dit Joël. Luc est fort comme un roc, mais je n'ai aucune confiance en lui.

Postée près du feu, McAfferty frappa dans ses mains pour attirer l'attention des agents. Elle s'efforçait en toutes circonstances de masquer son accent de Glasgow, mais il se faisait entendre malgré elle chaque fois qu'elle haussait la voix.

— Je tenais à vous dire quelques mots avant que nous allions nous coucher, annonça-t-elle. Ce soir, nous célébrons plusieurs événements. Tout d'abord, la promotion du capitaine Henderson et la naissance de son fils Terence.

La trentaine d'agents salua cette déclaration par un concert de cris et d'applaudissements. Henderson s'inclina brièvement devant l'assistance.

— J'aimerais aussi rendre hommage à Marc, qui a joué un rôle très important lors de la première mission opérationnelle de l'unité, ainsi qu'à Farès, Tristan et Boo, qui se sont admirablement comportés à bord du *Madeleine*. J'adresse mes félicitations aux membres du groupe B, qui viennent d'achever avec succès leur programme d'entraînement. Bienvenue aux recrues qui nous ont rejoints au cours des dernières semaines pour former le groupe C. Saluons PT, qui fêtera ses seize ans dans quelques jours. Pour finir, tous nos remerciements à Pippa pour ce festin inoubliable, et à Georges le cochon, qui a donné sa vie pour nous épargner un énième dîner composé de bœuf en gelée.

— Pour CHERUB, lança Boo lorsque les applaudissements se furent tus, hip hip hip…

Trois hourras tonitruants résonnèrent autour du feu de camp. Henderson se planta aux côtés de la superintendante et s'exprima d'une voix pâteuse.

— Il y a trois semaines, Marc et moi avons passé vingt-quatre heures en France occupée, mais c'était juste le déb… le début d'une opération beaucoup, beaucoup, *beaucoup* plus importante. Les agents dont je vais citer le nom se présenteront en salle C, demain, à dix heures.

Henderson glissa les mains dans ses poches et en explora vainement le contenu avant de se tourner vers les douze résidents qui avaient obtenu le statut d'agent opérationnel.

— J'ai paumé ce foutu bout de papier. Boo, mon petit, vous vous souvenez de la liste ?

Quelques éclats de rire se firent entendre, mais Rosie et les onze garçons étaient suspendus aux lèvres du capitaine. Boo avança de deux pas et s'exprima avec autorité :

— Les agents sélectionnés sont Joël, Marc, Paul, PT, Rosie et Tristan. Les autres membres des groupes

A et B suivront les cours et l'entraînement comme d'habitude.

Cette annonce ne suscita aucune manifestation de joie, car les agents qui avaient été désignés étaient sensibles à la déception de ceux qui avaient été écartés.

— C'est une arnaque, lança Luc, assez fort pour être entendu par Henderson et McAfferty. Pourquoi suis-je le seul membre du groupe A à ne pas avoir été choisi ?

— Peut-être parce que tu es un parfait salaud ? suggéra PT.

∴

Le lendemain, à dix heures moins cinq, Henderson déboula dans la salle C. Il portait des lunettes noires et ses cheveux pointaient dans toutes les directions.

— Il n'arrêtera donc jamais de pleuvoir ! lança-t-il à Boo, qui avait commencé à noter les points essentiels de la mission sur le tableau noir. Excuse-moi pour la nuit dernière. Je crois que nous avions tous les deux un peu trop bu, et que nous ne savions plus très bien ce que nous faisions.

— Je ne me souviens pas avoir bu plus que ça, capitaine, ni fait quoi que ce soit d'embarrassant, répliqua la jeune femme sur un ton aigre. Mais le plus important, c'est que cela ne se reproduise *plus jamais*.

— C'est entendu, troisième officier, conclut Henderson avant d'ouvrir sa mallette et de plonger le nez dans ses documents.

Il en entama la lecture dix minutes plus tard, en s'aidant d'une baguette afin de désigner les schémas tracés à la craie sur le tableau.

— Lorient est la plus importante des six bases de U-Boot installées sur la côte atlantique française. Les dossiers qui vous ont été distribués contiennent des cartes de la ville, des plans représentant les quais et les bunkers en construction sur la presqu'île de Keroman, ainsi que des clichés de surveillance aérienne. Nous avons établi le contact avec un modeste réseau de résistance dirigé par Brigitte Mercier, propriétaire de restaurants et de maisons de tolérance.

— Une femme *absolument* effrayante… ajouta Marc.

— À ce jour, ils se sont contentés d'aider des réfugiés et des pilotes de la Royal Air Force à quitter la France occupée. La semaine dernière, l'un de nos opérateurs radio a rejoint le groupe, ce qui nous permet désormais de communiquer quotidiennement. Le réseau est averti de notre venue prochaine et se tient prêt à nous accueillir. En outre, ses membres nous fournissent d'importantes informations. Mme Mercier dispose de nombreux contacts dans la population de Lorient. Cependant, les risques sont grands de voir cette organisation démantelée, car ses membres ne sont pas entraînés aux techniques d'espionnage et se montrent souvent imprudents.

Paul leva la main.

— Mais si le groupe est aussi modeste et que tous ses membres se connaissent, n'est-il pas moins perméable qu'un réseau plus important ?

— Ce n'est pas une garantie, expliqua Henderson. La loyauté est une chose complexe. Prenons un exemple, si tu le veux bien. Imagine que tu es capturé par la Gestapo. Ces salauds menacent de torturer Rosie si tu n'organises pas une rencontre avec le reste de l'équipe afin de procéder à un coup de filet. À qui va ta loyauté, Paul ? À nous ou à Rosie ?

Le garçon se tourna vers sa sœur.

— Je crois que je les laisse la torturer, parce je sais qu'ils finiront par nous tuer tous les deux.

— Quelle joyeuse perspective ! s'esclaffa Rosie.

— Et s'ils te torturent *toi* ? continua Henderson.

— Là, c'est différent, répondit Paul. Je vous balance tous sur-le-champ, évidemment.

Les membres de l'équipe éclatèrent de rire. Ils s'efforçaient d'exorciser la possibilité bien réelle d'être capturés et interrogés par les sadiques de la Gestapo.

— Dans le renseignement, on a l'habitude de dire que la seule assurance de pouvoir garder un secret, c'est de n'avoir personne à qui le confier. Ce que j'essaye de vous faire comprendre, c'est que la sécurité constitue notre priorité *numéro un*. La moindre fuite pourrait causer notre perte. Pour minimiser les risques, nous serons répartis en trois équipes. Marc et moi demeurerons à Lorient. Nous travaillerons dans un bar appartenant à Mme Mercier, fréquenté par de nombreux officiers allemands de haut rang. Comme nous parlons tous les deux leur langue, nous tâcherons de recueillir des informations concernant la base des U-Boot. PT, Joël et Tristan, vous opérerez depuis Kernével. Vous vivrez chez Alphonse Clément.

— Ce n'est pas le type qui voulait vous jeter dans le port ? demanda PT.

— Si, et même si je n'ai pas vraiment apprécié son sens de l'hospitalité, je me félicite maintenant de son naturel méfiant. Tristan travaillera au port avec lui, son frère Nicolas et ses petits-neveux. Joël et PT sont assez grands pour être embauchés par l'OT en tant qu'apprentis. Ils seront sans doute employés sur les docks ou sur le chantier de construction des nouveaux blockhaus. Ils devront rassembler des informations sur les manœuvres de U-Boot et l'édification de la nouvelle base, en se concentrant sur les opportunités de sabotage. La troisième unité, constituée de Paul, Rosie et Boo, sera chargée des communications. Vous devrez maintenir le lien radio avec l'Angleterre. Pour cela, vous tâcherez de trouver un endroit adéquat, à quelques kilomètres de Lorient. Depuis notre premier séjour en France l'an dernier, les Allemands ont développé un service de détection radio très efficace qui leur a permis de démasquer un grand nombre d'opérateurs britanniques. Ils disposent de stations d'écoute sur tout le territoire, avec un rayon d'action de un à deux kilomètres. Dès que le réseau intercepte un message, un commando de la Gestapo composé d'agents spécialement entraînés est chargé d'enquêter sur le terrain pour localiser la source précise de la transmission. Cela signifie que vous devrez changer fréquemment de cachette.

Henderson, à bout de souffle, marqua une pause avant de poursuivre son exposé.

— Nous gagnerons les côtes françaises à bord du *Madeleine II*. Dès que nous aurons atteint notre objectif, les communications entre les groupes seront réduites au strict minimum. Si les membres d'une unité sont capturés, les autres agents poursuivront la mission.

Marc leva la main.

— Monsieur, ma question peut paraître stupide, mais maintenant que nous savons où se trouvent les sous-marins, pourquoi la Royal Air Force ne balance-t-elle pas ses bombes sur la base ?

— Ta question n'est pas stupide du tout. À vrai dire, certains pontes de l'état-major estiment que nous devrions adopter cette stratégie radicale. Mais c'est impossible, pour deux raisons. Premièrement, à ce jour, la RAF à l'interdiction de bombarder les zones urbanisées, car le gouvernement craint que les Français ne se retournent en faveur de l'occupant. Deuxièmement, il y a rarement plus de trois ou quatre U-Boot stationnés à la fois. Ce sont de petites cibles, difficiles à atteindre, et le port dispose d'un important dispositif antiaérien.

— Et pourquoi ne pas cibler les nouveaux bunkers ?

Boo prit la parole.

— Des experts en explosifs et des architectes spécialisés dans les ouvrages défensifs ont étudié tes photos. Selon eux, compte tenu de la structure des blockhaus, un bombardement ne ferait que reculer la date d'achèvement des travaux de quelques semaines.

— Cette mission sera longue et difficile, dit Henderson. Nous devrons nous y consacrer corps et âme, faire usage de toutes nos compétences pour percer à jour les projets allemands et définir leurs faiblesses. Si vous êtes capturés, sachez que vous vous exposerez au pire. Alors si vous pensez que vous n'êtes pas à la hauteur, manifestez-vous maintenant. Personne ne vous en tiendra rigueur.

Les agents échangèrent un regard interdit puis, à la surprise générale, Tristan leva la main.

Henderson, la mine sombre, désigna la porte de la salle.

— Bon, lâcha-t-il. Je préfère ça que de te voir craquer en pleine opération.

— Mais non, sourit Tristan. Je suis partant pour la mission, évidemment. Seulement, il faut que j'aille aux toilettes de toute urgence, monsieur.

Tous les membres de l'équipe éclatèrent de rire, puis Henderson fit claquer sa baguette sur le tableau pour attirer l'attention des agents.

— C'est à se tordre, Tristan. Mais il nous reste beaucoup à accomplir, et le temps nous manque. Le *Madeleine II* lèvera l'ancre jeudi. Si tout se passe comme prévu, nous serons à Lorient dès samedi.

CHAPITRE DOUZE

Mardi 20 mai 1941

Les membres de l'équipe furent tirés du lit à cinq heures du matin. Pippa leur servit du porridge, puis, à l'exception de Luc qui préféra demeurer seul dans le dortoir, chacun dit au revoir à ses proches.

— Ne va pas te faire tuer, dit Martin, au bord des larmes, en serrant son frère Tristan dans ses bras.

McAfferty, elle, éclata en pleurs sur l'épaule d'Henderson qui, à son tour, céda à l'émotion en embrassant son fils, convaincu qu'il ne le reconnaîtrait pas à son retour. Farès, guère ému par ces effusions, pressa officiers et agents de monter à bord du camion bâché qui devait les conduire à la gare.

Trois heures plus tard, ils débarquèrent à la gare de Londres St Pancras, empruntèrent le métro jusqu'à Paddington, montèrent à bord d'un train à destination de Falmouth puis, après six heures et demie de trajet, furent conduits en camion à Porth Navas, à l'embouchure de l'Helford River.

Le *Madeleine II* était de très loin le plus long bâtiment de la flotte de renseignement. Les six agents étaient impatients d'admirer le vaisseau de guerre allemand amarré parmi les bateaux de pêche et les yachts français.

— Officier sur le pont ! cria un matelot lorsque Henderson foula la passerelle d'embarquement.

— Tu verras, il est beaucoup plus confortable que le vieux *Madeleine*, dit Marc à Tristan.

Un officier de la Royal Navy jaillit de l'écoutille arrière. Il boutonna sa veste et salua Henderson.

— Bienvenue à bord, monsieur. Capitaine de corvette Finch, pour vous servir.

— Repos, ordonna Henderson avant de lui serrer chaleureusement la main.

Il lui présenta Farès, Boo et les six agents.

— Comment se porte le reste de l'équipage ? s'enquit-il.

— Les hommes sont fins prêts, capitaine. Ils sont au nombre de douze, rien que des volontaires détachés de leurs fonctions habituelles. L'un des mécaniciens allemands que vous avez capturés s'est montré très coopératif, et nous maîtrisons désormais parfaitement le fonctionnement du navire. Les uniformes de la Kriegsmarine nous sont parvenus hier. Les gars se sont bien amusés lors des essayages.

— Et les essais en mer ? sourit Henderson.

— Excellents, monsieur, répondit Finch. Nous avons poussé les machines à trente nœuds. Ce bateau n'a que sept mois, l'âge idéal, si vous voulez mon avis : les Boches ont pu déceler et régler tous les problèmes techniques qui se posent sur les vaisseaux peu après leur livraison, et les pièces ne souffrent encore d'aucune usure. Seule ombre au tableau, nous avons été mitraillés par un Spitfire de la Royal Air Force, avant que je n'envoie deux de mes hommes déployer l'Union Jack[5] sur le pont.

— Cela risque de se reproduire. Nous pouvons informer les principaux navires de guerre présents dans notre secteur, mais il est impossible d'alerter toute la flotte et le commandement aérien, sous peine de voir les Allemands intercepter nos communications.

— Nous avons procédé à quelques modifications, dit Finch. Équipement de navigation et radar.

— Vous êtes parvenus à vous procurer un radar ? répéta Henderson, estomaqué.

Son interlocuteur hocha fièrement la tête.

— Théoriquement, ils sont réservés à la navigation en haute mer, mais nous avons perdu tant de bâtiments dans l'Atlantique et en Méditerranée qu'il y a davantage de radars que de navires à pourvoir. Le dispositif modifie légèrement l'aspect général de l'U-Boot, mais

---

5. Drapeau du Royaume-Uni (NdT).

il faut avoir l'œil, et les avantages compensent largement les risques.

Finch considéra d'un œil anxieux Tristan qui examinait les commandes et les nouveaux instruments.

— N'ayez crainte, dit Henderson. Ce garçon a manœuvré ce bateau depuis la France, et s'est même permis de me signaler une erreur de navigation. Les pêcheurs des Cornouailles dont nous avons croisé accidentellement la route ont dû frôler la crise cardiaque en tombant nez à nez avec un navire de la Kriegsmarine.

— L'armement reste notre principal problème, expliqua Finch. Nous disposons d'un nombre limité de torpilles. De plus, les tubes n'ont pas été entretenus, et l'équipage n'en connaît pas le maniement. Nous risquons de tout faire sauter en cas de maladresse. Nous tentons toujours de remplacer les canons par des modèles anglais, mais nous n'avons aucune chance d'opérer cette modification avant le départ. Il faudra donc nous contenter du faible stock de munitions allemandes à notre disposition.

— Nous tâcherons d'éviter tout engagement, conclut Henderson avant de se tourner vers Tristan. Toi qui connais bien le bateau, pourrais-tu faire visiter le pont inférieur à tes camarades ? Je vous retrouverai dans quelques minutes, puis nous rejoindrons notre casernement.

.•.

Le commandement de la flottille d'Helford avait établi ses quartiers dans une vaste maison géorgienne de Porterbrook, à deux kilomètres de Porth Navas. Seuls les agents et les officiers de renseignement demeuraient en ces lieux. Les marins de la Navy étaient hébergés à la base navale de Falmouth, située plus à l'est.

Les cloisons du rez-de-chaussée avaient été abattues afin de ménager un salon et une salle à manger. Le premier étage regroupait les chambres et les salles de bain des officiers. Le personnel de grade inférieur et les employés civils vivaient dans des structures métalliques préfabriquées installées dans le parc.

La maison était presque inoccupée, à l'exception d'un commodore canadien nommé Ouellet et de deux femmes de la région chargées de la cuisine et du ménage. Éreintés par leur long voyage, les membres de CHERUB engloutirent sans se faire prier un ragoût de mouton et des parts de gâteau tiède nappé de crème.

Leur repas achevé, les agents jouèrent au snooker en écoutant le programme de la BBC réservé aux forces armées. Tristan, Marc, Paul, Rosie et Joël, qui avaient grandi en France où cette variante du jeu de billard était pratiquement inconnue, rivalisèrent de maladresse. PT avait disputé quelques parties à l'époque où il travaillait à bord d'un paquebot de croisière. Boo, elle, en connaissait toutes les ficelles. Elle ne laissa pas une chance à ses adversaires, sans pour autant cesser de se plaindre de la taille réduite de la table.

Avachi dans un profond fauteuil de cuir face au commodore, Henderson, un peu ivre, admirait les formes de Boo chaque fois qu'elle se penchait pour frapper une bille. Lorsqu'ils se trouvaient au campus, l'extinction des feux était fixée à vingt-deux heures. Ce soir-là, les agents furent autorisés à jouer jusqu'à la fin des programmes de la BBC, à vingt-trois heures trente. Toutes les personnes présentes dans la pièce se levèrent pour saluer l'hymne national.

Enfin, le commodore Ouellet claqua du talon et se tourna vers les membres de l'équipe.

— Connaissez-vous tous vos scénarios de couverture sur le bout des doigts ? demanda-t-il.

Impressionnés par son ton autoritaire, ses rangs de médailles et ses épaulettes, les agents hochèrent timidement la tête.

Ouellet désigna la pendule placée sur le manteau de la cheminée.

— Dans quelques instants, vous vous mettrez au lit. À minuit pile, vous endosserez vos nouvelles identités et vous ne parlerez plus que le français. Il se pourrait que l'ennemi essaye de vous piéger, et toute bévue aurait des conséquences dramatiques. Bonne nuit, jeunes gens, et dormez bien.

Les six agents franchirent la porte donnant sur le parc, rejoignirent l'abri en tôle qui leur avait été attribué et s'assirent sur les étroites couchettes pour ôter leurs chaussures et déboutonner leurs vêtements. Rosie était la seule fille, mais elle vivait en compagnie de ses camarades depuis plus de six mois, et il n'était plus question de pudeur.

— Je le trouve bizarre, ce commodore, dit Marc en explorant le contenu de sa valise à la recherche de son pantalon de pyjama.

— Il était surtout complètement beurré, gloussa Joël. Ils ont pratiquement descendu une bouteille de scotch, Henderson et lui.

— Vous avez remarqué la façon dont le capitaine regardait Boo ? demanda Rosie. Il est *tellement* tordu, ce type.

— Henderson a des besoins, ce n'est pas un crime, objecta PT. Mais vous êtes trop jeunes pour comprendre.

— Je sais comment on fait les enfants, protesta Paul, qui craignait toujours d'être considéré comme le bébé du groupe.

— Ce qu'il ne trouve pas à la maison, un homme va le chercher ailleurs, ajouta PT. Ainsi vont les choses, depuis toujours.

— Mais tout de même, de la part d'un homme *marié* ! s'étrangla Rosie.

Joël éclata de rire.

— Tiens, tiens, bonne nouvelle, les deux tourtereaux se parlent à nouveau.

— Crois-moi, dit PT. J'ai passé plus d'un an sur des bateaux de croisière, en Méditerranée. Lorsqu'ils descendent à terre, les hommes mariés ne se comportent pas différemment des célibataires.

— Je n'en crois pas un mot, dit Rosie. Ce ne sont pas tous des animaux, contrairement à *toi*.

— Vous ne pourriez pas la mettre en veilleuse jusqu'à demain, vous deux ? gronda Joël. Je suis debout depuis quatre heures et demie. Je vais éteindre la lumière. Tout le monde est prêt ?

CHAPITRE TREIZE

Marc se réveilla en sursaut, une large main plaquée sur sa bouche. Il crut d'abord que Tristan lui jouait un tour, puis il se sentit arraché à son lit et hissé sur les épaules d'un adulte. Dans l'obscurité absolue, des sons confus parvenaient à ses oreilles, signe que ses camarades subissaient le même traitement brutal. Chose étrange, Paul, le plus jeune de l'équipe, fut le seul à opposer une résistance digne de ce nom : il sauta de sa couchette surélevée et porta à son agresseur un solide coup de pied à la mâchoire.

— Ton nom et ton âge ! hurla l'individu qui s'était emparé de Marc.

Ce dernier se rappela les consignes du commodore.

— Marc Hortier, treize ans.

— Alors comme ça, tu parles anglais ? répliqua l'inconnu en lui pinçant férocement la joue.

Marc était consterné de s'être laissé capturer aussi facilement. Le faisceau d'une lampe balaya l'intérieur de l'abri. Il vit Paul enjamber le rebord d'une fenêtre puis PT, menotté dans le dos, être conduit sans ménagement à l'extérieur de l'abri. On lui passa sur la tête une cagoule qui empestait la moisissure. Il sentit une cordelette se resserrer autour de son cou.

— Tout le monde dehors ! lança un homme à l'accent canadien prononcé.

Marc n'y voyait strictement rien, mais il pouvait sentir l'herbe sous ses pieds nus, tandis que deux individus, le tenant par les coudes, le forçaient à progresser au pas de gymnastique. Il éprouvait des difficultés à respirer. Quelques secondes plus tard, il entendit une double porte de bois grincer sur ses gonds, et supposa qu'il se trouvait à proximité d'une grange. Alors, on le souleva du sol, puis on le plongea dans une baignoire où flottaient des blocs de glace.

On lui maintint la tête sous l'eau pendant une minute. Secoué de frissons, il fut contraint par la force de s'agenouiller, puis on ôta sa cagoule. Il se trouvait devant le pare-chocs d'une voiture, ébloui par l'éclat des phares.

— Bienvenue au quartier général de la Gestapo, annonça un Canadien.

Marc entendit un grognement sur sa droite. Il tourna la tête et découvrit Tristan dans la même position.

— N'imaginez pas vous en sortir sous prétexte que vous êtes des gamins.

Combien d'individus avaient-ils été chargés de les cuisiner ? Deux, trois ? Il lui était impossible de se prononcer.

— Comment des morveux pourraient-ils mener des opérations d'infiltration ? Vous ne tiendrez pas deux secondes.

— Allez vous faire foutre ! cria Tristan.

On entendit claquer une gifle.

— Maintenant, je sais qui nous allons électrocuter en premier, dit un homme.

— Appelez-moi Dieu, dit l'un de ses complices. Marc, je vais régler ce minuteur sur vingt minutes. Chaque fois que tu prononceras un aveu, ton camarade recevra une décharge électrique. Si tu veux mettre fin à l'interrogatoire, tu n'as qu'à supplier, c'est aussi simple que ça. Seulement, si tu n'es pas capable de tenir vingt minutes, crois-tu que tu pourras résister aux méthodes d'interrogatoire de la Gestapo ?

— Non monsieur, dit Marc.

L'homme saisit le pied boueux du garçon et lui tordit le gros orteil.

— Comment m'as-tu appelé ?

— Excusez-moi... Dieu.

— C'est bien, petit. Maintenant, reconnais que ta couleur préférée est le jaune.

— Non, c'est faux.

— Donnez-lui à boire, ordonna Dieu.

Deux de ses complices se saisirent de Marc. L'un l'attrapa par les cheveux et lui tira la tête en arrière. L'autre enfonça un tuyau dans sa gorge et tourna un robinet.

Saisi d'un spasme, Marc expulsa l'eau par la bouche et le nez, mais elle ne cessait d'affluer dans ses poumons. Il était *littéralement* en train de se noyer. Tandis qu'il se débattait désespérément, il pouvait sentir l'eau froide inonder son torse. Jamais il n'avait éprouvé un tel sentiment d'effroi.

Dieu comptait à haute voix, avec une extrême lenteur.

— Vingt-huit… vingt-neuf… trente.

Enfin, on retira le tuyau. Marc tomba à plat ventre et se vida l'estomac.

— Quelle est ta couleur préférée ? demanda Dieu.

Marc appliqua à la lettre les consignes d'Henderson. Il devait freiner le processus. Il toussa deux fois plus longtemps que nécessaire puis s'éclaircit bruyamment la gorge afin de laisser croire à l'ennemi qu'il était disposé à parler, mais qu'il en était physiquement incapable.

— Je sais exactement ce que tu es en train de faire, gronda Dieu. Avoue que ta couleur préférée est le jaune, ou tu téteras le tuyau pendant une minute.

Marc essaya de faire le vide dans son esprit. Dès que le tuyau serait en place, il ne pourrait pas prononcer un mot pendant soixante interminables secondes. Mais il ne pouvait pas renoncer après une seule tentative.

— Alors ? Le jaune est-il ta couleur préférée ?

— J'ai toujours préféré le rouge, lâcha Marc sans desserrer les dents.

— Comme tu voudras.

Les complices de Dieu renouvelèrent la manœuvre. Fou de terreur, Marc se débattit tant qu'il put, refusant d'écarter les mâchoires même lorsqu'on lui pinça le nez. Il ne tarda pas à regretter cette stratégie, car il se trouva à bout de souffle lorsque ses tortionnaires glissèrent à nouveau le tuyau dans sa bouche. L'eau était glacée, et son cou martyrisé le faisait atrocement souffrir.

— Vingt-trois... vingt-quatre...

Marc se répétait qu'il ne s'agissait que d'un exercice. Non, ils n'allaient pas le laisser étouffer. C'était impossible. Pourtant, il ne se sentait pas capable d'en supporter davantage.

— Cinquante-sept... cinquante-huit...

Lorsqu'une minute se fut écoulée, on retira le tuyau. Il s'effondra de nouveau, vomit tripes et boyaux, puis resta étendu sur le flanc, au bord de l'asphyxie.

— Il est inutile d'essayer de gagner du temps, avertit Dieu en posant un pied dans le dos de sa victime. Tu as trois secondes pour avouer, ou tu boiras à notre santé pendant une minute et demie.

— Le jaune, sanglota Marc. J'adore le jaune.

Terrassé par une décharge électrique, Tristan poussa une plainte déchirante.

— C'est ton tour, mon petit, annonça Dieu tandis que ses complices changeaient de position. Tu as possédé un lapin domestique nommé Peluche, n'est-ce pas ?

Un Canadien fixa une pince métallique à l'élastique du pyjama trempé de Marc, puis une autre à l'arrière de sa cuisse.

Tristan avait assisté au martyre de son camarade. Il résista vigoureusement lorsqu'on lui tira la tête en arrière mais rendit les armes dès qu'il aperçut le tuyau souillé de vomissures.

— Oui, j'ai bien possédé un lapin nommé Peluche ! cria-t-il.

Marc se raidit sous l'effet d'une puissante décharge électrique. Il se tourna vers Tristan et le fusilla du regard.

— Tu n'es même pas capable de tenir trente secondes ? cria-t-il. Espèce de lâche !

— Voilà, c'est exactement ce qu'ils recherchent, nous monter les uns contre les autres.

— La belle excuse ! répliqua Marc.

— Ah, on commence enfin à s'amuser, gloussa Dieu. À présent, nous allons augmenter la puissance des décharges de cinquante à quatre cents ampères. Marc, je veux que tu confirmes que ton actrice favorite est Vivian Leigh.

— C'est ça, vous savez tout. C'est ma préférée. Je l'aime. Je l'adore. Allez-y, maintenant, punissez ce traître.

Un grésillement se fit entendre, puis Tristan lâcha un hurlement. Les Canadiens s'étaient écartés afin de ne pas être électrocutés à leur tour. Le garçon en profita pour se redresser et se ruer vers la porte de la grange. Il parvint à aligner trois foulées avant d'être plaqué au sol par ses gardiens.

Constatant que Dieu avait détourné le regard, Marc décida de tenter sa chance. Il arracha les pinces fixées à son pyjama, bondit sur le capot de la voiture, glissa sur le toit et se laissa tomber près de la portière avant droite. Il espérait s'asseoir derrière le volant et rouler droit vers la porte, mais il constata avec dépit que le véhicule, privé de roues, était posé sur des briques.

En désespoir de cause, il se rabattit sur l'appareil qui dispensait les chocs électriques, un énorme chargeur de batterie modifié à cet effet puis monté sur roulettes. Apercevant un Canadien qui courait dans sa direction, il poussa le dispositif de toutes ses forces. Le câble d'alimentation se tendit et fouetta les airs, arrachant la prise murale. L'ampoule suspendue au plafond clignota quelques instants puis s'éteignit. Seul l'étroit faisceau des phares éclairait désormais l'une des parois de la grange.

— C'est le fusible principal ! cria une voix.

Marc se rua vers la porte, Dieu et l'un de ses complices à ses trousses. Il lança un coup de pied en arrière qui ne rencontra que le vide, puis se retrouva à la case départ, plaqué au sol aux côtés de Tristan, un genou planté entre les omoplates.

— Bande de merdeux, gronda Dieu en étudiant le chargeur de batterie. Vous l'avez cassé. Vous êtes morts, vous m'entendez ? Morts !

— Vous ne me faites pas peur, répliqua Marc. Il ne vous reste que huit minutes, et comme j'ai cassé votre joujou, vous ne pouvez plus nous électrocuter.

— Qu'est-ce qu'on fait, chef? demanda l'homme chargé d'immobiliser Tristan.

Ce dernier chuchota à l'adresse de son coéquipier.

— J'ai un peu honte de m'être dégonflé, tout à l'heure.

— Encore heureux, répondit Marc sur un ton amer.

Dieu lâcha un profond soupir.

— Il nous reste le tuyau et la baignoire, suggéra le Canadien qui veillait sur Marc. On pourrait aussi les menotter et les suspendre au mur par les poignets.

Une silhouette apparut à l'entrée de la grange.

— Et qu'est-ce que vous comptez prouver? demanda le commodore Ouellet. Vous étiez chargés de vous assurer que ces gamins avaient le cran nécessaire pour soutenir un interrogatoire musclé, et je suis pleinement satisfait de l'expérience. Donnez-leur un bon coup de pied aux fesses et renvoyez-les se coucher.

.:.

Henderson laissa ses protégés dormir jusqu'à neuf heures. Lorsque ces derniers se rassemblèrent dans la salle à manger pour prendre le petit déjeuner, ils le trouvèrent assis à l'extrémité de la longue table.

— Est-ce que tout le monde a passé une bonne

nuit ? demanda-t-il sur un ton innocent en trempant une mouillette dans son œuf à la coque.

— À votre avis ? grommela Marc. Vous auriez quand même pu nous prévenir…

— Et où aurait été le plaisir, dans ce cas ?

Les agents s'attablèrent, puis la cuisinière servit des plats garnis d'œufs durs, un pot de lait et une théière brûlante.

— Allez-y doucement sur le lait, dit-elle, il ne nous en reste presque plus.

— Où est passée Boo ? demanda Rosie. Elle avait l'air plutôt secouée, cette nuit.

Marc ignorait que la jeune femme avait elle aussi été tirée du lit et conduite jusqu'à la grange, en dépit de son manque d'expérience dans le domaine du renseignement.

— Elle s'est bien comportée, dit Henderson, mais elle ne se remet pas que l'eau glacée ait ruiné sa mise en plis.

— Certains d'entre nous ne se sont pas laissé arrêter, fit observer Paul.

— Cesse de te vanter, grogna Rosie. Tu as eu la chance de te trouver près de la fenêtre, c'est tout.

— Et seul un asticot dans ton genre pouvait passer par cette minuscule ouverture, ajouta Joël.

Henderson s'éclaircit la gorge.

— Paul, je dois t'informer que tu es attendu dans la grange C après le petit déjeuner pour un test d'interrogatoire.

Hébété, le petit garçon lâcha sa petite cuiller.

— Oh… gémit-il.

— Ah, je t'ai bien eu ! s'esclaffa Henderson.

Paul lâcha un soupir de soulagement. Ses coéquipiers se tordirent de rire.

— Tu aurais dû voir ta tête, gloussa Marc. On aurait dit que tu venais de te coincer les noisettes dans un piège à souris !

— Plus sérieusement, déclara Henderson, j'ai dû m'expliquer avec le Canadien dont tu as cassé les dents, Paul. Il a été conduit en urgence chez un dentiste de Falmouth, alors je crois que tu ne t'es pas fait un ami.

Rosie se pencha vers Paul et déposa un baiser sur sa joue.

— Mon petit frère adoré. Je suis tellement fière de toi.

— Bonjour à tous ! lança le commodore Ouellet en entrant dans la salle à manger.

Boo se tenait derrière lui. Ses cheveux étaient lisses, parfaitement peignés. Elle ne portait pas son uniforme des auxiliaires féminines de la Royal Navy, mais un bermuda qui laissait apparaître ses jambes nues.

— Passe-moi une serviette, je bave, chuchota Joël en se tournant vers PT.

Ce dernier s'assura que Rosie ne regardait pas dans sa direction puis hocha discrètement la tête.

— Henderson, vos agents nous ont donné du fil à retordre, cette nuit, dit le commodore avant de consulter sa montre. Surtout, que chacun garde en tête sa nouvelle identité. Les couturières sont prêtes à vous recevoir. Rendez-vous dans l'entrée dès que vous en aurez terminé, avec tout ce que vous comptez emporter en France.

CHAPITRE QUATORZE

Chargés de leurs valises, Marc et Tristan empruntèrent la porte de service, à l'arrière du bâtiment, puis se dirigèrent vers un abri métallique situé à quelques centaines de mètres. En chemin, ils remarquèrent leurs propres empreintes de pieds nus dans la boue, aux abords de la grange.

— Je te présente mes excuses, pour cette nuit, dit Tristan. J'aurais dû les laisser m'enfoncer ce tuyau dans la gorge. Je voudrais rééquilibrer la balance.

Marc lui lança un regard stupéfait.

— Et comment comptes-tu t'y prendre ?

Tristan posa sa valise puis se planta devant son camarade, les bras ballants.

— Frappe-moi.

Marc haussa les épaules.

— Laisse tomber. Oublions tout ça.

— Mais je me sens tellement coupable…

Marc secoua la tête puis esquissa un sourire.

— Sans blague, tu veux vraiment que je te frappe ?

Il avait souffert entre les mains des Canadiens, mais il n'en voulait pas à son ami. Il mettait son comportement sur le compte de la peur intense qu'il avait éprouvée.

— Je suis plus fort que toi, dit-il en frappant du poing dans la paume de sa main. Tu n'as pas intérêt à courir te plaindre auprès d'Henderson.

— Je ne dirai rien, assura Tristan. Allez, vas-y. Je suis prêt.

Marc esquissa un coup de poing. Lorsque son coéquipier ferma les yeux par réflexe, il saisit son téton droit et le tordit de toutes ses forces. Ainsi, il lui infligea la douleur qu'il réclamait avec tant d'insistance sans lui causer de blessure susceptible de compromettre sa participation à la mission.

— Salaud ! hurla Tristan en titubant vers l'arrière, les deux mains plaquées sur sa poitrine.

Marc lui fit un croc-en-jambe, l'attrapa par l'avant-bras avant qu'il ne roule dans l'herbe, puis lui planta deux doigts entre les côtes.

— Qu'est-ce que ça fait mal… gémit Tristan, partagé entre le rire et les larmes.

— Parfait, dit Marc en empoignant sa valise. Maintenant, nous sommes quittes.

Hilares, les deux coéquipiers se remirent en route. PT et Paul, qui venaient de passer entre les mains des couturières, vinrent à leur rencontre en traînant leurs bagages.

— Tout s'est bien passé ? demanda Tristan.

— C'était horrible, répondit Paul.

— Ouais, confirma PT, surtout le moment où on a dû se pencher en avant pour qu'elles nous marquent au fer rouge sur la fesse gauche.

Marc leva les yeux au ciel.

— Mais bien sûr… lâcha-t-il d'une voix traînante.

Ils avaient atteint le baraquement en forme de demi-cylindre composé de douze plaques de tôle incurvées.

Il était deux fois plus grand que celui dans lequel les agents avaient passé la nuit. À l'intérieur, deux longues tables équipées de machines à coudre étaient placées près de la porte d'entrée. Le reste du bâtiment faisait office d'entrepôt : des rayonnages et des penderies pleins à craquer de chaussures, de vieux vêtements, de valises et d'objets de marques françaises, du tube de dentifrice au paquet de cigarettes en passant par le nécessaire de rasage.

Une vieille dame aux yeux tombants débarrassa Tristan de sa valise. Une jeune femme aux cheveux noirs et désordonnés, un mètre ruban autour du cou, se chargea de Marc.

— Je m'appelle Yaël, dit-elle. Et toi, qui es-tu ? Hortier ou Jarre ?

— Hortier, répondit Marc.

— Tu es beau garçon, glousse-t-elle avant de se tourner vers sa collègue. Yetta, regarde un peu ce qu'ils m'envoient !

La vieille dame lâcha un éclat de rire puis déposa la valise de Tristan sur l'une des tables.

— Le mien est très à mon goût, s'esclaffa-t-elle.

— Déshabille-toi, mon ange, dit Yaël en vidant le contenu du bagage de Marc. C'est là tout ce que tu vas emmener en France ? Tu n'as rien oublié, ni pyjama dans ton lit, ni photo de ta maman sur ta table de nuit ?

Marc secoua la tête puis, l'air un peu gêné, commença à déboutonner sa chemise.

— Ne t'inquiète pas, j'en ai vu d'autres, glousa la jeune femme. Je dois examiner tes vêtements. Et il faudra changer de valise : il est inscrit *Made in Derby* à l'intérieur.

Yaël et Yetta suivirent une procédure parfaitement réglée. Elles examinèrent attentivement les possessions des garçons et en écartèrent la plupart.

— Qu'est-ce que vous cherchez ? demanda Marc.

Yaël lui présenta deux de ses chemises.

— Celle-ci vient de France, j'aurais pu te le dire les yeux fermés, rien qu'en palpant le tissu. Le col souple le confirme. Mais celle-là est différente. Le col est plus raide et les manchettes carrées. C'est du coton indien, un tissu qu'on rencontre rarement en Europe continentale. Même si elle ne porte pas d'étiquette, je sais qu'elle a été fabriquée en Angleterre. Et les agents de la Gestapo ne sont pas plus bêtes que moi.

Stupéfait, Marc vit Yaël sélectionner les rares effets ramenés de France et rejeter ceux qu'il avait récupérés depuis son arrivée au Royaume-Uni. Elle l'autorisa à conserver ses bottes de l'armée anglaise lorsqu'il lui eut expliqué leur provenance.

— Ton caleçon, ordonna-t-elle. À moins que tu ne préfères que j'y glisse une main pour retourner l'élastique et lire l'étiquette.

Marc s'exécuta de mauvaise grâce puis découvrit que l'arrière du sous-vêtement était maculé de taches brunâtres.

— Ils m'ont traîné dans la boue, cette nuit, expliqua-t-il tandis que Yaël considérait le caleçon d'un œil dégoûté. C'est là que j'ai dû me salir.

Tristan éclata de rire.

— Ne le croyez pas, madame. Il a eu la trouille de sa vie, et il s'est chié dessus !

— Oh, quel langage ! s'indigna Yetta avant de lui adresser une claque retentissante.

— Nom de Dieu… gémit Tristan, tandis que Marc riait à ses dépens.

Yaël frissonna, prit le sous-vêtement entre le pouce et l'index, souleva le couvercle d'une poubelle et l'y laissa tomber.

— Bon, à présent, tâchons de vous donner un peu d'allure.

Marc et Tristan patientèrent sans mot dire pendant que les deux femmes effectuaient des allers-retours dans les travées du hangar afin de trouver de quoi les habiller. Par souci de réalisme, elles choisirent des vêtements défraîchis récupérés auprès de réfugiés français ou usés artificiellement.

Les effets qui n'exigeaient pas de retouche furent rangés dans les valises, les autres marqués d'un coup de craie. Marc et Tristan reçurent divers objets, dont un tube de dentifrice, une brosse à dents, des magazines de bande dessinée français, de la teinture d'iode, de la gaze, un réveil, quelques paquets de cigarettes et des tablettes de chocolat.

— Je vous déconseille de toucher aux cigarettes et au chocolat, précisa Yaël. Vous pourrez les échanger contre des petits services.

— Vous avez pris mon savon, fit observer Tristan. Vous n'avez rien pour le remplacer ?

— Nos agents nous ont indiqué qu'on n'en trouvait plus sur le territoire français, expliqua Yetta, et vous ne devez en aucun cas éveiller les soupçons en cas de fouille.

— J'en connais un à qui le savon ne manquera pas trop, dit Yaël en considérant Marc d'un œil sombre.

— Mais j'ai pris une douche il y a deux jours ! Ce n'est pas ma faute si on nous a forcés à faire des exercices dans la boue au beau milieu de la nuit.

— Équipement spécial, dit Yaël en ouvrant un coffret constitué d'une douzaine de cases tapissées de velours.

Elle en tira une ceinture d'aspect ancien, et en présenta la boucle.

— Elle a été patinée artificiellement pour lui donner l'apparence du laiton, mais elle est en or vingt-deux carats. Si vous êtes en cavale, vous pourrez la vendre ou l'offrir en guise de pot-de-vin. Soupesez-la, vous verrez que je ne vous raconte pas de blagues.

Elle manipula la boucle et fit apparaître un compartiment secret.

— Ici, vous pouvez dissimuler une pilule L. De plus, j'en coudrai une dans l'ourlet de vos pantalons.

— C'est quoi, une pilule L, déjà ? demanda Tristan.

— A, mal de l'air, expliqua Marc. B, benzédrine, pour rester éveillé. E, pour dormir trente minutes. K, puissant somnifère, dangereux à haute dose. L, cyanure, la pilule dont on ne se réveille pas.

Tristan secoua la tête.

— Je ne veux pas de pilule L. Ça me fout les jetons.

— Enfin, chacun de vous recevra un crayon spécial, annonça la jeune femme. Vous n'aurez qu'à dévisser la gomme et tirer, comme ceci…

Joignant le geste à la parole, elle fit apparaître un stylet.

— Les agents sur le terrain s'en sont déclarés très satisfaits. La lame est en acier trempé, alors huilez-la de temps en temps pour éviter qu'elle ne rouille. Et surtout, ne taillez jamais la mine, car elle est factice.

Marc posa la pointe du stylet sur sa main.

— C'est drôlement pointu, dit-il.

— Tiens, qui l'eût cru ? ricana Tristan.

Yaël et Yetta placèrent leurs vieux vêtements dans des sacs de toile.

— Vos valises seront déposées dans l'entrée du QG dès que nous aurons procédé aux modifications.

À présent, allez trouver le commodore. Il vous remettra votre argent et vos papiers d'identité.

— Chouette, de l'oseille ! s'exclama Marc en passant l'une de ses nouvelles chemises. Je me demande combien on va palper.

— Bonne chance, les garçons, lança Yetta.

— Aux suivants ! cria Yaël en se tournant vers la porte de l'abri.

CHAPITRE QUINZE

Aux commandes du *Madeleine II*, le capitaine de corvette Finch mit le cap sur la Bretagne à dix heures du matin. Il faisait un temps superbe, pourtant Henderson avait ordonné aux agents de demeurer cachés. Les habitants des environs s'étaient accoutumés à voir un navire allemand manœuvrer sur l'Helford River, mais la présence d'enfants sur le pont ne manquerait pas de susciter de nouvelles rumeurs qui se répandraient de village en village le long de la côte.

En théorie, le bateau pouvait embarquer seize passagers. Les onze membres d'équipage étaient condamnés à s'entasser dans le dortoir de proue. Henderson et les garçons avaient investi les six places du compartiment arrière, tandis que Rosie et Boo se partageaient la cabine du capitaine où une seconde couchette avait été installée.

Les agents tuaient le temps en jouant aux cartes. Ils avaient laissé l'écoutille ouverte afin de profiter des rayons du soleil. Les trois arbres porte-hélice du bâtiment étaient situés sous leurs pieds, et le troisième moteur se trouvait à quelques mètres, derrière une cloison de bois.

Le niveau sonore resta supportable tant que Finch remonta l'Helford River à basse vitesse de façon à éviter toute collision avec les embarcations des ostréiculteurs, mais dès que le *Madeleine II* eut atteint l'océan, il poussa la triple manette des gaz et lança le Schnellboot à vingt-deux nœuds. Les vibrations produites par l'hélice secouaient violemment les lits métalliques, tandis que la coque sautait de vague en vague.

Pendant cinq minutes, les agents s'amusèrent de voir leurs cartes à jouer virevolter dans les airs et d'entendre grincer les ressorts des couchettes, puis ils réalisèrent qu'ils devraient demeurer une cinquantaine d'heures confinés dans le dortoir. Bientôt, PT déclara qu'il ne pourrait pas supporter très longtemps ces conditions. Au mépris des consignes, il gravit l'échelle menant au pont supérieur pour s'accorder quelques instants de répit. Appuyé au bastingage, il regarda le pavillon de la Royal Navy claquer à l'arrière du bâtiment, puis contempla les trois lignes d'écume soulevées par les hélices. Derrière la passerelle se trouvaient six citernes de carburant spécialement conçues pour s'encastrer à l'endroit où les Allemands stockaient les torpilles. Ces réserves de gazole permettraient au *Madeleine II* de se déplacer à vitesse maximale pendant de longues périodes, mais, revers de la médaille, les risques d'explosion en cas de fusillade n'étaient pas négligeables.

En outre, l'état-major craignait que le Schnellboot, dont la mission était tenue secrète, ne soit pris pour cible par la flotte et l'aviation britanniques. En conséquence, il devrait naviguer vers le sud sous escorte du *HMS Columbine*, une corvette de classe Flower. Deux fois plus long que le *Madeleine II*, il comptait quatre-vingts membres d'équipage et disposait de six canons de pont, mais il avait été conçu pour protéger les navires marchands, et sa vitesse de croisière ne dépassait pas douze nœuds.

Seule la lumière provenant de l'extérieur permettait aux garçons de mesurer l'écoulement du temps. Lorsque la mer forcissait, on leur intimait l'ordre de fermer l'écoutille. Lorsque les conditions étaient clémentes, ils restaient assignés dans leurs quartiers. Les marins du *Columbine* ne devaient pas les apercevoir.

Les repas leur étaient servis sur des plateaux métalliques. C'est à peine si on les autorisait à traverser le pont inférieur pour se rendre aux toilettes situées à la proue, ou prendre des nouvelles de Boo et de Rosie. Victimes du mal de mer, Paul et Joël vomirent à plusieurs reprises dans des sachets prévus à cet effet. Tous les occupants du compartiment souffraient de migraine causée par les vapeurs de gazole. Pour passer le temps, ils inventèrent des jeux. Qui pourrait tenir une carte en équilibre sur son nez le plus longtemps ? Qui serait capable de glisser sa jambe derrière son cou ? Qui oserait manger les petits morceaux roses et gras d'origine inconnue que chacun avait écartés de son déjeuner ?

À quatre-vingts milles nautiques de Lorient, le *Columbine* dévia sa course afin de se joindre à une chasse au sous-marin en compagnie de deux navires de même classe. Les garçons furent enfin autorisés à prendre l'air sur le pont. Le drapeau nazi flottait désormais à l'arrière du bâtiment. Les hommes d'équipage avaient revêtu l'uniforme de la Kriegsmarine.

Vers quatre heures de l'après-midi, l'officier de communication reçut un message indiquant que le *Madeleine II* était attendu au point de rendez-vous. Quelques minutes plus tard, le radar détecta une embarcation à l'endroit convenu.

Lors de la préparation de la mission, Henderson avait écarté la possibilité de débarquer à l'aide de canoës et choisi de procéder à un transfert en pleine mer. Les Schnellboot ennemis étaient chargés de patrouiller aux abords des côtes et, le cas échéant, de fouiller les bâtiments suspects. Ainsi, même si les Allemands assistaient à la scène depuis le rivage, ils ne s'étonneraient pas de voir l'un de leurs navires bord à bord avec un bateau de pêche.

L'*Istanbul*, le chalutier de Nicolas, datait de la fin du XIXe siècle. Il avait repris du service après une décennie d'inactivité lorsque la pénurie de carburant avait frappé le territoire français. Ses voiles étaient brunâtres et rapiécées. Sa coque vermoulue et incrustée de balanes craquait à chaque vague, évoquant la respiration d'un mourant.

— Je vous ai déjà dit que je détestais les bateaux à voiles ? lança Paul, tandis que le *Madeleine II* se rangeait le long de l'antique rafiot.

Nicolas et ses deux petits-fils, Michel et Olivier, se trouvaient sur le pont.

L'équipage de la Royal Navy installa une passerelle de planches entre les deux bâtiments afin de transborder les objets les plus lourds. Les valises, elles, furent purement et simplement jetées par-dessus le bastingage. Puis vint le moment d'embarquer.

Henderson salua le capitaine Finch avant d'ouvrir la marche, foulant la passerelle, une corde nouée sous les épaules.

— Heureuse de vous revoir ! lança une femme depuis le pont du chalutier.

Paul, Marc, Rosie et PT étaient enchantés de retrouver Maxine Clerc, qu'ils avaient rencontrée l'été précédent.

— Comment vas-tu ? s'exclama Rosie. Je ne savais pas que c'était toi, notre contact radio !

— J'ai vécu à Paris pendant un an, mais la Gestapo était sur mes traces, alors ils m'ont envoyée ici pour quelques semaines, en attendant de trouver un moyen de regagner l'Angleterre.

Un à un, les agents empruntèrent la passerelle instable. Henderson essaya d'embrasser Maxine sur la bouche, mais elle tourna la tête, ne lui autorisant qu'un baiser sur la joue.

– Je ne suis pas restée ici très longtemps, dit-elle en lui présentant une liasse de notes manuscrites, mais j'ai fait en sorte que le réseau de résistance renforce ses mesures de sécurité. Alphonse applique scrupuleusement mes consignes, mais Mme Mercier n'aime pas qu'on lui dicte sa conduite.

– Je suis au courant, merci, répliqua Henderson en fourrant les documents dans la poche de sa veste. Maintenant, je dois lire ces papiers et les brûler avant notre arrivée au port.

Deux pilotes britanniques sortirent de la cale et empruntèrent la passerelle menant au *Madeleine II*.

– Bon, eh bien, il faut que je vous laisse, dit Maxine.

– On déjeune un de ces jours ? lança Henderson. C'est moi qui t'invite. Tu n'auras qu'à choisir le restaurant.

Maxine lui adressa un hochement de tête, puis serra brièvement Paul, Marc, Rosie et PT dans ses bras.

– Soyez prudents, dit-elle avant de rejoindre le pont du Schnellboot.

En comparaison de l'*Istanbul*, le *Madeleine II* était un luxueux paquebot de croisière. Dès que le capitaine Finch eut mis cap au large, Nicolas désigna la trappe menant à la cale destinée au stockage du poisson.

– Tout le monde en bas, ordonna-t-il.

Bravant la puanteur insoutenable, Henderson descendit le premier puis réceptionna les valises. Lorsque

Boo et les six agents se furent serrés à ses côtés dans l'espace obscur et confiné, Michel et Olivier installèrent une grille de bois au-dessus de leurs têtes, y vidèrent un filet contenant le fruit de la pêche matinale puis fermèrent la trappe. Les membres de l'équipe se retrouvèrent dans le noir absolu, accablés de chaleur. Des fluides putrides gouttaient dans leurs cheveux et sur leurs vêtements.

— Les Allemands fouillent souvent le bateau à l'arrivée au port, mais ils ne se salissent jamais les mains ! cria Nicolas. Je vous promets que vous ne risquez rien.

∴

L'*Istanbul* accosta aux alentours de dix-huit heures, mais ses passagers clandestins durent patienter jusqu'à la tombée de la nuit avant de quitter leur cachette. Après quatre heures d'attente, ils entendirent des bruits de bottes sur le pont, puis virent avec soulagement le visage de Michel apparaître dans l'encadrement de l'écoutille.

— Les Allemands patrouillent au bout de la digue, annonça ce dernier. Il faut faire vite. Laissez les bagages les plus lourds. Nous les récupérerons demain.

Les agents déposèrent les valises et l'équipement sur le pont, et se hissèrent hors de la cale. Michel, le cousin d'Olivier, faisait le guet sur le quai. Il désigna la ruelle menant à l'atelier d'Alphonse. Les articulations douloureuses, ils formèrent une file d'attente devant les toilettes, dans la cour intérieure de la bâtisse.

— Restez silencieux, ordonna Henderson, et ne tirez la chasse que lorsque vous aurez tous terminé.

De retour dans l'atelier, Nicolas leur présenta une cuvette d'eau chaude. À tour de rôle, ils se lavèrent les mains et le visage, puis partagèrent un casse-croûte composé de pain, de fromage et de poulet froid. Ils empestaient le poisson, mais après six heures passées dans la cale, ils s'étaient accoutumés à leur propre puanteur.

— PT, Joël et Tristan, vous demeurerez ici, expliqua Nicolas. Lundi, nous vous trouverons un emploi. L'un de nos contacts s'arrangera pour que vous soyez placés à la maintenance des U-Boot, et non sur le site de construction. Tristan, tu travailleras avec moi sur l'*Istanbul*.

Nicolas se tourna vers Henderson.

— Monsieur, il est tard. Il vaut mieux que Marc et vous dormiez ici. Demain, Mme Mercier enverra une voiture pour vous conduire à Lorient. Vous travaillerez et serez logés au *Mamba noir*, son établissement le plus luxueux.

Boo désigna Paul et Rosie.

— Et pour nous, quelles sont les consignes ?

— Comme prévu, vous serez chargés des communications, dit Alphonse. Si vous n'êtes pas trop fatigués, je préférerais que vous rejoigniez la ferme en vélo dès maintenant. La radio de Maxine s'y trouve déjà. Elle a suggéré que vous passiez deux nuits sur place avant de choisir une nouvelle cache connue de vous seuls.

— Pourrons-nous gagner notre objectif avant le couvre-feu ? demanda Paul.

— La ferme est située à une demi-heure à bicyclette, répondit Alphonse. Ça devrait suffire, et les Allemands ne s'intéressent pas à cette zone, pour le moment.

Les agents s'accordèrent quelques minutes pour trier les bagages et ajuster la selle de Paul, puis vint le moment de se séparer.

— Ne commettez pas d'imprudence, déclara Henderson. En tant que nouveaux venus dans la région, vous susciterez la curiosité des populations locales pendant quelques jours. Faites profil bas et limitez les contacts. Je vais tâcher d'établir un système de communication discret entre nous, que je vous ferai connaître dès que possible. Ne prenez aucun risque. Ne vous liez pas d'amitié avec le premier venu. Ne posez pas de questions indiscrètes tant que vous ne savez pas à qui vous avez affaire. Et souvenez-vous de ce que vous avez appris au cours de l'entraînement. Bonne chance et bonne *chasse* à tous.

TROISIÈME PARTIE

Quatre semaines plus tard

CHAPITRE SEIZE

DIMANCHE 22 JUIN 1941

Édith, accroupie dans l'embrasure d'une porte à proximité d'un débarcadère de Kernével, entendit les bottes cloutées des membres de la patrouille une trentaine de secondes avant de les apercevoir.

— Heil Hitler ! lança-t-elle avec un feint enthousiasme lorsque les deux soldats débouchèrent à l'angle de la rue.

Avec leurs cheveux clairsemés et leur bedaine gonflée par l'abus de bière, on aurait pu les prendre pour des frères jumeaux.

— Vous n'avez pas quelques friandises pour moi ? demanda Édith. Du chocolat, des bonbons ?

Mais les deux Allemands ne parlaient pas français. Elle répéta sa question dans leur langue, mais ils froncèrent les sourcils et brandirent le poing dans sa direction avant de poursuivre leur route. Lorsque les bruits de bottes se furent estompés, elle remonta la rue menant à l'atelier d'Alphonse. Elle fut surprise de n'y trouver que Tristan.

— La patrouille vient de passer, dit-elle. Où sont les autres ?

— Joël et PT ne sont pas encore rentrés du boulot. Nicolas a dû s'allonger à cause de son dos, mais on peut y arriver si tu continues la surveillance.

— Sans doute. Mais il serait préférable que nous soyons trois.

— Nous n'avons pas le choix, dit Tristan en remettant à sa coéquipière une vieille écharpe grise. Ne laisse pas l'agent voir ton visage et ne parle que si c'est absolument nécessaire.

Ils quittèrent le bâtiment puis empruntèrent une rue étroite qui courait parallèlement au quai principal. Il était dix heures du soir, mais le ciel était encore clair, et ils devaient se montrer prudents.

Tristan déverrouilla le cadenas qui maintenait fermée la porte d'un petit hangar. Édith marcha jusqu'à l'angle de la ruelle, scruta longuement le port puis leva le pouce pour lui signaler que la voie était libre. La mer s'étant retirée, il dut descendre les échelons glissants enchâssés dans le quai pour atteindre le pont de l'*Istanbul*. Il récupéra un sac de vêtements posé près de la timonerie, enfila une cagoule puis ouvrit la trappe permettant d'accéder à la cale.

— J'étouffe là-dedans, protesta l'homme qui y patientait depuis des heures. J'ai vomi deux fois et je n'avais rien à boire.

Lorsqu'ils avaient gagné la France un mois plus tôt, les agents de CHERUB avaient eu toutes les peines du monde à se débarrasser de la puanteur incrustée dans leurs vêtements. Échaudé par cette expérience, Henderson avait mis au point un nouveau système. Désormais, les espions introduits clandestinement en territoire occupé devaient se déshabiller avant de descendre dans la cale et effectuer le transfert en sous-vêtements.

— Où est mon équipement ? demanda l'homme. J'avais trois grandes valises dont l'une contient soixante mille francs et…

— Fermez-la, gronda Tristan. Je ne dois pas savoir ce que vous faites ici, ni même qui vous êtes.

Il leva les yeux vers le quai où Édith faisait le guet. Dès qu'il reçut le feu vert, il conduisit l'agent à moitié nu jusqu'au hangar, un espace obscur que seuls éclairaient les rais de lumière filtrant entre les plaques de tôle du toit. Tristan posa le sac contenant les vêtements et en sortit un morceau de savon. Édith tourna un robinet puis tendit à l'inconnu un tuyau de caoutchouc. Ce dernier le porta à sa bouche, avala quelques gorgées d'eau puis s'aspergea le corps.

— Où est le reste du comité d'accueil ? demanda-t-il.

— Savonnez-vous en vitesse, répondit Tristan, ignorant délibérément la question. Lorsque vous serez habillé, sortez par cette porte et tournez à droite. Prenez la deuxième à gauche, utilisez la clé qui se trouve dans l'enveloppe que je vais vous remettre pour entrer dans la maison située au numéro vingt-cinq. À l'intérieur, vous trouverez votre équipement et de quoi vous restaurer. Demain matin, vous décamperez à six heures. La gare de Lorient est trop bien gardée. Vous devrez marcher jusqu'à Quéven et emprunter l'autobus. Ah, j'allais oublier. Jeudi dernier, ils ont changé la couleur des tickets d'alimentation. Vous trouverez une carte verte dans le tiroir de la cuisine. N'oubliez pas de détruire la blanche qui vous a été remise. Les Boches ne vous le pardonneraient pas. Compris ?

— Mais quel âge as-tu, mon garçon ?

Tristan était exaspéré.

— Vous dormiez ou quoi, pendant les cours de renseignement ? Nous ne devons rien savoir les uns des autres, de façon à n'avoir rien à avouer aux agents de la Gestapo. Allez, dépêchez-vous, à la fin !

Édith lança une serviette sale à l'inconnu.

— Rendez-nous le savon dès que vous en aurez terminé, ajouta Tristan. En théorie, il n'y en a pas un morceau disponible dans tout le pays.

— Et ça, qu'est-ce que j'en fais ? demanda l'agent en désignant les sous-vêtements putrides.

— Laissez-les ici. Je les récupérerai demain, et je m'en débarrasserai au large.

— Qui dois-je contacter en cas de problème ? Si le bus ne circule pas, par exemple.

— Si vous vous trouvez dans une situation désespérée, revenez ici.

— Mais je ne saurai pas à qui m'adresser. Lorsque j'ai embarqué sur le chalutier, les hommes d'équipage ne m'ont même pas laissé voir leur visage.

— N'ayez crainte, nous vous repérerons, pourvu que les Boches ne vous capturent pas avant.

Lorsque l'inconnu se fut vêtu, Tristan lui remit l'enveloppe contenant une clé et un ticket d'autobus. Édith jeta un coup d'œil à l'extérieur du hangar et l'assura qu'il avait le champ libre.

— Bonne chance, dit Tristan.

— Merci, répondit l'agent sans grand enthousiasme.

À l'évidence, il n'était guère satisfait de l'accueil glacial qui lui avait été réservé. Lorsqu'il eut disparu au bout de la ruelle, Tristan ôta sa cagoule.

— À quoi s'attendait-il, celui-là ? demanda Édith en arrosant la grille d'évacuation afin d'en faire disparaître toute trace d'eau savonneuse. À une fanfare et des banderoles de bienvenue ?

— Je crois surtout qu'il crevait de trouille, expliqua Tristan. Il voulait qu'on lui tienne la main, qu'on le rassure. Un débutant, sans l'ombre d'un doute.

.:.

L'Ancre, minuscule café-restaurant, servait à déjeuner aux ouvriers de l'Organisation Todt en échange de tickets d'alimentation spéciaux, plus riches en calories. Leur repas achevé, ils consacraient le reste de leur pause à des activités plus importantes : se soûler, dépenser leur paye en jeux d'argent et se crêper le chignon.

Installé à une petite table, PT était entouré d'une vingtaine de collègues. Sa combinaison, raidie par le béton séché, empestait la sueur. Au cours des deux premières semaines, les journées de douze heures avaient failli le tuer. Il avait perdu quatre kilos et demi et récolté des cals aux mains. Son visage était brûlé par le soleil. Compte tenu de son âge, son corps s'était rapidement adapté, mais la monotonie du travail était assommante.

— Je ne veux pas de ton argent, lança-t-il à un vieil homme à la barbe rousse en alignant devant lui trois tasses à café renversées. Tu vas perdre. Je suis trop fort pour toi.

L'assistance éclata de rire. L'homme frappa du poing sur la table. Son visage était rubicond. Il mâchait un mégot de cigare.

— Je connais la manœuvre, mon garçon ! rugit-il. J'ai vu ce truc un millier de fois, aux quatre coins du monde, et laisse-moi te dire que tu n'es pas très doué.

— Il te fait une faveur, Barberousse, lança un colosse prénommé Gilles. Fous-lui la paix, à ce gamin.

Gilles dirigeait l'équipe de PT, dont les cinq membres étaient chargés de couler du béton dans les bunkers douze heures par jour, six jours par semaine. Il couvrait les agissements de son jeune collègue. En échange, ce dernier partageait ses gains, quand la combine portait ses fruits.

— Comme tu voudras, grand-père, soupira PT. Puisque tu y tiens tant, je vais t'offrir *une* chance de montrer que tu es plus futé que moi.

Un autre travailleur de l'équipe de Gilles fendit l'assistance chargé d'un plateau garni de demis de bière. PT prit un verre et en vida la moitié en trois longues gorgées. Son adversaire posa une pièce de cinq francs sur la table puis cracha son mégot sur le plancher.

— La mise est limitée à un franc, dit le garçon. Nous travaillons tous dur pour gagner de quoi vivre. N'allons pas le dépenser pour des bêtises.

— Soit, lâcha Barberousse. Un franc, si c'est tout ce que tu peux te permettre.

PT plaça une petite balle sous la tasse centrale, puis modifia à plusieurs reprises la position des récipients. Il commença lentement, puis accéléra progressivement la manœuvre.

— Alors, sous quelle tasse se trouve la balle, à présent ? demanda-t-il.

L'individu désigna celle de droite.

— Gagné, dit PT. Ça te fait un franc. Félicitations.

— Je te l'avais bien dit, sourit son adversaire en se tournant vers l'assistance. C'est un truc vieux comme le monde. Maintenant qu'il me croit en confiance, il va la glisser au dernier moment sous la tasse de son choix, au moyen d'un tour de passe-passe. Mais j'en ai terminé, il ne me prendra pas un sou.

— Tu me traites d'escroc, l'ancêtre ? ricana PT. Chacun a ses chances, une sur trois, je t'assure. Si tu tiens absolument à prouver que tu as raison, je suis prêt à te laisser parier ce qui te plaira.

— Vingt-deux francs, annonça l'homme en déposant sur la table le contenu de son porte-monnaie.

PT tenait ce tour de son père. Il lui avait suffi de quelques jours pour apprendre la technique consistant à changer la balle de position en retournant les tasses, mais il avait dû travailler dur pour maîtriser l'art de piéger les pigeons. Les risques étaient importants de subir la colère des joueurs mécontents. Il s'agissait de rester maître de ses émotions, d'afficher une humilité feinte, de jurer ses grands dieux qu'on n'en voulait pas au portefeuille de ses victimes et que leurs défaites à répétition n'étaient que le fruit de la malchance.

— Je ne suis qu'un débutant, bredouilla PT en considérant d'un œil anxieux les pièces posées sur la table. Ça me fait deux semaines de salaire. Ne pourrait-on pas se contenter de quinze francs ?

— C'est à prendre ou à laisser, grogna Barberousse. Soit tu joues, auquel cas je dévoilerai ta combine au moment où tu changeras la position de la balle, soit tu admets que tu essayes d'arnaquer tous ces braves gens.

Gilles posa une main rassurante sur l'épaule de PT.

— Ton honneur est en jeu, mon garçon. Tu n'as pas le choix.

Les ouvriers qui assistaient à la scène commencèrent à leur tour à parier sur l'issue de la confrontation.

Compte tenu de l'excitation générale, le montant des enjeux ne tarda pas à dépasser de très loin la somme exposée sur la table. PT regrettait amèrement que son père et son grand frère, pickpockets de génie, ne puissent se mêler aux joueurs pour s'emparer discrètement du pactole.

— OK, c'est parti, dit-il avant de se signer. Une tasse, deux tasses, trois tasses, la balle au centre. Ça te convient, l'ancien ? Tu peux encore renoncer, tu sais...

— Cesse de tenter de gagner du temps, sale merdeux, rugit le vieil homme.

PT savait qu'on le surveillait attentivement, mais il lui restait une chance de l'emporter : il lui fallait désorienter son adversaire, et faire en sorte qu'il perde réellement la balle de vue. Pour cela, il décida de changer de technique. Il prit une profonde inspiration, puis manipula longuement les tasses, les poignets joints de façon à les échanger deux par deux, à une vitesse fulgurante, sans bouger les avant-bras.

— Fais ton choix, annonça-t-il enfin.

Barberousse était hors de lui.

— Espèce de tricheur !

— Mais j'ai fait comme d'habitude !

Les membres de l'assistance étaient partagés. Certains essayaient de reproduire les étranges mouvements de bras de PT.

— Allez, choisis, l'ancêtre ! cria Gilles.

Le vieil homme posa le doigt sur la tasse du milieu.

PT se tortilla sur sa chaise, comme il convenait à un joueur plongé dans la plus totale incertitude, puis la souleva d'une main tremblante. La balle ne s'y trouvait pas.

— Tu ne pourras pas dire que je ne t'avais pas prévenu, sourit-il.

Son adversaire laissa éclater sa colère et brandit un poing que Gilles intercepta d'une main. Ce dernier saisit le vieillard par le col et lui cogna violemment le crâne contre la table.

— Essaye seulement de toucher un seul cheveu de sa tête, avertit-il. Il a gagné honnêtement.

— Tu as dû le supplier de disputer une seconde manche, ajouta un ouvrier. Tire-toi, espèce de vieux débris !

PT observa la foule d'un œil inquiet. Ses collègues avaient choisi son camp, mais une partie des autres travailleurs, intrigués par ses mystérieux mouvements de mains, le soupçonnaient d'avoir fait usage d'une manœuvre douteuse. Cependant, il avait récolté une petite fortune, et voyait là le moyen de gagner leur sympathie.

— Serveuse ! lança-t-il. Servez du whisky à tous ces messieurs.

Des exclamations enthousiastes saluèrent cette annonce.

— Je n'ai plus de whisky, mais il me reste de la vodka, expliqua la femme.

Lorsqu'elle eut déposé les bouteilles sur la table, PT brandit l'une d'elles et lança :

— Mes amis, je porte par avance un toast au premier d'entre vous qui roulera sur le carrelage ! À votre santé !

CHAPITRE DIX-SEPT

Joël, qui n'avait que quatorze ans, avait obtenu une place d'apprenti dans un atelier de maintenance grâce à un ami d'Alphonse surnommé Canard. Coiffé d'une casquette et vêtu d'une combinaison maculée de cambouis, il dégustait un gobelet de thé assis sur une caisse retournée.

— Je ne vois vraiment pas ce que les Anglais trouvent à cette saloperie, dit Canard en jetant à un œil au récipient émaillé.

Il devait son surnom à un crâne parfaitement lisse et à d'énormes lèvres qui évoquaient un bec plat lorsqu'il gardait la bouche fermée.

Joël s'était pris d'une passion pour le thé au cours de son séjour en Angleterre, mais il ne pouvait fournir cette explication sans trahir sa couverture.

— Ce n'est pas si mauvais que ça en a l'air, dit-il. Mais c'est meilleur avec un peu de lait.

Canard lâcha un éclat de rire.

— L'armée du roi George nous en a laissé sept cents caisses. C'est la seule chose dont nous ne risquons pas de manquer. Cet hiver, j'en ai même ramené à la maison pour me chauffer.

— Et ça a fonctionné ?

— Tout a brûlé en quelques secondes, et j'y ai perdu la moitié d'un sourcil.

Le sourire qui éclairait le visage de Canard s'évanouit brusquement. Il venait d'entendre des bruits de pas sur le sol de béton. Il fit volte-face et fut soulagé de trouver André, leur collègue, un individu d'une quarantaine d'années qui savait se servir de ses mains mais ne brillait pas par son intelligence.

Le hangar avait été construit hâtivement par les Allemands dans les semaines qui avaient suivi l'invasion, mais il disposait de l'outillage le plus perfectionné. Il mesurait dix mètres de haut, et sa base formait un carré de vingt-cinq mètres de côté. C'était l'un des trois ateliers provisoires destinés aux réparations mécaniques.

— Je l'avais bien dit, annonça André, tout sourire, en exhibant deux grosses boîtes cylindriques. Du pain en conserve. Ils en ont plein, dans les U-Boot.

Canard pratiqua une ouverture dans l'une des boîtes à l'aide d'un tournevis, et en sortit une masse pâteuse.

— Ça ressemble à quoi ? demanda Joël.

Canard haussa les épaules.

— Regarde par toi-même. Encore un miracle scientifique accompli par nos maîtres germaniques.

Joël s'empara de la conserve.

— Mieux vaut ça qu'une miche grouillante de vers, je suppose. On ne devrait pas fermer l'atelier ? Il est presque onze heures du soir.

Canard hocha la tête.

— D'accord. Il est trop tard pour se lancer dans quoi que ce soit, de toute façon.

Tandis que Joël traversait le hangar pour récupérer sa musette, un mécanicien de la Kriegsmarine franchit la porte principale.

— Les batteries de l'U-108 sont-elles prêtes ? aboya-t-il.

— Vous rêvez ! s'esclaffa Canard.

La Kriegsmarine avait chargé des employés allemands d'entretenir et de réparer les U-Boot. Les Français, eux, étaient assignés aux tâches salissantes, ingrates et répétitives, comme le démontage et le remplacement des batteries qui alimentaient les sous-marins en immersion.

— Où avez-vous trouvé ces boîtes ! hurla le mécanicien en découvrant les conserves. Ce sont des vivres réservés à l'armée. Je pourrais vous faire fusiller pour les avoir volés !

— Et dans ce cas, qui réparerait vos foutues batteries ? demanda Canard, l'air parfaitement détendu. À ce propos, les caissons sont fissurés, mais nous n'avons plus de gaz pour l'arc à souder. Comment devons-nous procéder ?

L'Allemand donna un coup de pied dans l'une des boîtes, qui tourbillonna dans les airs et termina sa course contre la paroi métallique.

— L'un des sous-marins doit quitter la base demain matin. Son départ a déjà été reculé de trois jours.

— J'avais une douzaine d'employés, mais vous les avez transférés à Brest. Tout ce qui me reste, c'est un brave gars qui ne sait même pas compter jusqu'à dix et un gamin qui n'a pas un mois d'expérience. Je ne suis pas Jésus-Christ. Je ne peux pas faire de miracles.

— Tout le monde est à court de personnel, répliqua l'Allemand. Ce que je vois, moi, c'est qu'on se la coule douce, dans cet atelier. Le voilà, notre véritable problème.

Joël avait visionné des dizaines de films de propagande lors de son séjour en Angleterre. Ils décrivaient les soldats d'Hitler comme des brutes efficaces et bien équipées, mais rien de ce qu'il avait vu à Keroman ne confirmait ces représentations.

Les U-Boot souffraient d'innombrables pannes mécaniques. Leurs équipages étaient composés de garçons de moins de vingt ans. À court d'huile moteur, les mécaniciens devaient vider les réservoirs pour en filtrer le contenu à l'aide de bandes de gaze. Des lits étaient désossés afin de récupérer les boulons nécessaires à la réparation des torpilles. Les pièces de rechange étaient fabriquées à partir d'objets du quotidien.

Mais ces handicaps n'étaient rien en comparaison de la pénurie de personnel. Les Anglais redoutaient les sous-marins, qui harcelaient leurs convois au milieu de l'Atlantique. Mais la Kriegsmarine concentrait ses efforts sur le *Scharnhorst* et le *Gneisenau*, deux croiseurs qui avaient subi d'importantes avaries et se trouvaient à Brest, à cent quarante kilomètres au nord.

Conséquence de cette stratégie, les U-Boot restaient à quai des semaines entières dans l'attente de réparations mineures. En outre, les fonctionnaires de l'OT se montraient moins scrupuleux sur le recrutement, un relâchement qui avait permis à Joël de décrocher une place dans une zone sensible, à quelques centaines de mètres des submersibles.

Canard désigna une paire de batteries.

— Celles-là sont arrivées avant-hier, pour la révision réglementaire. Elles appartiennent à l'U-63. Elles sont presque neuves.

— Très bien. Nous allons procéder à l'échange et permettre le départ de l'U-108. J'enverrai deux hommes d'équipage en prendre livraison.

L'air satisfait, l'Allemand quitta le hangar. Canard se réjouissait d'échapper à la corvée consistant à démonter et à inspecter sous toutes les coutures les énormes batteries de l'U-63. Joël s'interrogeait sur la possibilité de les endommager avant qu'elles ne soient placées à bord de l'U-108, un acte de sabotage qui rendrait impossible le départ du submersible. Mais Henderson lui avait recommandé de se montrer patient, de faire profil bas et de se contenter de collecter des informations. Ensuite, le moment venu, l'équipe mènerait une opération coordonnée afin d'infliger des dommages irréparables à la flotte de sous-marins.

— Tu rêvasses, mon garçon ? demanda Canard en lui tendant la boîte de pain qui n'avait pas été ouverte. Nous ferions mieux de filer avant que les membres d'équipage ne débarquent avec leur chariot. Tiens, tu donneras cette conserve à ta mère.

∴

Le couvre-feu prenait effet à vingt-trois heures, mais cette disposition ne changeait rien à la vie nocturne du centre-ville de Lorient. Elle ne s'appliquait pas aux Allemands, et les civils qui travaillaient à la construction des bunkers en étaient exemptés.

Grâce à Mme Mercier, Henderson occupait un poste de barman au *Mamba noir*, un établissement qui, à quelques détails près, n'avait rien à envier aux meilleurs clubs de la capitale. Les autres bars du quartier étaient réservés soit aux locaux, soit aux Allemands et à leurs invitées, mais le *Mamba noir* accueillait sans discrimination tous ceux qui pouvaient s'offrir ses consommations au prix exorbitant.

Le restaurant du rez-de-chaussée servait une nourriture exquise, et la direction n'exigeait pas que ses clients présentent leurs coupons de rationnement. Au premier étage, ils se détendaient dans un décor luxueux, au son d'un trio musical, en dégustant des cocktails au champagne. Les toilettes disposaient de savonnettes, mais un employé était chargé de s'assurer qu'elles ne disparaissent pas.

Chaque soir, Marc arpentait l'établissement, un panier garni de cigares et de paquets de blondes autour du cou. Il ne recevait pas de salaire mais des pourboires dont le montant, parfois, s'élevait à une petite fortune. En outre, nul ne savait qu'il parlait et comprenait l'allemand, si bien que les officiers de haut rang continuaient à bavarder sans se méfier lorsqu'il leur distribuait du tabac ou leur offrait du feu.

Ce dimanche, comme chaque semaine, la clientèle se faisait plus rare. C'était le jour de congé de l'orchestre, et les habitués se contentaient pour la plupart de prendre un verre après le dîner. La veille, Marc s'était couché à trois heures du matin. Las d'errer entre les tables inoccupées, il se dirigea vers le bar.

— Je crois que je ferais mieux d'aller dormir, dit-il.

Vêtu d'un gilet et d'un nœud papillon en soie, Henderson fronça les sourcils.

— Qu'est-ce que ça veut dire ? C'est un abandon de poste ?

Marc savait qu'il ne parlait pas sérieusement. Il posa son panier sur le comptoir et vida dans sa poche le cendrier en verre qui contenait ses pourboires.

— Si quelqu'un a besoin de cigarettes, j'enverrai l'une des filles, dit Henderson. Passe une bonne nuit, mon petit.

Marc salua les autres membres du personnel et déboutonna son gilet en dévalant les marches menant au rez-de-chaussée. Dans la salle de restaurant, les rares clients terminaient leur dessert. Dans la cuisine, il ne trouva que deux plongeurs et un serveur qui piaffait d'impatience.

— Bonne nuit, Marc, lança Mme Mercier lorsqu'il passa devant la petite pièce où elle tenait sa comptabilité. Et n'oublie pas que je te veux frais et dispos pour nettoyer les écuries, demain matin.

Dès qu'il eut franchi la porte de service, Marc jeta un coup d'œil entre les poubelles et le mur de la cour, puis il repéra une boîte de conserve rouillée. Il s'accroupit, comme s'il renouait un lacet, et en sortit un morceau de papier chiffonné.

Il se redressa et laissa le vent frais souffler sur son visage. C'était un soulagement, après les heures passées dans l'atmosphère enfumée du *Mambo noir*, et il regrettait de n'avoir que trente mètres à parcourir pour regagner le deux-pièces qu'il partageait avec Henderson.

L'appartement était situé au premier étage d'une maison appartenant à Mme Mercier, comme la plupart des bâtiments du quartier. Redoutant de réveiller les deux vieilles sœurs qui vivaient au rez-de-chaussée, Marc ôta ses chaussures pour gravir l'escalier.

Son petit lit était installé dans le salon, entre l'évier, la table, la cuisinière et le buffet. Il tira les rideaux avant de monter sur une chaise pour revisser l'ampoule du plafond, seul moyen de la faire fonctionner. Dans la rue, il entendit un ivrogne vociférer.

Il défroissa le papier trouvé dans la boîte de conserve et découvrit un message rédigé sur une feuille de carnet du *Mambo noir*. Il reconnut l'écriture de Joël : *Coulis de céleri 10 fr 80.* L'inscription était raturée, comme s'il s'agissait d'une commande annulée. Des chiffres avaient été griffonnés au verso.

Le coulis de céleri entrait dans la composition d'une entrée figurant sur la carte du restaurant mais ici, il signifiait qu'un sous-marin prendrait la mer au petit matin. *10 fr 80* désignait l'U-108. Les caractères tracés au dos indiquaient que l'U-212 avait regagné la base et que l'U-9 manquait à l'appel.

Marc alluma la radio et sélectionna la fréquence de Radio Londres. L'U-9 avait-il été coulé au large de Lorient, retardé par des problèmes mécaniques ou orienté vers un autre port ? Il n'obtiendrait sans doute pas de réponse à cette question, mais il informerait Paul de cet événement imprévu dès le lendemain. Rosie et Boo pourraient ainsi transmettre l'information vers l'Angleterre dans la journée.

Pendant que les lampes de la radio chauffaient, Marc ôta sa chemise et sa cravate, passa un chiffon sous le robinet, s'étendit sur le lit et le posa sur son front. Le haut-parleur crépita. Tandis que l'eau glacée ruisselait dans son cou, une voix solennelle se fit entendre.

« … dans sa déclaration, le haut commandement a affirmé que l'invasion avait été ordonnée en réponse aux mouvements de troupes continus et aux concentrations de blindés d'ampleur inacceptable le long de la frontière. »

Sous le choc, Marc se redressa d'un bond.

« L'attaque allemande sur la Russie ayant été déclenchée il y a seulement quelques heures, il est impossible de se prononcer sur le résultat de cette initiative. Cependant, il est clair que le Reich vient de lancer une offensive sans précédent sur le territoire de son ancien allié, une opération à laquelle participent des milliers d'avions et deux millions d'hommes. À Berlin, Adolf Hitler a affirmé que la Russie serait brisée en moins de trois mois. Le Premier Ministre Winston Churchill a quant à lui assuré que le Royaume-Uni mettrait tout en œuvre pour porter assistance au peuple de l'Union soviétique. Nous interromprons nos programmes pour vous informer des développements de la situation. »

CHAPITRE DIX-HUIT

Après avoir dissimulé le message derrière les poubelles du restaurant, Joël parcourut les ruelles à la lumière de la lune jusqu'à la principale artère du quartier. Il entra dans un modeste restaurant dont il avait, au fil des jours, apprivoisé la propriétaire. Cette dernière s'assurait qu'il avait toujours un peu de viande dans sa soupe et doublait sa ration de fromage. Hélas, malgré toute sa bonne volonté, elle n'avait rien d'autre à lui servir qu'un affreux pain noir qui, à en croire une rumeur insistante, était composé de mauvais seigle et de sciure de bois. Il ignorait si cette histoire était fondée, mais il aurait payé cher pour un morceau de baguette croustillante tartinée de beurre frais.

L'établissement était situé à une demi-heure de marche de la maison d'Alphonse à Kernével. Avant de se mettre en route, Joël décida de faire un détour par l'un des bars où traînait PT afin de savoir s'il souhaitait rentrer en sa compagnie. Il le trouva dans l'arrière-salle du *Petit Prince*, l'un des cafés les moins recommandables de la ville.

Le sol était criblé de crachats, de mégots de cigarette et de sang coagulé. Les fenêtres étaient obstruées par des planches, les miroirs brisés. On y servait une piquette épouvantable, et les prostituées penchées à la rambarde du premier étage étaient toutes trop jeunes ou trop âgées pour travailler dans les maisons de tolérance de Mme Mercier.

— Assieds-toi, mon pote, bredouilla PT d'une voix pâteuse avant de s'adresser au serveur qui essuyait des verres derrière le comptoir. Un petit ballon pour mon ami !

— Il est minuit, dit Joël. On devrait rentrer. Tu prends ton poste à sept heures du matin.

— Je m'en tape, grogna PT. Assieds-toi, je te dis.

Joël esquissa un sourire. Il n'avait que quatorze ans, et l'idée de s'encanailler pour la première fois de sa vie, fût-ce dans un bouge comme *Le Petit Prince*, était plutôt attirante. Il tira une chaise et s'installa près de PT.

Le serveur déposa devant lui un ballon de vin rouge.

— C'est pour moi, insista son camarade lorsqu'il prétendit régler sa consommation.

Au même instant, Gilles sortit d'une chambre du premier étage et dévala l'escalier.

— Voilà dix francs bien dépensés ! rugit-il.

Joël observa les prostituées rassemblées sur la coursive. Il n'avait jamais embrassé une fille, et l'idée de perdre sa virginité lui inspirait un sentiment d'excitation mêlé de dégoût.

— Qu'est-ce que tu regardes ? gloussa Gilles.

Joël fit mine de n'avoir rien entendu, mais c'était une stratégie malhabile, car son interlocuteur avait le vin mauvais.

— Eh, je te cause, fiston !

— Je ne regarde rien, répondit nerveusement Joël en contemplant son verre.

Gilles se tourna vers PT.

— Tu crois que ton petit frère l'a déjà fait ?

— Pas que je sache.

Joël rougit jusqu'à la pointe des cheveux.

— Ça alors, un petit puceau ! s'exclama Gilles. Tu es un travailleur, maintenant. Pourquoi tu ne choisis pas l'une de ces poulettes ?

— Celle-là te conviendrait très bien, ajouta PT en désignant une prostituée qui patientait à l'extrémité de la coursive. Elle doit avoir mon âge. Chouette poitrine, jolies jambes. Tu pourrais tomber plus mal.

Joël plongea le nez dans son verre.

— Eh, là-haut ! lança Gilles. Oui, toi, tout au fond. Tu ferais bien un prix à notre jeune ami ?

Joël leva les yeux. La jeune fille lui souffla un baiser. Il sentit son visage s'embraser.

— Eh bien, mon garçon ? ricana Gilles. Qu'est-ce que tu attends pour monter ? Elle ne va pas t'avaler.

— Pour ça, il faudra ajouter un petit supplément !

lança l'un des ouvriers accoudés au bar, suscitant l'hilarité générale.

Joël esquissa un sourire embarrassé.

— De toute façon, je n'ai plus d'argent, fit-il observer, croyant trouver un moyen de se tirer de ce mauvais pas.

PT déposa deux pièces de cinq francs sur la table.

— Tu n'as plus d'excuse, à présent, gloussa-t-il.

Joël empocha la monnaie et se leva. À l'étage supérieur, la jeune fille secoua lascivement la poitrine, puis lui fit signe d'approcher.

— En avant, mon garçon ! lança Gilles.

Le front ruisselant de sueur, Joël se dirigea vers l'escalier sous les encouragements de la clientèle. Lorsqu'il posa le pied sur la première marche, il trouva un homme planté en travers de son chemin. Il espérait que l'inconnu lui interdirait l'accès à la coursive en raison de son jeune âge, mais ce dernier se contenta de tendre la main.

— Trois francs pour la chambre. Pour le reste, tu te débrouilles avec la fille.

Joël glissa une main dans sa poche et la referma sur l'une des pièces que lui avait remises PT, observa à nouveau la prostituée et se demanda ce qu'il serait censé faire, une fois seul en sa compagnie.

Saisi de nausée, il tourna les talons et se rua vers la porte, manquant de percuter un serveur chargé d'un plateau. Lorsqu'il eut franchi le seuil de l'établissement, il se pencha en avant et vomit dans le caniveau. Il entendait les clients hurler de rire à l'intérieur du *Petit Prince*.

— Reviens ici immédiatement ! cria Gilles.

— Poule mouillée ! lança l'un de ses compagnons de beuverie.

De toute son existence, Joël n'avait jamais ressenti une telle honte. Sourd aux appels des fêtards, il s'engagea dans la ruelle menant au pont qui permettait de quitter la ville.

À peine eut-il fait trois pas que PT l'interpella depuis le seuil du café.

— Attends-moi, je t'accompagne.

Joël ne ralentit pas l'allure, si bien que son camarade dut trottiner pour le rattraper.

— Tu as oublié ta boîte de pain, dit ce dernier.

Joël se figea, glissa la conserve sous son bras puis fixa le pavé d'un œil sombre.

— Ils plaisantent, tu sais, expliqua PT. Il n'y a pas de quoi en faire un plat.

— Tu aurais pu prendre ma défense, répliqua Joël en lui tendant les deux pièces de monnaie.

— Garde-les. Je ne voulais pas t'embarrasser. Je t'ai vu reluquer cette fille, c'est tout. Je ne voyais pas à mal. Je pensais que tu étais vraiment tenté.

— Tu n'as pas tout à fait tort, d'une certaine façon. Mais avec tous ces types autour de moi… et ce Gilles est le pire des crétins.

— Il a trop bu, mais ne le juge pas hâtivement. Il fait tout pour me rendre la vie plus facile, à l'atelier.

— Je me sens tellement misérable, dit Joël en se remettant en route.

— Tu ne t'en es pas si mal sorti. Quand j'étais garçon de cabine, l'un de mes collègues a passé la nuit avec des filles de joie au Maroc, et il en a gardé un souvenir qu'il n'est pas près d'oublier, si tu vois ce que je veux dire.

— Non, je ne vois pas.

— Tu peux me croire. Ma couchette était tout près des toilettes, et je pouvais l'entendre brailler chaque fois qu'il allait pisser.

— Et toi, tu t'es déjà laissé tenter ?

— Moi ? toussa PT. Non, mais tu m'as déjà regardé ? Tu crois vraiment que j'ai besoin de payer pour coucher avec une fille ?

— Je vais courir en parler à Rosie, gloussa Joël, qui commençait à se détendre.

Soudain, deux hommes jaillirent d'une porte cochère et se plantèrent au milieu de la ruelle.

PT reconnut l'un d'eux au premier coup d'œil : c'était l'individu à la barbe rousse qu'il avait soulagé de vingt-deux francs à l'heure du déjeuner.

— Alors, où est ton garde du corps ? ricana ce dernier en brandissant un gourdin.

— Laisse-nous passer, l'ancêtre, répliqua PT. Je t'avais averti. C'est ta faute si tu as perdu.

— Donnez-nous tout ce que vous avez sur vous, et nous ne vous ferons aucun mal, menaça l'inconnu massif qui accompagnait le vieil homme.

— Pour qui tu te prends, gros plein de soupe ? Et pourquoi pas le contraire ?

— Cette fois, tu ne t'en tireras pas par une pirouette, espèce de sale petit..., brailla Barberousse.

Sans crier gare, PT interrompit sa tirade en lui portant un violent coup de genou à l'entrejambe. Tandis que le vieil homme titubait, les mains croisées sur sa braguette, il cogna le second individu au visage. Stupéfié par la force de son adversaire, ce dernier encaissa le choc puis parvint à passer un bras autour de son cou. Joël le contraignit à lâcher prise d'un coup de boîte de conserve, puis PT l'étendit d'un ultime direct à la tempe.

Tandis que le colosse s'effondrait sur le seuil d'une porte, il acheva Barberousse d'un coup de pied circulaire à la mâchoire, envoyant son dentier se fracasser sur le trottoir.

— Le voilà, ton fric, lâcha-t-il en glissant une poignée de pièces dans la poche de sa chemise. Tu es content, maintenant, vieux croûton ?

Joël considéra d'un air pensif sa boîte de conserve déformée. Le comportement de son camarade, étrange mélange de violence et de générosité, était pour le moins déroutant.

— Tu vas bien ? demanda Joël. On ferait mieux de déguerpir en vitesse. Si on croise une patrouille, on risque une semaine de cabane, dans le meilleur des cas.

— Je ne laisserai jamais personne me traiter d'escroc, grogna PT. Je ne détrousse pas les vieilles dames, et je ne coupe pas le vin avec de l'eau, moi. Je suis un artiste. Un artiste de l'arnaque.

CHAPITRE DIX-NEUF

Vêtu d'un maillot de corps et d'un caleçon, Henderson, debout devant la fenêtre de l'appartement, sirotait une tasse de café. Il avait allumé la radio et ouvert les rideaux, mais Marc dormait toujours à poings fermés, bras et jambes écartées.

Henderson saisit la petite cuiller encore chaude, se dirigea en silence vers le lit et la glissa dans la paume de son coéquipier. Le garçon se réveilla en sursaut puis roula sur le ventre.

— Bonjour, mon petit.

— Eh, vous m'avez brûlé la main ! protesta Marc avant de constater que sa peau était à peine rougie. Bon sang, je suis tellement crevé. Quelle heure est-il ?

— Sept heures moins le quart.

Marc se traîna pieds nus jusqu'à la chambre et se vida la vessie dans un vase de nuit.

— Café ? demanda Henderson. C'est du vrai. Il vient du *Mamba noir*.

— Ah oui, bien volontiers.

— Tu pourras te reposer cet après-midi, mais le MI6 veut sa ration d'informations et Boo doit coder les messages.

— Je sais. J'ai aussi réceptionné des données chiffrées transmises par Joël.

— Si tout s'est passé comme prévu, cette nuit, nous avons reçu du matériel *via* le *Madeleine II*. J'ai commandé une grande quantité d'explosifs. Les pièces des U-Boot sont acheminées par voie ferrée. Si nous parvenons à faire sauter la gare de triage à l'extérieur de la ville, la chaîne de maintenance devrait être totalement désorganisée.

— C'est une excellente stratégie, dit Marc en ouvrant la porte du garde-manger.

Il y trouva des restes récupérés par Henderson dans la cuisine du *Mamba noir* au nez et à la barbe des autres membres du personnel : du saumon, du pain un peu rassis, du beurre, des tomates et une part de gâteau à l'orange. Il se remplit une assiette puis s'attabla pour se restaurer en écoutant la radio.

— Ils ont parlé de la Russie ? demanda-t-il.

Henderson haussa les épaules, saisit une cuiller et lui chipa une bouchée de poisson.

— Les Allemands affirment que les opérations se déroulent conformément au plan d'attaque. Les Russes assurent que l'envahisseur se heurte à leurs défenses et que leurs troupes occupent certaines zones frontalières du Reich. Tout ça, c'est de la propagande. Il faudra des jours avant que la situation ne se dessine clairement.

— Vous croyez que la Russie va tomber sans résistance, comme la France au printemps dernier ?

— C'est un territoire immense, répondit Henderson, quarante fois plus vaste. L'invasion prendra du temps, mais l'armée soviétique est totalement désorganisée. Nous avons récupéré un transfuge, il y a deux ans…

— C'est quoi, un transfuge ? demanda Marc.

— Quelqu'un qui retourne sa veste. Une personne utile et importante. Un attaché militaire, en l'occurrence, amiral de l'armée rouge. À l'époque, Staline menait une purge parmi ses propres officiers. Les plus chanceux ont été déportés dans des camps en Sibérie. Les autres ont été liquidés d'une balle dans la nuque.

— Pour quelle raison ?

— Le père Joseph est complètement paranoïaque, et les dogmes communistes condamnant les élites privilégiées n'ont rien arrangé. L'amiral était persuadé de figurer sur sa liste. Je l'ai rencontré lors d'une conférence, et je l'ai aidé à fuir vers l'Angleterre. Il nous a communiqué une quantité d'informations de toute première importance, dont les plans des torpilles qui équipent les sous-marins russes. Selon lui, le matériel soviétique est d'excellente qualité, mais l'état des troupes est déplorable. Les unités les plus expérimentées ont perdu les cadres auxquels elles faisaient confiance. Les soldats en font le moins possible, de peur qu'une maladresse ne les conduise au peloton d'exécution.

— Alors les Boches vont gagner ? demanda Marc.

— Je ne vois pas comment il pourrait en être autrement.

— Et quelles seront les conséquences pour le Royaume-Uni ?

Henderson s'accorda quelques secondes de réflexion.

— À court terme, pas grand-chose, car Hitler ne peut pas mener deux guerres de front. Mais s'il remporte une victoire totale sur la Russie, il disposera d'un territoire et d'une main-d'œuvre inimaginables.

— Et il nous écrasera comme des punaises.

Henderson balança pensivement la tête.

— S'il contrôle la Russie, ses troupes seront en mesure d'envahir la Grande-Bretagne. Cela pourrait se produire dès l'année prochaine, au printemps.

— Et les Américains ?

— N'attends aucun secours de leur part. Mais il n'y a pas lieu de désespérer. Ce ne sont que des hypothèses. Pour le moment, nous devons garder notre calme et nous concentrer sur notre travail.

Domino, la jument à la robe fauve qui tirait la charrette, avançait au pas dans l'une des principales rues commerçantes de Lorient. Le vieux canasson connaissait le chemin par cœur. Marc lui donna une légère claque sur la croupe, et elle s'arrêta docilement devant la boucherie. Une quarantaine de femmes et deux hommes patientaient le long de la vitrine désolée dans l'espoir d'échanger quelques tickets contre de mauvaises saucisses ou quelques grammes de hachis. Marc coupa la file d'attente puis contourna l'étal pour prendre livraison de deux énormes sacs contenant des rôtis de porc, des côtelettes d'agneau et des médaillons de veau.

Il remit une poignée de billets au boucher sous le regard courroucé des clients.

— Occupez-vous de vos oignons, gronda le commerçant tandis que son commis aidait Marc à transporter les provisions jusqu'à la charrette.

Quelques minutes plus tard, l'attelage fit halte devant la poissonnerie, dont les produits, non rationnés, atteignaient des prix prohibitifs. Marc installa les caisses de poisson et de homards vivants à l'arrière du chariot, calés entre les sacs de viande, les deux bidons de lait et les cageots de fruits et de légumes. Il remit quelques pommes à une femme accompagnée de deux enfants qui contemplaient le chargement avec gourmandise.

Au poste de contrôle le plus proche, il reçut l'ordre de s'arrêter. Tandis qu'un soldat consultait ses papiers, l'un de ses collègues piocha tranquillement dans une corbeille de groseilles. Il n'osa pas chiper davantage, car il savait pertinemment que Mme Mercier avait la moitié de l'état-major local dans sa poche.

Marc s'arrêta une dernière fois devant un abreuvoir situé à l'extrémité de la rue. Domino avait l'habitude d'y prendre dix minutes de repos et refusait de faire un pas de plus sans que son cocher, quel qu'il fût, n'ait satisfait à ce rituel. Lorsqu'elle se fut désaltérée, Marc lui offrit une framboise, puis la laissa plonger la tête dans un seau contenant un mélange d'avoine et de trognons de pomme.

— Tu vas finir par lui gâter les dents, dit Paul.

L'école située de l'autre côté de la rue avait fermé ses portes depuis des mois, mais les enfants du quartier avaient pris l'habitude de se regrouper sur le perron. C'était l'endroit idéal pour échanger des messages.

— Des informations de Joël concernant les mouvements sur la base, et un topo rédigé par Henderson, dit Marc en remettant à Paul un petit paquet de documents. Comment ça va, vous ?

— La semaine dernière, Boo a attrapé un vilain rhume. La vieille de la ferme voisine se montre un peu trop curieuse, mais nous pensons qu'elle cherche juste de la compagnie. Et le transmetteur fonctionne correctement depuis que je l'ai réparé.

Marc lui confia l'un des sacs de la boucherie.

— Des côtes d'agneau premier choix, expliqua-t-il. Le *Madeleine II* a effectué la traversée sans faire de mauvaise rencontre. Je suppose que tu recevras bientôt ta nouvelle radio.

Paul hocha la tête.

— Je suis au courant. Rosie s'est déjà mise en route pour Kernével. Oh, on a reçu un message rédigé dans le code personnel d'Henderson.

— Il va adorer, sourit Marc en s'emparant de la feuille pliée en quatre que lui tendait son coéquipier. Il déteste le déchiffrage.

.:.

— Merde, merde, merde ! rugit Henderson en frappant furieusement du talon avant de baisser d'un ton, de crainte que les deux voisines du rez-de-chaussée n'émettent une énième protestation. Du poil à gratter ! Mais qu'est-ce que je vais bien pouvoir foutre de cette saloperie ?

Marc, qui sommeillait sur son lit, s'assit puis se frotta les yeux.

Henderson brandit une feuille de papier devant son visage.

— Tiens, lis ça, si tu ne me crois pas. Regarde ce que ces incapables m'ont envoyé.

Le message, rédigé en lettres capitales, était couvert de ratures, conséquence des erreurs commises lors du déchiffrage.

Subissons pénurie d'explosifs. Ne pouvons accorder que 1,5 kg. Espérons pouvoir fournir davantage prochaine livraison. Inclus 18 kg de poudre urticante, à utiliser via *blanchisserie locale. En imprégner vêtements. A prouvé son efficacité en Hollande. Provoque sévères allergies. SVP, fournissez schémas des batteries U-Boot via Madeleine II.*

Marc s'efforça de rester positif.

— Le *Mamba noir* confie les nappes et les tenues de travail du personnel à la blanchisserie voisine. Il y a peut-être un moyen de savoir où les Boches font nettoyer leurs uniformes.

Cette pitoyable tentative fit sortir Henderson de ses gonds.

— J'ai besoin d'explosifs pour faire sauter cette foutue gare de triage ! hurla-t-il. Nous ne terrasserons pas Hitler avec du poil à gratter !

— Vous ne voulez pas que je me renseigne auprès des blanchisseuses ?

— D'accord, fais comme tu voudras.

— Un kilo et demi, ce n'est pas assez pour faire sauter les rails ?

— Non, car je vois plus grand. Mais nous avons aussi les deux kilos que j'ai emportés dans mes bagages. Nous pouvons confectionner une douzaine de charges de taille moyenne. En les plaçant au bon endroit, on peut espérer provoquer des dégâts importants, mais nous n'aurons plus rien de côté en cas d'urgence.

— Quand est-ce qu'on passe à l'action ? demanda Marc.

— Dès ce soir, c'est aussi bien. Cette petite opération regonflera le moral des résistants, et je veux que les gratte-papier de Londres comprennent de quoi nous serions capables si nous disposions du matériel nécessaire.

— Combien d'agents participeront à la mission ?

— Quatre ou cinq. Toi et moi, deux autres, et peut-être Édith en reconnaissance.

— Joël et PT ? suggéra Marc.

Henderson secoua la tête.

— Il leur faudrait abandonner leur poste de travail, au risque d'éveiller les soupçons. Nous travaillerons avec les pêcheurs. Alphonse et Nicolas sont un peu âgés, mais Michel et Olivier feront l'affaire. Selon Tristan, qui fait appel à eux lors des transferts de matériel, ils ont du cran.

— N'est-ce pas un peu dangereux de les impliquer dans une opération de sabotage ?

— Si, répondit Henderson. Mais tu connais le proverbe : donne un poisson à un homme, il aura de quoi manger pour une journée ; apprends-lui à pêcher, il mangera à sa faim jusqu'à son dernier jour. À notre contact, les résistants locaux ont enfin pris conscience qu'ils devaient se montrer plus prudents. Maintenant, il faut qu'ils commencent à voler de leurs propres ailes.

— Mais peut-on vraiment former une équipe en quelques heures ? Ne ferions-nous pas mieux de nous préparer pendant plusieurs jours ?

— Entre deux mots, il faut choisir le moindre. Plus nous passons de temps à reconnaître le terrain, plus nous courons le risque d'être repérés. En outre, il vaut mieux que les nouveaux en sachent le minimum. Ça leur évitera de laisser filtrer des informations ou de craquer sous la pression au dernier moment. J'ai fait un tour du côté de la gare de triage, dimanche passé.

La clôture grillagée ne résistera pas à un coup de pinces et le garde, un Français, ne quitte jamais sa guérite. Les Allemands les plus proches se trouvent au poste de contrôle à la sortie de la ville, et dans la gare suivante, à plus d'un kilomètre du dépôt. Lorsqu'ils entendront les explosions, nous nous serons fait la malle depuis longtemps.

CHAPITRE VINGT

Le port de Kernével était situé à vingt minutes à bicyclette de la ferme que Rosie partageait avec Boo et Paul. Les agents savaient peu de chose des activités des autres groupes. Elle patientait dans le hangar pendant que les pêcheurs enveloppaient son poisson dans du papier journal, sans se douter une seule seconde qu'un espion fraîchement débarqué s'y était douché la nuit précédente.

Lorsqu'elle eut placé le paquet dans le panier du vélo, Rosie gravit une côte puis emprunta une rue sur la droite. Il régnait une chaleur accablante que seule la brise marine rendait tolérable, mais elle était ravie de pouvoir s'accorder un peu d'exercice après être demeurée cloîtrée dans la ferme durant un mois, à déchiffrer et à télégraphier des messages à destination de l'Angleterre.

Lorsqu'elle atteignit la maison située au numéro vingt-cinq, elle jeta un regard aux alentours avant de franchir le portail ouvrant sur le jardin de la demeure.

Elle rangea sa bicyclette contre un mur puis traversa la pelouse d'un pas vif.

Remarquant une femme qui essorait son linge derrière la clôture la plus proche, Rosie baissa la tête et se mit à courir vers le cabanon adossé à la bâtisse qui faisait office de toilettes. Dès qu'elle eut poussé la porte, une puanteur insoutenable lui retourna l'estomac. À ses pieds, elle découvrit une simple planche percée d'un trou posée sur une fosse.

Une dizaine de mouches prirent leur envol lorsqu'elle s'empara de la clé dissimulée dans un tuyau rouillé. Elle enjamba la planche, déverrouilla la porte située au fond de la construction de fortune et trouva un espace immaculé coiffé d'une verrière. Des peintures inachevées et des toiles vierges étaient alignées le long des murs. La plupart des œuvres représentaient la même femme posant sur la méridienne tapissée de velours mauve qui trônait dans un angle de la pièce.

Rosie trouva la radio qu'elle était venue chercher dans une petite valise de cuir, parmi les sacs et les caisses qui avaient été livrés par le *Madeleine II* et placés dans la cale de l'*Istanbul* la nuit précédente. Elle soupesa le bagage et se réjouit de trouver l'appareil deux fois plus léger que celui qu'elle utilisait quotidiennement.

Elle reposa la valise puis, au mépris des ordres reçus, s'accorda le temps d'admirer les toiles.

— Ce sont les œuvres d'un artiste juif australien, lança une voix familière. Il se trouve aux États-Unis, à l'heure qu'il est.

Les mains crispées sur sa poitrine, Rosie pivota sur les talons.

— Nom d'un chien, PT, tu m'as foutu une de ces trouilles !

— Il n'a pas eu le temps d'emporter ses tableaux, mais il a confié un double de ses clés à la fille d'Alphonse. Ce qui est sûr, c'est qu'il n'est pas près de remettre les pieds dans les parages.

— La fille d'Alphonse ? Mais oui, je la reconnais. Je l'ai croisée la nuit de notre arrivée. Je me disais bien que le modèle m'était familier... Paul adorerait cet endroit, avec tous ces chevalets et ces toiles qui ne demandent qu'à être barbouillées.

— Alors, tu ne te jettes pas dans mes bras ? demanda PT.

Rosie lâcha un éclat de rire, puis les deux amoureux s'enlacèrent tendrement. Ils étaient restés séparés depuis près d'un mois.

— Bon sang, qu'est-ce que tu m'as manqué, dit PT. J'ai tellement pensé à toi pour ne pas sombrer dans le désespoir.

Il laissa ses mains glisser jusqu'aux fesses de sa petite amie puis la poussa vers la méridienne.

Ils échangèrent un baiser profond. Rosie trouvait la barbe de PT trop dure. Son haleine et sa sueur chargées d'alcool la rebutaient.

— On a du travail, dit-elle en le repoussant gentiment.

Mais son ami semblait désespéré.

— Tu ne comprends pas que je n'en peux plus ? gémit-il. Je savais que tu devais venir ici pour prendre la radio. Je me suis fait porter pâle. Il *fallait* que je te voie.

— Tu as drôlement maigri, fit observer Rosie.

— C'est à cause du boulot. J'enchaîne les journées de douze heures sur le toit de cette saleté de blockhaus. Nous n'avons rien pour nous protéger du soleil. Je m'ennuie tellement... Au bout d'une heure à pelleter le béton, j'ai déjà mal au dos. Et puis je réalise qu'il me reste onze heures à tirer. Avant-hier, on travaillait au bord du toit. Ma peau était couverte de cloques. Tout à coup, je me suis dit que je ferais mieux de sauter la tête la première sur le quai. Tout aurait été terminé, tu comprends ? Ça peut paraître fou, mais ça m'a vraiment traversé l'esprit.

— Mon pauvre amour, murmura Rosie. Nous aussi, on s'ennuie, aux communications, mais ça n'a rien de comparable.

— Il faudrait que j'en parle à Henderson, dit PT.

Rosie se pressa contre lui et l'embrassa passionnément. Emportée par son poids, elle se laissa tomber sur la méridienne. Elle passa les bras autour de sa taille. Il posa les deux mains sur ses seins.

— Je t'aime tellement, dit-il.

Ces mots bouleversèrent Rosie.

— Moi aussi, je t'aime. Ça me rend folle de te savoir si proche sans jamais pouvoir te voir.

PT glissa une main sous sa jupe. Elle le laissa faire. Ses baisers étaient enivrants. Elle aurait voulu qu'ils durent éternellement, mais elle se décida à le repousser lorsqu'il commença à tirer sur l'élastique de sa culotte.

— Ne gâche pas tout, supplia-t-elle.

Constatant qu'il n'était pas disposé à lâcher prise, elle cria :

— Eh, arrête ça immédiatement !

— Allez quoi… roucoula PT en frottant le nez contre le lobe de son oreille. Je ne te ferai pas de mal. Je sais que je m'y suis mal pris, la dernière fois, mais je te jure que c'est infiniment plus agréable que le plus doux des baisers.

Rosie recula vivement, mais il lança un ultime assaut sur le bas-ventre de son amie. Elle écarta son bras, mais il s'agrippa à sa cuisse avec l'énergie du désespoir.

— J'ai besoin de toi, s'étrangla-t-il.

Sa voix était toujours empreinte d'une émotion sincère, mais il y flottait désormais des accents de colère. Rosie essaya de dégager sa jambe puis, excédée par son insistance, le repoussa sans ménagement.

Déséquilibré, PT tenta de se récupérer sur le dossier de la méridienne, mais sa main ne rencontra que le vide. Son coude heurta violemment le plancher moucheté de peinture. Rosie se dressa d'un bond et réajusta sa culotte.

— Pourquoi as-tu fait ça ? sanglota-t-elle.

— C'est ce que font un homme et une femme lorsqu'ils sont dans l'intimité, répliqua PT, une main serrée sur son bras endolori.

— Je ne suis pas prête. Ça s'est mal passé, l'autre fois, et tu avais juré que tu ne recommencerais pas.

— Comment ça, *pas prête* ? Bon sang, regarde-toi, tu es jolie comme un cœur. Tu penses que Dieu t'aurait faite ainsi, si tu n'étais pas prête ?

— Je ne veux plus qu'on en parle, d'accord ? Je n'ai que quatorze ans, et tu n'es qu'un horrible maniaque !

— Cesse de te comporter comme une petite fille ! cria PT en martelant le sol du talon. Moi, j'ai seize ans, tu l'ignorais ? C'est d'une femme que j'ai besoin.

— Mais une femme, on la respecte, répliqua Rosie. Ce que tu recherches, c'est une putain !

— Mais c'est la guerre, bon Dieu ! Si ça se trouve, dès demain, une bombe anglaise tombera du ciel, et nous serons tous pulvérisés. Et toi, tu mourras sans jamais avoir vécu.

Rosie lâcha une plainte étranglée puis plaqua les mains sur ses oreilles.

— Oh, comme je regrette de t'avoir dit que je t'aimais ! Au fond, tu me traites comme ces pigeons que tu dépouilles avec tes fichus tours de passe-passe. Tu essayes de me manipuler !

— Très bien, va te faire foutre ! Tu finiras bien par trouver quelqu'un, quand tu te seras enfin décidée à grandir.

Sur ces mots, PT quitta la pièce et claqua la porte derrière lui. Rosie s'affala sur la méridienne. Elle envisagea de fondre en larmes, puis elle réalisa que la colère l'emportait sur la tristesse.

— Espèce de sale égoïste, marmonna-t-elle avant de basculer la tête en arrière et de contempler les nuages qui glissaient paresseusement dans le ciel, au-delà de la verrière.

Quand elle eut retrouvé ses esprits, elle saisit la valise contenant la radio, se précipita à l'extérieur puis se bagarra rageusement avec le tendeur censé maintenir l'appareil sur le porte-bagages de sa bicyclette.

.:.

Marc dut renoncer à la sieste qu'il avait prévu de s'accorder pour pédaler de toute urgence jusqu'à Kernével. Tristan, Olivier et Michel n'ayant pas regagné le port, il confia un message à Nicolas, qui était resté cloué au lit à cause de son dos meurtri. Les membres de l'équipe chargée de l'opération de sabotage devaient se retrouver dans la planque où il avait passé la nuit en compagnie d'Henderson lors de la mission de reconnaissance.

Marc marcha jusqu'à la maison du peintre et eut la surprise de trouver la porte des toilettes entrouverte.

— Il y a quelqu'un ? lança-t-il.

Nul ne répondit à son appel, mais cela n'avait à ses yeux rien d'inquiétant : si les Allemands avaient découvert la planque et tendu une souricière, ils auraient pris soin de fermer la porte afin de ne pas éveiller les soupçons de leurs proies. Cependant, l'agent qui avait commis cet impair avait fait preuve d'une grave négligence. Constatant que la radio n'était plus sur les lieux, il devina que Rosie en était responsable.

Il trouva les pains de plastic enveloppés dans du papier sulfurisé. Ils avaient été teints en jaune crème afin de leur donner l'aspect du beurre, mais la forte odeur d'amande qui s'en dégageait ne laissait planer aucun doute quant à leur véritable nature. La poudre urticante avait été conditionnée dans des sacs d'un kilo semblables à ceux où l'on plaçait d'ordinaire la farine et les légumes secs. Il en ouvrit un puis huma le produit en prenant soin de ne pas en inhaler la moindre particule. Il déboutonna sa chemise, en déposa une pincée sur son ventre, sans ressentir d'effet particulier.

Un quart d'heure plus tard, Marc approcha du poste de contrôle installé sur le pont menant à Lorient. Les cinq sentinelles savaient qu'il travaillait pour Mme Mercier. Jamais elles n'inspectaient les provisions rassemblées à l'arrière de la charrette. Elles ne s'intéressèrent pas à la modeste sacoche passée autour de son cou.

— Pas de groseilles, cette fois ? demanda l'un des soldats en lui faisant signe d'avancer.

— Demain, je vous trouverai ça, répondit joyeusement Marc en appuyant fermement sur les pédales.

À quelques dizaines de mètres du check-point, il ressentit une légère brûlure à l'abdomen. La poudre urticante était conçue pour s'activer au contact de la sueur. Il fit halte près d'une fontaine. L'eau fraîche lui apporta quelque réconfort, mais dès que sa peau eut séché, le phénomène se reproduisit. Bientôt, il eut l'impression qu'on plantait des aiguilles chauffées à blanc autour de son nombril.

Sans cesser de se gratter, il passa devant le *Mamba noir*, traversa le quartier commerçant, emprunta une rue perpendiculaire puis fila en roue libre jusqu'à de vastes écuries. Avant la guerre, dans les petites villes comme Lorient, les chevaux n'avaient pas encore été sérieusement concurrencés par les véhicules de livraison automobiles. Désormais, en raison de la pénurie de carburant, ils constituaient purement et simplement le seul moyen de transporter de lourdes charges.

L'odeur très particulière d'Édith était en grande partie la conséquence des heures passées au contact des chevaux de Mme Mercier. Contrairement à Marc, à qui toute cette paille putride, ces flots d'urine et ces déjections rappelaient une enfance détestable, elle aimait travailler aux écuries. Elle s'était même aménagé une couchette au fond de la remise à fourrage, un petit nid où elle conservait des livres, des couvertures et une lampe à gaz. Elle y dormait lorsqu'elle devait veiller sur un animal malade, ou lorsqu'elle souhaitait s'isoler.

— C'est quoi cette drôle de démarche ? sourit-elle en imitant la façon dont Marc sautillait entre les amas d'excréments. Tu es vraiment une chochotte. Ce n'est que du crottin, voyons.

Son camarade ne put réprimer un frisson.

— Une fois, dans un illustré, j'ai vu un dessin représentant une habitation en 1960. Un immeuble de vingt étages, aussi haut qu'une montagne. Moi, c'est là que je veux vivre quand je serai grand. Tout au sommet, loin du crottin de cheval et de la bouse de vache, avec des toilettes rien qu'à moi, le chauffage électrique et des murs blancs, tout lisses.

— Des toilettes dans un appartement ? C'est dégoûtant. Tu imagines un peu l'odeur ?

— Les toilettes du *Mamba noir* sont toujours très propres, objecta Marc.

— On voit bien que tu n'es jamais passé derrière Mme Mercier, gloussa Édith. Bon, tu as besoin de quelque chose, ou tu es ici pour admirer mes beaux yeux ?

Marc jeta un coup d'œil suspicieux à gauche et à droite. Les allées et venues étaient fréquentes, et il redoutait qu'on ne les surprenne en pleine conversation.

— Pourrait-on s'isoler ?

Édith le conduisit jusqu'à sa cachette. Marc constata avec amusement qu'elle avait punaisé des photos d'acteurs sur la cloison de bois.

— J'ai toujours cru que tu préférais les chevaux aux êtres humains.

— Venons-en aux faits, bredouilla la jeune fille, visiblement embarrassée. J'ai du travail, moi.

— Henderson veut que tu te postes à huit heures, ce soir, sur la colline boisée, près du hangar des locomotives.

— Pourquoi tu n'arrêtes pas de te gratter ? interrompit Édith. Tu as des puces ?

— Laisse-moi continuer, je vais y venir. Alors, tu pourras y être ?

— Oui, mais pour quoi faire ?

— Jeter un œil, rien de plus. En général, il n'y a qu'un gardien, mais nous voulons que tu comptes les locos et que tu nous tiennes informés de tout élément inhabituel.

— Qu'est-ce que vous mijotez ?

— Il vaut mieux que tu n'en saches pas davantage. Alors, tu es partante ?

— Bien sûr. Si je suis repérée, je dirai que je ramasse des baies, quelque chose comme ça.

— Formidable, conclut Marc en sortant un sac de poudre urticante de sa musette. Tiens, regarde. C'est ça qui me démange.

— Du poil à gratter ?

Marc hocha la tête.

— Pire. J'ai eu beau secouer ma chemise, rien à faire. C'est un produit industriel extrêmement efficace, tu peux me croire. Je n'en ai mis que quelques grains et ça me rend complètement fou. Apparemment, ça ne part même pas au lavage.

— Autant dire qu'il vaut mieux ne pas en avoir dans son caleçon quand on est coincé dans un U-Boot pendant un mois, gloussa Édith.

— C'est exactement ce que je me disais. Mais Henderson n'est pas intéressé. Il attendait davantage d'explosifs pour faire sauter les trains, et il ne décolère pas.

— Hum, lâcha Édith.

Marc afficha une mine embarrassée.

— Bon… de toute façon, l'opération ne sera plus un secret pour personne quand la moitié de la ville aura entendu l'explosion.

Édith s'assit sur une botte de foin, l'air pensif.

— Il faudrait s'informer sur l'endroit où les Allemands font nettoyer leurs uniformes. Ainsi, on pourra traiter ceux de l'équipage d'un U-Boot sur le point de prendre la mer.

— Tu penses que le linge est nettoyé par l'équipage ? Ou chaque sous-marinier confie-t-il ses vêtements sales individuellement, chaque fois que c'est nécessaire ?

— Comment le saurais-je ? Mais c'est moi qui suis chargée de remettre les nappes, les serviettes et les draps à la laverie, près de la gare. J'essaierai de me renseigner auprès des blanchisseuses.

— D'accord, mais tâche de faire profil bas et de ne pas poser de questions trop indiscrètes. Il suffirait que tu tombes sur une balance pour te retrouver dans une cellule de la Gestapo.

— Je comprends. Et je ne voudrais pas causer d'ennuis aux employées. Mais il doit y avoir un moyen d'arriver à nos fins.

— Ça ne sera sans doute pas facile, mais quelque chose me dit que cette poudre pourrait nous être bien plus utile qu'Henderson ne l'imagine…

CHAPITRE VINGT ET UN

Marc et Henderson se présentèrent à la planque à huit heures moins le quart. Depuis leur premier séjour dans la bâtisse délabrée, ils avaient réparé la porte d'entrée et aménagé le rez-de-chaussée. Deux pilotes s'y étaient cachés avant d'être rapatriés en Angleterre. Tout était prévu pour accueillir les membres de l'équipe qui se trouveraient menacés par la Gestapo. Un émetteur radio, des vêtements, des rations de survie, une trousse de soins, des poignards, des armes à feu et des munitions étaient dissimulés au grenier. En outre, une cache dans le jardin permettait aux agents en fuite de laisser des messages afin d'informer leurs coéquipiers de leur sort.

Avant de quitter la maison, ses occupants devaient tendre un fil pratiquement invisible dans l'encadrement de la porte, un dispositif censé se briser au passage d'un intrus. Marc tourna la clé dans la serrure, poussa le panneau de bois de quelques centimètres pour s'assurer qu'il était toujours en place, puis entra dans la cuisine. Henderson inspecta chaque fenêtre à la recherche de traces d'effraction.

— Rien à signaler, dit-il. Mettons-nous au travail.

Le plastic était une création récente. Avant son invention par des scientifiques britanniques, tous les explosifs connus se dégradaient rapidement au contact de l'air et avaient une fâcheuse tendance à détoner à la moindre secousse. Le nouveau matériau était facile d'emploi, aussi souple que la pâte à modeler et parfaitement insensible aux chocs.

Henderson aligna les cinq pains d'explosif sur le buffet puis sortit deux paquets de sa sacoche. Le premier contenait les détonateurs à retardement fonctionnant à l'aide d'un acide placé au contact d'un fil métallique. Le temps nécessaire à la corrosion, de dix minutes à six heures selon le modèle, était fonction du degré de concentration du produit chimique. Le second paquet renfermait des détonateurs instantanés se déclenchant *par sympathie* grâce à l'onde de choc engendrée par les explosions des premiers dispositifs. Avec ce matériel, les agents pouvaient activer simultanément des dizaines de bombes.

Henderson façonna dix charges de taille identique. Il planta un retardateur de soixante minutes dans deux d'entre eux, équipa les autres de détonateurs instantanés, puis confia les engins explosifs à son coéquipier.

Le plastic était assez collant pour adhérer aux matériaux rugueux comme le bois, mais les locomotives à vapeur étaient constituées de métal soigneusement poli. Pour assurer la bonne tenue de l'explosif, Marc plongea la main dans une cuvette pleine de gelée de pétrole et en enduisit chaque charge.

Lorsqu'il en eut terminé, il les plaça dans des boîtes en carton individuelles. Les bombes ressemblaient à des petites pâtisseries dont les détonateurs faisaient office de bougies d'anniversaire.

— Pile à l'heure, se réjouit Henderson lorsque Michel, Olivier et Tristan entrèrent dans la cuisine. Je vous félicite. Je sais que vous devez être fatigués, après une journée passée en mer, mais l'opération s'est décidée au tout dernier moment.

Michel faisait plus que ses dix-sept ans, avec sa peau tannée par le soleil. Olivier avait deux ans de moins, mais c'était déjà un colosse. Les deux cousins se ressemblaient étonnamment.

Tristan avait tenu à les accompagner jusqu'à la ferme. À l'évidence, il était furieux que deux jeunes Français inexpérimentés lui aient été préférés pour mener l'opération. Marc le prit par le bras, l'entraîna à l'extérieur de la maison et lui expliqua à voix basse que leur chef souhaitait impliquer les membres du réseau de résistance, qui n'avaient jusqu'alors rien accompli de plus héroïque que faire le guet ou porter du courrier.

— Les locos sont des monstres d'acier, dit Henderson en présentant l'une des charges. Je pourrais coller les quinze bombes sur l'une d'elles, près de la chaudière, sans lui infliger une rayure. Les roues sont en acier trempé. L'explosion pourrait les voiler, mais la réparation ne prendrait pas plus de trois ou quatre heures. Heureusement pour nous, ces machines ont un point faible.

Marc afficha un air entendu, mais il redoutait d'être interrogé car, s'il avait étudié les techniques de sabotage des convois ferrés au cours de sa formation, il n'en avait pas gardé le moindre souvenir. Du bout du doigt, Henderson traça sommairement les contours d'une locomotive dans la poussière qui recouvrait la table.

— Là, près des roues, se trouve le cylindre qui entraîne les bielles, qui à leur tour font tourner les roues. Il est en fonte, un matériau cassant. Même une petite explosion peut le pulvériser. Cette pièce ne se détériore pas dans des conditions d'utilisation normale, si bien que les ateliers de maintenance n'en ont pas en réserve. Et même si c'était le cas, les mécaniciens devraient démonter la moitié de la loco pour la remplacer. En temps de paix, ils pourraient se procurer un cylindre de rechange en quelques semaines mais, compte tenu de la pénurie générale, le dépôt restera sans doute paralysé pendant des mois.

Michel et Olivier échangèrent un regard.

— On est prêts, dit ce dernier.

— Je n'en ai jamais douté, sourit Henderson.

— Gestapo, vous êtes cernés ! cria Édith en déboulant dans la cuisine.

Sa voix haut perchée n'avait dupé personne.

— Comment ça se passe, là-haut ? interrogea Henderson.

— Je n'ai repéré qu'un garde, âgé et pas bien grand. J'ai même réussi à franchir la clôture et à grimper dans un wagon.

— Ce n'est pas ce que je t'avais demandé. Je t'interdis de prendre des risques inutiles.

— Quels risques ? s'étonna Édith. Ce vieux gâteux n'est pas près de me battre à la course.

— Combien de locos as-tu dénombrées ?

— Onze. Trois grosses, celles qui emportent les marchandises vers leur lieu de livraison, et huit petites, qui assurent la liaison entre les docks et le dépôt.

— C'est parfait. Nous disposons de quinze charges. Nous en placerons deux sur chacune des grandes locos, autour du cylindre. Ça nous laissera de quoi endommager les petites, et en garder une de côté, au cas où.

∴

PT ne décolérait pas. Était-il furieux contre Rosie, ou se reprochait-il son propre comportement ? Il était incapable de débrouiller cette question, mais il se sentait profondément blessé. Il ne supportait plus de rester cloîtré dans la maison, à subir les jérémiades et les réclamations incessantes de Nicolas, qui était étendu dans la pièce voisine.

— Tu ne peux pas te faire porter pâle puis te promener en ville, mon garçon, avertit l'épouse du vieil homme. Tu as signé un contrat avec l'OT. Tu risques d'être envoyé dans un camp de travail en Allemagne.

Mais PT avait seize ans, et il n'avait pas l'intention de laisser une femme âgée lui dicter sa conduite. Il attrapa sa veste, traversa le pont menant à la ville et rejoignit *Le Petit Prince*. Il reconnut quelques ouvriers croisés sur le chantier, mais aucun collègue de son groupe.

Il s'assit sur un tabouret de bar puis commanda une bière et deux petits verres de vodka. Les clients assis à ses côtés parlaient de la Russie. L'un d'eux affirmait que l'invasion sonnait la fin du communisme et marquait le triomphe définitif d'Hitler.

– Je hais ce salaud, mais il faut reconnaître que c'est un stratège de génie, conclut-il.

Constatant que son interlocuteur se contentait de hocher la tête, il se tourna vers PT.

– Et toi, jeune homme, qu'est-ce que tu penses de la situation ?

– Je pense que j'aimerais boire mon verre en paix.

PT avait prononcé ces mots sans agressivité, mais l'inconnu, passablement éméché, posa une main sur son épaule.

– Tu es bien malpoli, mon petit, gronda-t-il. Voilà pourquoi les Allemands nous méprisent. Leurs gamins ont le sens de la discipline. Les nôtres n'ont aucun respect pour les aînés.

Tandis que l'homme poursuivait sa tirade, PT glissa discrètement une main dans la poche de sa veste et le soulagea de son portefeuille. Un tel acte constituait une violation flagrante des règles de prudence imposées aux agents, mais le vol étant pour lui une seconde nature, il n'avait pu résister à commettre ce larcin.

— Changeriez-vous d'avis sur la nouvelle génération si je vous offrais un verre ? sourit-il en déposant quelques pièces sur le comptoir.

L'homme éclata de rire. Il ignorait qu'il s'agissait de son propre argent. Le serveur lui servit un demi. PT vida le portefeuille de son contenu puis le replaça à l'endroit où il l'avait trouvé.

— Je retire tout ce que j'ai dit, dit l'inconnu. Tu es un jeune homme charmant. Merci bien !

— Je vous en prie, c'est tout naturel, dit PT. À présent, si vous voulez bien m'excuser, je viens d'apercevoir l'un de mes amis.

Il engloutit son second verre de vodka en quelques gorgées, le posa sur le zinc puis descendit de son tabouret. Aussitôt, il sentit le plancher tanguer sous ses pieds. Il se dirigea vers l'escalier menant à la coursive, glissa trois francs dans la paume du proxénète qui montait la garde sur le palier, gravit les marches et se planta devant la jeune fille qui, la veille, avait tapé dans l'œil de Joël.

— C'est de toi que j'ai besoin, bredouilla-t-il, l'esprit troublé par l'alcool, en la saisissant par la taille. L'amour, c'est beaucoup trop compliqué.

CHAPITRE VINGT-DEUX

Sa mission de reconnaissance achevée, Édith regagna la demeure de Mme Mercier. Tristan, lui, reprit la route de Kernével. Les autres – Henderson, Marc, Michel et Olivier – jouèrent aux cartes jusqu'à la tombée de la nuit, puis progressèrent discrètement jusqu'au dépôt ferroviaire. Les lieux présentaient des conditions idéales : c'était un site encaissé, encadré de zones boisées sur trois flancs et desservi par une étroite allée de gravier.

En temps de paix, des convois d'un kilomètre de long étaient assemblés afin d'y charger le fret débarqué dans le port de Lorient, mais aucune marchandise civile n'y avait été acheminée depuis près d'un an. Certaines voies avaient disparu sous la végétation.

Henderson distribua des cagoules puis observa la rampe principale à l'aide d'une paire de jumelles. Il pointa du doigt la guérite du garde et se tourna vers Michel.

— Ne prenons aucun risque, dit-il en lui remettant un flacon de pilules K. Je ne voudrais pas qu'il lui vienne l'idée de faire un tour du côté des locos. Il n'est pas très grand, selon Édith. Deux devraient suffire. Vous voulez bien vous en occuper ?

Michel et Olivier échangèrent un sourire, à la fois flattés et surpris de se voir confier une tâche aussi importante. Marc comprenait désormais pourquoi Henderson avait invité les deux cousins à participer à l'opération. Ces derniers avaient mille raisons de haïr l'occupant. Leurs pères et leurs grands frères avaient été tués ou capturés par les Allemands. Ils avaient été contraints de travailler en mer, et le couvre-feu les condamnait à l'ennui et à l'isolement. La nourriture et le carburant étaient sévèrement limités. Et le comble, c'était que les Boches, avec leur argent et leurs élégants uniformes, séduisaient les filles les plus jolies de la région.

— Bien sûr, répondit Olivier. Comment doit-on s'y prendre ?

— À votre avis ? Si vous voulez foutre les Allemands à la porte, il va falloir commencer à faire fonctionner vos méninges.

— On pourrait s'approcher discrètement de la baraque et jeter un œil par la fenêtre, suggéra Michel. Si le garde est à l'intérieur, on entre et on le met hors d'état de nuire.

Olivier hocha la tête.

— On devrait peut-être couper la ligne téléphonique avant de passer à l'attaque.

Marc esquissa un sourire.

— C'est une possibilité, en effet, dit Henderson. Mais pour le moment, le garde n'a aucune raison de se méfier. Pourquoi ne pas le faire venir à vous ?

— De quelle façon ? demanda Michel.

— En frappant à la porte, tout simplement. Dès qu'il ouvre, vous braquez une arme dans sa direction. S'il ne se manifeste pas, vous saurez qu'il ne se trouve pas à l'intérieur.

— D'accord, dit Michel. C'est sans doute plus simple.

Olivier secoua la tête.

— Nous ne sommes pas très doués, n'est-ce pas ?

— Le renseignement, c'est quatre-vingt-dix pour cent de bon sens et dix pour cent de chance, le rassura Henderson. Tout ce dont vous avez besoin, c'est d'un peu d'expérience. Allez, mettez vos cagoules et prenez ce flingue. Il est chargé et prêt à tirer. Et surtout, ne vous appelez pas par vos prénoms.

Michel glissa l'arme dans sa poche, puis les deux cousins se dirigèrent vers la baraque. Marc leur emboîta le pas, mais Henderson le retint par le bras.

— Laisse-les faire, dit-il avant de battre en retraite parmi les arbres.

Olivier frappa à la porte. Un grognement inarticulé se fit entendre à l'intérieur du cabanon. La poignée pivota sur son axe, puis un visage rondouillard apparut dans l'encadrement.

— On n'embauche pas, dit le petit homme vêtu de l'uniforme de la Société nationale des chemins de fer.

— À l'intérieur, ordonna Olivier tandis que Michel braquait le canon de son arme sur la tête de l'employé.

Ce dernier porta une main à sa poitrine, comme s'il était victime d'un infarctus.

— Nous n'avons pas l'intention de vous faire du mal, le rassura Michel tandis que le garde, tremblant de tous ses membres, se laissait tomber dans un fauteuil. Tout ce que nous vous demandons, c'est d'avaler ces pilules. Vous vous réveillerez dans les bois, dans quelques heures.

— Mais il n'y a rien à voler dans ce dépôt, bredouilla l'homme. Si c'est du charbon que vous voulez, allez-y, servez-vous, je ne dirai rien à personne.

Michel appuya le canon contre son crâne.

— Avalez les pilules, ou je vous fais sauter la cervelle. À vous de décider.

Le garde considéra une flasque posée sur son bureau.

— Je peux boire une petite goutte, pour faire glisser ?

Olivier hocha la tête. Le vieil homme plaça deux pilules sur sa langue, les croqua, puis s'offrit quelques gorgées du liquide contenu dans la flasque. Henderson rejoignit les cousins à l'intérieur de la baraque.

— Ça ne devrait pas prendre plus de trois minutes, dit-il. Dès qu'il aura perdu connaissance, vous l'emmènerez dans les bois et vous vous assurerez qu'il est bien installé.

Posté à la lisière de la forêt, Marc observait les environs à l'aide des jumelles sans cesser de se gratter le ventre.

Le garde pesant moins lourd qu'un filet rempli de poissons, Michel et Olivier n'eurent aucun mal à l'évacuer. Ils l'installèrent les fesses dans la mousse, le dos appuyé contre un tronc d'arbre.

— Tu continues à faire le guet, chuchota Henderson à l'adresse de Marc. Les cousins font du bon travail, et je ne voudrais pas les briser dans leur élan.

Marc comprenait les motivations de son chef, mais il avait pris l'habitude d'être privilégié. Rongé par la jalousie, il regarda le trio avancer vers le portail menant au dépôt.

Henderson avait attentivement reconnu les lieux. Les locomotives étaient réparties le long de six voies de garage, à deux cents mètres de l'entrée.

— Je vais placer une charge à retardement sur celle-là, dit-il. Il faut toujours positionner les bombes minutées au milieu du dispositif, à proximité des charges à déclenchement *sympathique*. À présent, réglons nos montres.

— Mais nous ne possédons pas de montre, précisa Olivier.

— Oh, j'aurais dû y penser, sourit Henderson. Bon, nous devrons faire sans. Pour activer les minuteurs, il suffit d'en casser l'extrémité. En théorie, les charges n'exploseront pas avant une heure, mais ce n'est pas une science exacte. Par mesure de sécurité, vous devrez avoir quitté la zone dans trente minutes.

Il remit aux cousins deux sacs de toile contenant chacun cinq bombes.

— Déplacez-vous rapidement et en silence. Soyez attentifs aux sons environnants, et aux signaux de Marc. Si nous sommes obligés de nous séparer, rendez-vous à la ferme. Si je ne suis pas de retour au bout d'une heure, rentrez à Kernével. Des questions ?

— Non monsieur, répondit Olivier.

Henderson éclata de rire.

— Oublie les *monsieur*, mon garçon. L'heure n'est plus aux formules de politesse. Il est temps de passer à l'action.

∴

— Voilà, dit PT en déposant une pièce de cinq francs sur la table de nuit.

Il ramassa son pantalon sur le plancher. La jeune femme, plantée devant un minuscule lavabo, ne portait rien de plus que des bas filés. Sans la moindre pudeur, elle s'essuya l'entrejambe avec une serviette puis s'aspergea de parfum. Son corps était magnifique, mais PT n'avait jamais observé scène aussi triste.

— À quelle heure finis-tu ? demanda-t-il.

— Tu seras déjà au lit, répondit-elle en ajustant son soutien-gorge. Et je n'ai pas besoin d'un fiancé, si c'est ce que tu as en tête.

PT avait remarqué les légères ecchymoses sur ses seins et ses cuisses. Il avait fait appel à ses services dans l'espoir de recevoir un peu de tendresse, mais n'éprouvait désormais que du dégoût. Combien d'ouvriers agricoles, de charpentiers ou de dockers avaient-ils fréquenté cette chambre ? Quels caprices du destin avaient conduit une jeune femme aussi attirante à monnayer ses charmes ?

PT aurait voulu lui faire comprendre qu'il valait davantage que ses clients habituels, mais il ne trouvait pas les mots. En outre, il supposait que tous les « michés » enduraient les mêmes affres, passant brutalement du désir fou à la crainte d'avoir contracté quelque maladie honteuse.

La fille jeta ses bottes près de la porte.

— Je vais finir par me faire engueuler si je reste ici plus longtemps, dit-elle avant de claquer des doigts. Remue-toi, je t'en prie.

PT lui adressa un dernier regard puis regagna la coursive. Il n'éprouvait plus la moindre ivresse. Il se sentait désarmé. Devait-il s'attarder dans le café ? Changer d'établissement ? Rentrer à Kernével et ruminer sa misère ? Mettre dignement fin à ses jours, comme un héros romantique ?

En se penchant au-dessus de la balustrade pour observer les clients qui se pressaient au rez-de-chaussée, PT reconnut Gilles accompagné de deux de ses collègues. Convaincu qu'ils avaient passé une journée éreintante en raison de son absence, il jugea préférable de ne pas se montrer en pleine possession de ses moyens. Il dévala l'escalier en se cachant le visage.

— Alors, content des services de Mona ? demanda le proxénète.

PT lui adressa un sourire forcé.

— C'était parfait, répondit-il avant de se faufiler jusqu'à la porte de l'établissement.

Chemin faisant, il prit la décision de s'excuser platement auprès de Rosie dès que possible, puis de manœuvrer afin d'être assigné à un poste de travail moins éprouvant. Il pourrait se plaindre de douleurs au dos ou de quelque affection invalidante, mais il lui faudrait être prudent. Les ouvriers qui signaient un contrat avec l'OT puis jouaient les tire-au-flanc couraient le risque d'être transférés dans une usine de produits chimiques, au fin fond de l'Allemagne.

— Tiens, tiens, quelle coïncidence ! cria un homme. Comment vas-tu, mon garçon ?

PT se figea puis fit volte-face, s'attendant à découvrir l'un de ses compagnons de chantier. Le complice de Barberousse était planté au milieu de la rue, armé d'un long couteau à pain. À l'évidence, il était déterminé à trancher leur différend. Non, cette rencontre n'avait rien d'une coïncidence. PT réalisa qu'il aurait mieux fait d'utiliser sa cervelle plutôt que d'écouter ses bas instincts, et éviter de fréquenter *Le Petit Prince* pendant plusieurs semaines.

Mais il était trop tard. Un rayon de lune étincela sur la lame du couteau, puis l'homme bondit dans sa direction.

CHAPITRE VINGT-TROIS

Marc observait les trois silhouettes qui approchaient sur la route étroite. Michel et Olivier souriaient comme des enfants qui viennent de déposer une crotte de chien dans la boîte aux lettres d'une vieille dame acariâtre.

— Tout s'est bien passé ? demanda Marc.

— Pour l'instant, répondit Henderson. Mais il est inutile de traîner dans les parages. Ces détonateurs à retardement ne sont pas très précis. Ils pourraient très bien s'activer d'ici une demi-heure.

Ils rejoignirent la zone boisée, firent une brève halte pour s'assurer que le garde n'avait pas repris connaissance, puis regagnèrent la planque où ils se débarrassèrent de leurs armes et de leurs cagoules. Henderson posa quatre verres sur la table et y versa une petite quantité de whisky.

— Ça nous calmera les nerfs, les gars. Santé !

Les cousins grimacèrent en avalant le breuvage, mais ils appréciaient ce rituel et se réjouissaient d'avoir rempli avec succès la mission qui leur avait été confiée.

— Gardez toujours à l'esprit mes conseils de prudence, avertit Henderson. Dès qu'il sera réveillé, le vigile affirmera avoir été drogué par deux garçons. Vous devrez donc vous déplacer séparément. L'un de vous va se mettre en route immédiatement, l'autre dans cinq minutes. Bien entendu, vous tâcherez d'emprunter des itinéraires différents.

Il se versa un second whisky et l'avala cul sec.

— Vous pouvez être fiers de ce que vous avez accompli, mais vous n'en parlerez à personne, pas même à votre oncle ou à votre grand-père. Soyez prudents, surtout lorsque vous avez un verre dans le nez et que vous roulez les mécaniques devant une jolie fille.

— On participera à d'autres opérations ? demanda Olivier.

— Les bombes n'ont pas encore explosé, et vous voulez déjà repartir à l'assaut ? sourit Henderson. Rentrez chez vous et accordez-vous une bonne nuit de sommeil. Bientôt, peut-être, je ferai de nouveau appel à vos services.

∴

PT esquiva un coup porté à hauteur de l'estomac, mais la lame s'enfonça dans la paume de sa main.

— Espèce de petite ordure ! rugit l'homme.

Quelques dizaines de fêtards étaient rassemblés à la terrasse d'un café, à une trentaine de mètres de là.

PT lâcha un cri, tituba en arrière et bouscula un passant qui n'avait pas assisté à la scène.

— Eh, regarde où tu vas ! protesta ce dernier avant de le repousser violemment vers son agresseur.

Cette fois, le couteau l'atteignit à l'abdomen, ouvrant une plaie d'une vingtaine de centimètres. Les quidams se pressaient dans la pénombre de la rue, inconscients du drame qui était en train de se jouer. Victime de deux blessures à l'arme blanche, PT comprit que son seul espoir résidait dans la fuite. Totalement désorienté, il fit volte-face, se tordit le pied contre le trottoir puis s'écrasa lourdement sur le pavé. Tandis qu'il roulait sur le dos, un passant saisit le bras de son agresseur.

— Ce n'est qu'un gamin ! Vous allez le tuer !

— J'en ai bien l'intention, gronda le tueur avant de se dégager énergiquement et de retourner à l'assaut.

Une petite foule s'était formée autour des belligérants. Un homme tendit une main secourable à PT, mais il la repoussa, préférant rassembler ses ultimes forces pour porter à son adversaire un double coup de pied à l'abdomen.

PT souffrait le martyre. La main posée sur son ventre ruisselait de sang. Pourtant, il se réjouit de voir le criminel se plier en deux puis tomber sur un genou, le souffle coupé. À cet instant précis, un lourd bruit de bottes se fit entendre, puis deux soldats allemands se frayèrent un passage parmi les curieux.

— Posez ce couteau ! ordonna l'un d'eux.

Tandis que l'assistance se dispersait comme une volée de moineaux, PT saisit enfin la main que lui tendait l'inconnu puis s'adossa à un réverbère, au bord de l'inconscience.

— Je connais un médecin, dit l'homme. Laisse-moi t'accompagner.

— Posez ce couteau ! répéta l'Allemand en dégainant son pistolet automatique.

Le colosse, qui avait manifestement perdu la raison, se rua vers lui et lui trancha la gorge. Le second soldat enfonça la détente de son arme et pulvérisa l'un des genoux du dément, dont le crâne heurta violemment le pavé. Une femme poussa un hurlement perçant. La sentinelle blessée était demeurée debout, haletante, tandis que ses poumons se remplissaient de sang.

L'état-major allemand promettait de sévères représailles pour chaque soldat tué. Les curieux, qui jusqu'alors quittaient les lieux d'un pas vif, se mirent à courir. Les clients attablés à la terrasse vidèrent leur verre à la hâte et décampèrent sans demander leur reste.

PT sentit sa vision se brouiller. Il se tourna vers l'inconnu qui lui avait proposé de l'aide, mais il avait disparu, comme tous les autres. Il lâcha le réverbère, enchaîna trois pas maladroits et se cogna contre une porte.

Le soldat indemne porta un sifflet à sa bouche et donna l'alerte. PT se traîna péniblement le long du mur. La tête lui tournait. Il se vidait de son sang et redoutait de se trouver impliqué dans l'affrontement qui avait coûté la vie à l'Allemand.

Une patrouille, constituée de deux fantassins de la Heer[6] et d'un gendarme français, déboula dans la rue. La nouvelle de l'incident s'était propagée aux cafés alentour, et leur clientèle, craignant d'être fusillée à titre de représailles, était pressée de se soustraire aux investigations de la Gestapo. Chacun prenait la poudre d'escampette en toute hâte, dans le désordre le plus complet. Les rares fuyards qui aperçurent PT, penché contre le mur, furent persuadés qu'il s'agissait d'un ivrogne incapable de tenir sur ses jambes…

.:.

Marc et Henderson atteignirent le poste de contrôle ouest de Lorient peu avant dix heures du soir. Lorsque la sentinelle les interrogea sur le motif de leur déplacement, ils déclarèrent avoir été chargés par Mme Mercier de transporter les livres de comptes du *Mamba Noir*. Les documents se trouvaient bien dans la sacoche d'Henderson, mais le soldat ne prit même pas la peine de vérifier ces affirmations.

Lorsqu'ils approchèrent de la gare située en centre-ville, un éclair orangé illumina le ciel, puis un grondement

6. Armée de terre allemande (NdT).

lointain se fit entendre. Henderson consulta sa montre et adressa un clin d'œil à son coéquipier.

— Cinquante-six minutes, dit-il. Presque à l'heure, finalement.

Au-delà de la gare, Lorient offrait un spectacle inhabituel. La chaussée grouillait de civils qui fuyaient le centre-ville.

— Sans doute une nouvelle coupure de courant, dit Marc.

— Je ne crois pas, répondit Henderson. Lorsque les cafés sont privés d'éclairage, les gens se regroupent pour discuter dans la rue. Ceux-là ont l'air terrifiés.

Des coups d'avertisseur retentirent. Les piétons s'écartèrent au passage d'un convoi composé de deux Citroën noires et d'une Mercedes occupée par des officiers de haut rang.

— Que se passe-t-il ? demanda Henderson à un habitué du *Mamba noir* qui passait à sa hauteur au bras d'une élégante jeune femme.

— On entend toutes sortes de rumeurs. Une bombe aurait explosé du côté du port, à ce qu'on dit, tuant plusieurs Allemands. Trois, huit, dix, chacun y va de sa version.

Sur ces explications, le couple se remit en route.

— Qui a bien pu commettre cet acte de sabotage ? demanda Marc. Est-il bien prudent de regagner l'appartement ?

— Et qu'est-ce que tu suggères ? Que nous traînions dans la rue, alors que les Boches sillonnent la ville ?

— On ferait mieux de retourner à la planque. Si huit Allemands ont été tués, les représailles risquent d'être terribles. Ils vont perquisitionner au hasard et procéder à des arrestations arbitraires.

— Justement. S'ils défoncent notre porte, je veux qu'ils nous trouvent au lit. Nous serons tirés d'affaire dans dix minutes. Si nous sommes interpellés, nous nous en tiendrons à notre histoire de registres comptables. Les gardes du check-point confirmeront notre version.

— Comme vous voudrez.

— Tu es victime de l'instinct grégaire, expliqua Henderson. Tu vois des centaines de personnes se ruer dans une direction, et ton subconscient t'ordonne de les suivre.

Chemin faisant, Marc retrouva son calme. Bientôt, ils ne croisèrent plus que des employés fuyant leurs propres établissements. Henderson questionna la patronne du restaurant situé en face du *Mamba noir*.

— Ce n'était pas une bombe, expliqua-t-elle sans lâcher la manivelle de son rideau de fer. Un soldat a eu la gorge tranchée. Tout le monde a reçu l'ordre de fermer. Des Allemands complètement soûls ont vandalisé plusieurs cafés. Je les ai vus embarquer des gens dans des fourgons, alors si j'étais vous, je ne traînerais pas dans les parages.

Lorsqu'ils atteignirent l'angle de la maison, Marc se tourna vers la façade du *Mamba noir*.

— Je devrais peut-être aller voir si Joël a laissé un message.

— Ça attendra demain matin, répondit Henderson en poussant la porte donnant sur l'escalier.

Marc secoua la tête.

— Et si les éboueurs collectent les ordures ? Allez, je ne risque rien. La cour se trouve à trente mètres, et il n'y a plus âme qui vive dans le quartier.

— Bon, d'accord, mais ne traîne pas. Aimerais-tu boire un verre de lait chaud avant de te coucher ?

— Oui, volontiers.

— Parfait, je vais mettre la casserole sur le feu.

Marc traversa la rue au pas de course et s'engagea dans la ruelle menant à la cour du *Mamba noir*. Les poubelles du restaurant étaient presque vides. À l'évidence, le personnel avait quitté l'établissement en toute hâte, sans prendre la peine de se débarrasser des déchets. Il s'accroupit, glissa une main dans la boîte de conserve et y trouva une boule de papier.

Soudain, il entendit des pas résonner dans la ruelle. Un homme vêtu du sinistre uniforme de la Gestapo fit son apparition. Il plaça sa cigarette entre ses lèvres, déboutonna son pantalon et commença à se soulager contre le mur, à moins d'un mètre de Marc. Des gouttelettes d'urine martelèrent le fer-blanc. Visiblement enchanté par le son ainsi produit, l'inconnu pivota de quatre-vingt-dix degrés sur sa gauche et visa intentionnellement la poubelle la plus proche.

Marc rentra la tête dans les épaules et se tint parfaitement immobile, mais ses cheveux blonds formaient une tache claire dans la pénombre. Le silence se fit, puis il entendit cliqueter le cran de sûreté d'un pistolet automatique, à quelques centimètres de son oreille droite.

— Un garçon qui n'a rien à se reprocher ne se cache pas derrière les poubelles, dit l'agent de la Gestapo en le saisissant par le col. Viens, nous allons faire une petite promenade, toi et moi.

CHAPITRE VINGT-QUATRE

L'escalier était plongé dans l'obscurité. Parvenu sur le palier, le pied d'Henderson rencontra une jambe inerte. Il s'accorda quelques secondes pour se remettre du choc causé par cette découverte, enjamba le corps, posa le talon dans une flaque de sang puis ouvrit la porte de l'appartement. Il courut jusqu'à la fenêtre, tira les rideaux et revissa l'ampoule suspendue au plafond.

— PT ! s'étrangla-t-il. Merde, merde, merde !

Ce dernier, une main posée sur le ventre, était inconscient. Des traces de doigts sanglants maculaient le papier peint. Henderson s'accroupit à son chevet et constata que sa poitrine bougeait à un rythme régulier. Il souleva précautionneusement sa tête.

— Est-ce que tu m'entends ?

Les paupières de PT papillonnèrent.

— Qu'est-ce qui s'est passé ? bredouilla-t-il.

Henderson avait conscience que son agent devait recevoir des soins dans les plus brefs délais, mais il redoutait que les Allemands ne fouillent le quartier maison par maison et ne découvrent les taches de sang. Il se rua dans la chambre, s'empara du couvre-lit, l'étala au milieu du salon puis y étendit PT. Dès que Marc serait de retour, il le chargerait de nettoyer le palier et de faire disparaître les empreintes sanglantes dans la cage d'escalier.

Henderson avait appris à prodiguer les premiers soins pendant ses classes à la Royal Navy, et suivi une formation approfondie lorsqu'il avait rejoint les services secrets. Il remplit une casserole d'eau et la mit à chauffer sur la gazinière. Il ôta sa veste, remonta ses manches puis se lava les mains avant de déboutonner la chemise de PT.

— De quoi ça a l'air ? gémit ce dernier.

— Garde ton calme, mon garçon. Respire lentement et tâche de rester conscient.

PT se vidait de son sang depuis plus d'une heure. La plaie formait une tache noire sur son ventre écarlate.

— Ça va faire mal, dit Henderson avant de palper du bout des doigts les contours de la blessure.

Il était accoutumé à la vue du sang, mais il redoutait de voir apparaître les organes internes de son agent. Il prit une profonde inspiration puis écarta les bords afin de mesurer la profondeur de la plaie. Par chance, la lame n'avait pas percé au-delà des muscles abdominaux.

— Je vais mourir ? bredouilla PT.

— Je ne suis pas médecin, mais je crois que ce n'est pas si grave que ça.

Henderson se redressa, écarta légèrement les rideaux et jeta un bref coup d'œil à la rue déserte. Compte tenu de la proximité du *Mambo noir*, Marc aurait dû regagner l'appartement depuis plusieurs minutes. Que pouvait-il bien fabriquer ?

Il se passa les mains sous l'eau, ouvrit le placard situé près de l'évier puis en sortit une trousse de couture et une bouteille de vodka dont il avait déjà siroté près de la moitié. Il plongea une aiguille et un mètre de fil dans la casserole d'eau frémissante.

Le bouchon à vis de la bouteille lui échappa des mains et roula sous le lit de Marc.

— Souviens-toi de ce que t'a appris Mr Takada, dit-il. La douleur est dans ton esprit. Invoque un souvenir heureux, et ne pense à rien d'autre.

— Qu'est-ce que vous allez faire ? s'inquiéta PT.

Il leva péniblement la tête et aperçut la bouteille.

— Oh, nom de Dieu ! lâcha-t-il.

— Je dois stériliser la plaie avant de la recoudre, expliqua Henderson d'une voix apaisante en lui tendant un mouchoir. Mets ça dans ta bouche et mords de toutes tes forces. Tu ne voudrais pas réveiller les vieilles peaux du rez-de-chaussée, n'est-ce pas ? Prêt ?

D'une main tremblante, PT porta le tissu à ses lèvres puis leva le pouce. Lorsque Henderson écarta les bords de la blessure et y versa une rasade de vodka, il ressentit une telle douleur qu'il tendit brusquement les jambes et lui porta involontairement un coup de pied dans les côtes.

— Cesse de gigoter, tu me compliques la tâche, gronda Henderson en plaquant les épaules de son agent contre le plancher. Respire profondément. Je suis certain que tu vas t'en tirer comme un chef.

⁂

Marc descendit du camion bâché de l'armée allemande.

— À l'intérieur ! aboya un officier en uniforme gris avant d'écraser la semelle de sa botte sur le postérieur d'une serveuse. Dépêchez-vous ou je vous fends le crâne.

La majorité des victimes de la rafle faisaient partie du personnel des cafés et des restaurants qui n'avaient commis d'autre crime que de prendre la fuite quelques minutes après leurs clients. Marc réalisa que la plupart des propriétaires, dont Mme Mercier, avaient été arrêtés.

La Gestapo avait établi ses quartiers dans une luxueuse villa de style néoclassique confisquée à l'une des familles les plus fortunées de Lorient. Les cinquante captifs reçurent l'ordre de s'asseoir jambes croisées, les mains sur la tête, dans une cour encadrée de colonnes à l'antique. Marc savait que Mme Mercier avait des amis haut placés. Voyant en elle un espoir de salut, il s'assit à ses côtés.

Il patienta en silence pendant plus d'une heure, puis on commença à venir chercher les détenus un à un afin de les soumettre à un interrogatoire.

— On garde les mains sur la tête ! hurla une sentinelle en saisissant le poignet de Mme Mercier.

— J'ai de l'arthrite, protesta-t-elle. Je ne peux pas rester assise ainsi plus longtemps.

— C'est pourtant ce que vous ferez, si vous tenez à conserver vos dents, répliqua l'Allemand en la forçant à reprendre la pose.

— Comment osez-vous ? s'indigna Mme Mercier.

Le garde brandit son fusil et lui porta un coup de crosse à l'arrière du crâne, faisant glisser sa perruque au milieu de son front. Profondément choqué, Marc tourna les yeux par réflexe.

— Regarde devant toi, ou tu y auras droit, toi aussi, menaça le soldat.

— Un problème, Gefreiter[7] ? demanda un officier en se dirigeant vers Mme Mercier.

Marc garda les yeux baissés. Il avait reconnu la voix de l'homme qui l'avait découvert caché derrière les poubelles.

— Rien d'important, Oberst Bauer. Juste une femme qui refuse d'obtempérer.

Bauer éclata de rire.

— J'imagine qu'elle s'estime indigne de demeurer assise sur le sol. N'est-ce pas, madame Mercier ?

Cette dernière resta muette.

— Cette dame connaît des gens haut placés, expliqua l'officier. Mais hélas, ils ne sont pas là

7. Caporal de la Wehrmacht (NdT).

pour la tirer d'affaire. Allez, vous deux, debout. Suivez-moi.

Le Gefreiter dut aider Mme Mercier à se relever. Elle tenait sa perruque serrée contre sa poitrine, comme s'il s'agissait d'un animal familier. Bauer ouvrit la marche, s'engagea dans un couloir au sol de marbre puis gravit un escalier jusqu'à une minuscule pièce du premier étage. Les murs avaient été dépouillés de leurs tableaux, laissant apparaître des taches claires et rectangulaires. Un bureau et deux chaises trônaient devant la fenêtre. Mais la Gestapo avait apporté sa touche personnelle : une antique baignoire en fer-blanc, des morceaux de tuyau flexible, des chaînes, des menottes et un râtelier où étaient exposés des instruments de torture.

— Asseyez-vous, ordonna Bauer.

Une femme en uniforme entra dans la pièce et claqua des talons.

— Souhaitez-vous que je prépare l'équipement, Herr Oberst ? demanda-t-elle.

L'officier lâcha un rire sans joie.

— Tout dépendra des réponses de ces messieurs dames.

Pour la première fois, Marc pouvait observer l'officier en pleine lumière. Grand, blond et solidement bâti, Bauer était le prototype de l'Aryen tel que le rêvait le régime nazi.

— Voyons si tu m'as dit toute la vérité, tout à l'heure, lorsque nous avons fait connaissance, grinça-t-il en faisant craquer ses phalanges.

Marc se mit à trembler. La dernière fois qu'il avait eu affaire à la Gestapo, on lui avait arraché une incisive. Il n'avait rien à voir avec la mort du soldat allemand, mais il redoutait que ses activités clandestines ne soient percées à jour.

— Ce garçon prétend qu'il travaille pour vous, madame Mercier. Est-ce exact ?

— Oui. Le matin, il prend livraison des produits destinés à la cuisine du *Mambo noir*. Le soir, il y vend des cigarettes.

— Je vois. Et depuis combien de temps est-il à votre service ?

— Deux ou trois mois, je ne sais plus très bien.

— Pas de larcin à signaler ?

Mme Mercier haussa les épaules.

— J'emploie plus de deux cents personnes, Herr Oberst. Tout ce que je peux dire, c'est que je n'ai aucune raison de douter de son honnêteté.

— Dans ce cas, que faisait-il caché derrière les poubelles de votre établissement ?

— Je l'ignore. Il nous arrive de jeter de la nourriture consommable. Peut-être cherchait-il de quoi améliorer l'ordinaire. Ou peut-être avait-il oublié quelque chose au restaurant.

— Mais pourquoi se *cachait*-il ? demanda Bauer.

Madame Mercier lâcha un éclat de rire.

— Ce n'est encore qu'un enfant. Le quartier était désert, et il craignait sans doute de faire une mauvaise rencontre, voilà tout.

Marc éprouvait un profond soulagement. Mme Mercier avait confirmé mot pour mot ses premières déclarations. Bauer se gratta le menton d'un air pensif, puis s'adressa à sa collaboratrice en allemand :

— Ursula, raccompagnez ce garçon auprès des autres prisonniers. Je n'ai pas d'autre question à lui poser.

Redoutant de rester seule en compagnie de Bauer, Mme Mercier émit une protestation.

— Cher monsieur, je ne sais même pas pourquoi je suis ici. Je n'ai pas quitté mon bureau de toute la soirée. Je n'ai pas pu voir ce qui se passait dans la rue, car j'avais tiré les rideaux, conformément aux règles du couvre-feu.

— Mais vous savez aussi que vous êtes responsable des agissements de vos clients, répliqua l'officier. L'homme que nous avons appréhendé était ivre. Il a tué un soldat allemand. Qui lui a permis de s'enivrer à ce point ? Fréquentait-il l'un de vos établissements ?

— Allons, ne soyez pas ridicule ! Je ne suis pas coupable de ce meurtre !

— Vous feriez mieux de changer de ton lorsque vous vous adressez à un officier de la Gestapo.

— Je vous parlerai sur le ton qu'il me plaira, monsieur. Je suis innocente, et vous vous comportez comme un rustre.

Bauer la saisit par le cou, la traîna jusqu'à la baignoire puis lui plongea la tête dans l'eau glacée.

— Vous vous croyez très importante, n'est-ce pas ? rugit-il. J'entends bien vous apprendre la modestie, madame Mercier. Et j'ai toute la nuit devant moi.

CHAPITRE VINGT-CINQ

Sa blessure ayant été recousue, PT se traîna jusqu'au lit de Marc et s'endormit comme une masse. Armé d'un balai et d'une serpillière, Henderson fit disparaître les traces de sang sur le palier et dans l'escalier. Cette corvée achevée, il envisagea de partir à la recherche de Marc, mais finit par se convaincre qu'il avait été victime d'un coup de filet allemand. Il n'y avait tout simplement pas d'autre explication.

Il s'assit à la petite table et regarda PT dormir. Il avait souvent été confronté à des situations complexes et avait perdu plusieurs compagnons d'armes en opération, mais le cas de Marc était différent.

Il savait que les autres agents le considéraient comme son chouchou, mais il avait toujours fermement rejeté toute accusation de favoritisme. Pourtant, en ce moment dramatique, il ne pouvait plus nier l'évidence : il reconnaissait en Marc le jeune garçon qu'il avait été. Il tenait à lui plus qu'à quiconque, à l'exception de son propre fils.

Cette soudaine révélation lui inspirait un profond sentiment de malaise. Soit, il avait maintes fois favorisé Marc, mais les autres agents lui en tenaient-ils vraiment rigueur ? Son autorité s'en trouvait-elle affaiblie ? Cet attachement l'avait-il conduit à prendre de mauvaises décisions ?

Au premier rayon du soleil, Henderson remplit un seau d'eau, dévala les marches et nettoya la serrure de la porte d'entrée. Il s'étonna que PT soit parvenu à la crocheter malgré l'extrême faiblesse causée par sa blessure. Il rinça le seuil à grande eau puis élimina les dernières traces de sang à l'aide d'un balai-brosse.

Des pas résonnèrent dans le couloir.

— Monsieur Hortier, quelle surprise de vous voir briquer les parties communes, lâcha l'une des vieilles dames qui occupaient l'appartement du rez-de-chaussée et officiaient comme femmes de ménage dans l'un des établissements de Mme Mercier.

— À quoi devons-nous ce miracle ? ajouta sa sœur.

— Bien le bonjour, mesdames, répondit Henderson sur un ton ironique. Vous êtes très en beauté, ce matin.

Il envisagea de les avertir des événements survenus au cours de la nuit, puis se ravisa, préférant laisser ces pies acariâtres dans l'ignorance. Lorsqu'elles eurent disparu à l'angle de la maison, il traversa la rue et inspecta la cour du *Mamba noir* sans remarquer la moindre trace de lutte.

De retour à l'appartement, il trouva PT assis sur le

lit. Son visage était d'une pâleur effrayante, mais au moins, il était conscient.

— Bonjour, lança Henderson avec un sourire forcé. Comment va notre blessé de guerre ?

— Je ne peux pas arrêter de trembler.

— Tu as faim ?

— Je veux bien essayer de grignoter quelque chose, mais j'ai mal au cœur.

Henderson lui servit du café, un bout de pain rassis et un petit talon de jambon.

— Tu as perdu au moins un demi-litre de sang, peut-être le double. Tu aurais eu bien besoin d'une transfusion, mais je ne pouvais pas te conduire à l'hôpital.

— Mais je suis tiré d'affaire, n'est-ce pas ? demanda PT en avalant péniblement une bouchée de jambon.

— Tu es jeune et en bonne santé. Tout ira bien, pourvu que la plaie ne s'infecte pas. Ta pression sanguine devrait rester basse pendant quelques jours, et tu risques de te sentir un peu faible. Si tu t'agites trop, tu souffriras de nausée et de vertiges.

— Je ne m'en sors pas trop mal, finalement.

— Alors, qu'est-ce qui est arrivé à cet Allemand ? J'ai veillé toute la nuit, mon flingue à portée de main. Je suis surpris que les maisons du quartier n'aient pas été fouillées.

— Ce n'est pas moi qui l'ai tué. Un fou m'a attaqué avec un couteau à pain, sans la moindre raison, puis il a tranché la gorge du soldat avant d'être capturé. Du coup, ils tiennent leur coupable, ce qui explique qu'ils n'aient pas lancé de perquisitions.

Henderson, qui n'ignorait rien des petites combines de PT, doutait fort qu'il ait été victime d'une tentative de meurtre gratuit, mais le moment était mal choisi pour lui demander des comptes.

— Le tueur est encore en vie ?

— Je ne sais pas. Tout ce que je peux dire, c'est qu'il a reçu une balle dans le genou. Après, j'avoue que je ne me suis pas attardé.

— S'il est vivant, il va être interrogé par la Gestapo, et il fera tout pour sauver sa peau. Il va probablement t'accuser d'avoir mis le feu aux poudres. Les Allemands ont raflé pas mal de monde, dont Marc, j'en suis convaincu. Si ton signalement est diffusé, la situation risque de se compliquer.

PT éprouvait un vif sentiment de culpabilité.

— Comment Marc s'est-il fait attraper ?

— Il était dans la cour du restaurant, pour relever les messages de Joël. Tu te sens en état de descendre jusqu'au rez-de-chaussée ?

— Sans doute, mais je ne pourrai pas aller beaucoup plus loin.

Henderson hocha la tête.

— Je dois passer aux écuries pour prévenir Édith que Marc n'effectuera pas sa tournée de ravitaillement. Je tâcherai de me procurer un attelage qui te permettra de quitter la ville et de trouver refuge aux côtés de Paul, Boo et Rosie.

— Je ne sais pas où est leur planque, fit observer PT.

— Moi non plus. Mais je sais où Marc retrouvait Paul, chaque matin, pour lui transmettre les messages.

.:.

Le quartier général de la Gestapo disposait d'une dizaine de cellules. Compte tenu de l'ampleur du coup de filet, la plupart des victimes de la rafle avaient passé la nuit dans la cave située sous les cuisines de la villa. Marc somnolait, adossé contre un pilier. À l'évidence, les prisonniers avaient été choisis au hasard. Les uns semblaient prendre leur mal en patience, les autres étaient épouvantés. Un ivrogne déclara qu'ils étaient promis au peloton d'exécution. À ces mots, une serveuse se mit à hurler, en proie à la plus vive panique. Deux femmes qui ne s'étaient pas vues depuis des années échangeaient des anecdotes concernant leurs maris, leurs enfants et leur travail.

Au petit matin, Mme Mercier retrouva ses compagnons d'infortune. Son maquillage était défait et sa robe déchirée. Une ecchymose marquait son bras droit. Elle était sans nul doute la personnalité la plus célèbre et la plus controversée de Lorient. Les uns admiraient ses talents de femme d'affaires et louaient la façon dont elle traitait son personnel. Les autres la considéraient comme une vulgaire mère maquerelle qui collaborait sans vergogne avec l'occupant.

Marc, qui ne voyait en elle qu'une vieille dame maltraitée, la prit par le bras et la guida jusqu'à l'angle de la cave où il avait passé la nuit.

— Qu'est-ce que vous regardez, vous tous ? gronda Mme Mercier avant de s'asseoir sur la pierre nue. Je ne suis pas un phénomène de foire.

Une odeur d'urine chatouilla les narines de Marc. Quel procédé Bauer avait-il employé pour que cette femme au caractère bien trempé en vienne à mouiller ses sous-vêtements ?

— Ça va ? demanda-t-il en prenant sa main tremblante.

— Vous n'avez rien à craindre, toi et ton père, chuchota-t-elle. Toute cette histoire, ce n'est que de la politique. J'entretiens d'excellentes relations avec les représentants de la Heer et de la Kriegsmarine. L'Oberst Bauer n'apprécie pas l'influence que j'exerce sur certaines personnes. Il voulait que je comprenne qu'il avait le pouvoir de me faire conduire dans sa petite chambre de torture chaque fois que mon comportement lui déplaira.

Aux yeux de Marc, les activités de Mme Mercier restaient un mystère. Il prit un air entendu et serra doucement la main de la vieille dame.

— Tout ira bien.

— Selon Bauer, neuf locomotives ont explosé au cours de la nuit, dit-elle, l'ombre d'un sourire flottant sur les lèvres.

Marc était enchanté, mais sa joie fut de courte durée.

— La Gestapo a procédé à l'arrestation d'une dizaine de sympathisants communistes, après l'invasion de la Russie. Ils vont fusiller neuf d'entre eux, à titre de représailles.

•:•

Après avoir aidé PT à s'accroupir au-dessus du pot de chambre, Henderson quitta la maison et fit un saut par le *Mamba noir*. Les femmes de ménage étaient à la tâche depuis près d'une heure, mais certaines tables abandonnées la veille n'avaient même pas encore été desservies. Lorsqu'il franchit la porte donnant sur la grand-rue, il resta saisi de stupeur. Dans les heures qui avaient suivi la mort du soldat, les Allemands qui n'étaient pas en service avaient déboulé de leur caserne pour venger la mort de leur camarade. Ils s'étaient livrés à un saccage en règle de plusieurs cafés et restaurants, brisant consciencieusement meubles, fenêtres et vitrines. Nombre de civils qui avaient eu la malchance de se trouver sur leur passage avaient été sauvagement battus.

Sur le trottoir opposé, une patrouille constituée de quatre hommes malmenait un adolescent. Sans détourner le regard, Henderson poursuivit sa route jusqu'aux écuries. Il se rangea sur le côté pour laisser passer un attelage à deux chevaux, puis il trouva Édith occupée à retourner la paille d'un box. Il poussa un soupir de soulagement.

— Content de voir que tu as pu regagner la ville saine et sauve.

— Dieu merci, je suis rentrée avant que les problèmes ne commencent, expliqua Édith. Et de votre côté ?

Henderson l'informa des mésaventures de Marc et de PT.

— Le cocher qui vient de quitter les écuries dit que les Boches ont avancé l'heure du couvre-feu à neuf heures du soir, dit la fillette. Tous les établissements réservés aux Français resteront fermés jusqu'à nouvel ordre.

Henderson aspira l'air entre ses dents.

— Mme Mercier va devoir négocier dur avec ses amis allemands.

— Elle a été arrêtée par la Gestapo, annonça Édith.

Henderson manqua de s'étrangler. L'interpellation de Marc pouvait être mise sur le compte de la malchance, mais celle de Mme Mercier pouvait laisser penser que les Allemands avaient eu vent de leurs activités clandestines.

— Tu es certaine de ce que tu avances ? demanda-t-il.

— La nuit dernière, j'ai dormi dans ma chambre, au-dessus du café Mercier. Les filles étaient dans tous leurs états. Selon elles, la plupart des tenanciers de la ville se sont fait embarquer.

— Oh, alors Mme Mercier n'est pas la seule ?

— Non. Et pour les trains ? Je crois avoir entendu l'explosion.

— Les bombes ont détoné, c'est certain, mais j'ignore quels dégâts elles ont provoqués.

— Vous voulez que je jette un coup d'œil au dépôt, un peu plus tard ?

— Trop dangereux, dit Henderson. Pour le moment, notre priorité est de trouver un moyen de faire sortir PT de Lorient. Tu penses que je pourrais emprunter une charrette ?

— Il vaudrait mieux que je me charge de son évacuation. J'effectuerai la tournée de Marc. Il me faudra franchir un check-point pour me rendre à la laiterie, à l'extérieur de la ville. Si les contrôles ne sont pas trop sévères, je retournerai le chercher.

— C'est parfait, Édith.

— Cependant, comme je vais devoir m'absenter un long moment, il faudra que quelqu'un nettoie les écuries et nourrisse les chevaux à ma place.

Henderson n'était pas disposé à remplir ces tâches ingrates.

— Ils vont avoir besoin de moi au *Mamba noir*. Je parlerai aux femmes de ménage. Je suis certain qu'elles seront ravies de faire des heures supplémentaires en échange de quelques francs.

CHAPITRE VINGT-SIX

La tournée dura une heure de plus qu'à l'ordinaire en raison des nombreux barrages mobiles installés en ville par les forces allemandes, mais la Gestapo n'avait transmis aucun ordre particulier. Comme à l'accoutumée, une sentinelle fit main basse sur quelques fruits, et un officier détourna à son profit une excellente bouteille de vin, mais Édith put faire passer sa cargaison de produits du marché noir sans être inquiétée.

Lorsqu'elle fit halte dans la cour intérieure du *Mamba noir*, Henderson franchit la porte de service en compagnie de deux commis de cuisine qui commencèrent aussitôt à décharger les marchandises.

— J'ai pu parler à Paul et lui expliquer la situation, chuchota Édith. Il m'attendra à la laiterie et me conduira à la planque. Il dit aussi qu'un médecin vit dans un village tout proche, et qu'il est digne de confiance.

— Que ferais-je sans toi, ma petite ? sourit Henderson. Veux-tu entrer pour grignoter quelque chose pendant que j'aide PT à descendre l'escalier ? Ne t'en prive pas. Nous avons fait venir toute cette nourriture sans même savoir si nous serons autorisés à travailler.

Seuls les restaurants et les cafés réservés aux forces d'occupation étaient restés ouverts, mais le *Mamba noir* jouissait d'un statut particulier. Il était l'unique établissement de la ville à pouvoir accueillir à la fois des Français et des Allemands, et ses employés n'avaient reçu aucune consigne.

— Je pense que seuls les Boches auront le droit d'entrer, dit Édith.

— C'est possible, mais en tant que responsable du bar, je préfère ne pas faire de vagues. Nous n'ouvrirons pas tant que nous n'aurons pas d'instructions officielles.

— Vous avez des nouvelles de Marc ?

— Une amie de Mme Mercier s'est présentée au quartier général de la Gestapo. On ne l'a pas laissée entrer, mais elle a pu consulter la liste des prisonniers affichée sur le portail. Le nom de Marc y figure. Au moins, nous savons où il se trouve.

Lorsque Édith fut entrée dans le restaurant, Henderson regagna l'appartement. PT avait retrouvé des couleurs, mais il était toujours dans un état d'extrême faiblesse.

— Comment vas-tu, champion ?

— Ça fait un mal de chien, gémit PT, et je ne peux pas aligner deux pas sans être pris de vertiges.

— C'est à cause de tout le sang que tu as perdu. La plaie continue à suinter ?

— Un peu, mais la couture tient bon.

Henderson fit un détour par la chambre puis déposa une chemise, deux débardeurs et une cravate sur le lit de Marc. Il plia l'un des maillots de corps en quatre et le tendit à PT.

— Mets cette compresse sur la blessure, noue la cravate autour de ta taille pour la maintenir en place, puis passe le deuxième maillot par-dessus. Je pense qu'elle est assez épaisse pour absorber tout le sang et l'empêcher de former une tache sur la chemise.

PT appliqua ces consignes.

— Il faut nous mettre en route, dit Henderson en s'agenouillant. Accroche-toi à mon dos, je vais te porter sur mes épaules.

Il n'était pas très grand, mais il jouissait d'une force hors du commun.

— Baisse la tête, dit-il avant de franchir la porte donnant sur le palier puis de descendre l'escalier.

À chaque secousse, une vive douleur déchirait les entrailles de PT. Alors qu'ils se trouvaient à trois marches du rez-de-chaussée, on frappa à la porte.

— J'arrive ! lança Henderson, persuadé qu'il s'agissait d'Édith.

Mais la silhouette floue derrière la vitre dépolie était celle d'un homme vêtu d'un uniforme gris.

— Monsieur Hortier ? lança un homme au fort accent allemand.

Saisi de panique, Henderson déposa PT au pied de l'escalier, courut vers la porte et tourna la poignée. Il découvrit un individu exhibant les insignes distinctifs de la Gestapo.

— Bonjour, dit Henderson, tout en cherchant un moyen d'empêcher son visiteur de pénétrer dans la maison.

— Je suis l'Oberst Bauer, annonça l'officier. On m'a informé que les clés du coffre de Mme Mercier étaient en votre possession.

— C'est exact. Mais je n'ai pas accès à son bureau, malheureusement.

— C'est sans importance. Suivez-moi, je vous prie.

Henderson suivit Bauer jusqu'au *Mamba noir*, puis jusqu'au cabinet de Mme Mercier, dont la porte avait été arrachée de ses gonds à l'aide d'une hache d'incendie. Les deux agents de la Gestapo qui se trouvaient à l'intérieur avaient consciencieusement retourné les tiroirs et vidé le contenu des placards sur le tapis. Il ne s'agissait pas d'une perquisition, mais d'une simple manœuvre d'intimidation.

— Si vous cherchez quelque chose en particulier, je peux sans doute vous aider à…

Bauer secoua la tête et lui arracha des mains la clé du coffre. À sa grande déception, il n'y trouva que quelques milliers de francs et quatre tiroirs-caisses remplis de pièces de monnaie.

— Allons nous entretenir dans le couloir, dit-il en invitant Henderson à quitter le bureau. La nuit dernière, j'ai interrogé un garçon nommé Hortier. Un quelconque lien de parenté ?

— C'est mon fils. Il a été arrêté alors qu'il retournait chercher ses clés oubliées derrière le bar. C'est un bon garçon. Quand sera-t-il de retour à la maison ?

Bauer haussa les épaules.

— Mes hommes ont découvert une quantité phénoménale de produits du marché noir dans cet établissement, dit-il. Mme Mercier doit bénéficier de protecteurs haut placés pour oser se livrer à ces activités illégales au vu et au su de tous.

— Je travaille au bar, monsieur. Je ne sais rien des affaires de Mme Mercier, et je ne garderais pas longtemps ma place si je prétendais m'en mêler.

— Mais vous devez pourtant voir et entendre quantité de choses édifiantes, depuis votre comptoir. Les gens parlent trop lorsqu'ils ont bu plus que de raison, n'est-ce pas ? Ces informations pourraient intéresser la Gestapo.

— Dans mon métier, la discrétion est une qualité essentielle. Et je suis sans cesse en mouvement. Je ne peux pas espionner une longue conversation.

— Que pensez-vous de la présence de nos troupes sur le sol français, monsieur Hortier ?

C'était une question piège. Si Henderson se montrait trop enthousiaste, Bauer saurait qu'il mentait. À l'inverse, s'il déclarait souhaiter la défaite de l'Allemagne, il risquait de rejoindre Marc dans une cellule de la Gestapo.

— Eh bien… je suis un patriote, mais je pense qu'il est désormais impossible de faire marche arrière. Nous devons aller de l'avant et apprendre à nous entendre.

Bauer éclata de rire.

— Voilà une réponse fort diplomatique, monsieur Hortier. Je crois comprendre que vous êtes impatient de retrouver votre fils ?

— Naturellement, répondit Henderson, horrifié à l'idée que Marc puisse devenir une monnaie d'échange.

— Je ferai en sorte qu'il soit bien traité et que son cas soit étudié dans les plus brefs délais, pourvu que vous m'informiez des agissements suspects de Mme Mercier, et de tout ce qui pourrait intéresser mes services.

— Monsieur, mon fils n'a rien fait de mal. Il se trouvait au mauvais endroit, au mauvais moment.

— Oh, je n'en suis pas si sûr. Je me suis laissé dire qu'il transportait quotidiennement des marchandises illégales et qu'il distribuait des petits cadeaux aux soldats pour qu'ils détournent les yeux aux postes de contrôle. Je me demande s'il serait capable de supporter un interrogatoire long et *inconfortable*.

— Je vois où vous voulez en venir. Je suis certain que nous pouvons trouver un terrain d'entente. Que voulez-vous savoir en particulier ?

— Vous m'avez l'air d'avoir la tête sur les épaules, monsieur Hortier, sourit Bauer. Vous savez bien ce qui m'intéresse.

Sur ces mots, il se pencha dans le bureau et s'adressa à ses subordonnés en allemand.

— On lève le camp. Nous devons perquisitionner la maison de cette vieille garce, saccager ses bibelots et étrangler son chat.

∴

Lorsque Édith vit l'officier de la Gestapo débouler en compagnie d'Henderson, elle posa son casse-croûte sur la table de l'office, traversa la cour et courut jusqu'à la maison. Elle approcha la bouche de la serrure et lança :

— PT, tu es là ?

Ce dernier, qu'elle n'avait encore jamais rencontré, était resté tapi dans l'ombre, au pied de l'escalier. Il se traîna péniblement jusqu'à la porte.

— Tu dois être Édith, gémit-il. Tu sais ce qui est arrivé à Henderson ?

— Il est au *Mambo noir*. Les Boches mènent une perquisition. Nous n'avons que quelques minutes. Si j'amène la charrette devant la maison, tu crois que tu parviendras à monter ?

— Je me débrouillerai.

Édith conduisit l'attelage jusqu'à la cour du restaurant, puis elle aida PT à s'y hisser. Après avoir claqué la porte de la demeure, elle jeta un regard aux alentours pour vérifier que la voie était libre.

Elle fit halte aux écuries et échangea Domino, qui refusait obstinément de s'écarter de son trajet habituel, contre un cheval plus jeune, puis s'assura que sa remplaçante remplissait correctement son devoir.

Certaines rues situées à l'écart du centre-ville étaient moins surveillées que les artères principales, mais les soldats qui y patrouillaient se montraient particulièrement suspicieux. Édith décida d'emprunter l'avenue fréquentée qui traversait le quartier commerçant. Elle dut patienter une vingtaine de minutes à un barrage. Assis à ses côtés, PT semblait sur le point de perdre connaissance. La fillette descendit de l'attelage et se fit remettre un gobelet d'eau fraîche par un cafetier.

— OT, dit la sentinelle en étudiant le laissez-passer de PT. Vous ne devriez pas être au travail ?

Le garçon simula une quinte de toux puis lui servit une excuse longuement mûrie.

— Je dois passer une radio du thorax.

Sa pâleur effrayante acheva de convaincre le soldat qu'il souffrait de tuberculose, une affection extrêmement contagieuse. Il lui restitua ses documents puis invita Édith à déguerpir sans même avoir consulté ses papiers.

— Bien joué, dit-elle lorsque l'attelage eut parcouru une centaine de mètres. Je retiendrai la leçon. Comment te sens-tu ?

— Tellement faible, répondit PT. N'arrête pas de parler, ça m'aide à rester éveillé.

— J'espère que nous n'aurons pas à attendre aussi longtemps pour sortir de la ville. Une fois le dernier barrage franchi, tu pourras t'allonger.

La charrette déboucha sur une grande place, aux abords de la gare.

— Oh mon Dieu ! s'étrangla Édith en apercevant un vieux camion Citroën stationné devant l'entrée principale.

Un gibet de fortune avait été installé sur la plate-forme. Deux hommes s'y balançaient, pendus à l'aide de cordes de piano qui avaient profondément entaillé leur cou. Leurs chemises étaient maculées de sang. L'une des victimes était affublée d'une pancarte où figurait le mot ASSASSIN. PT éprouva une satisfaction coupable en contemplant ce spectacle affreux : c'était l'homme qui avait essayé de le tuer.

Le second pendu était vêtu d'un ensemble bleu marine. Le panneau qui reposait sur sa poitrine portait le mot INCAPABLE. Édith sentit sa gorge se serrer lorsqu'elle reconnut le garde du dépôt des locomotives.

— Eh, qu'est-ce qui t'arrive ? demanda PT lorsqu'il aperçut la larme qui roulait sur la joue de sa complice.

— J'étais si fière d'avoir participé à cette opération, murmura Édith. Je n'avais pas imaginé une seule seconde que…

Elle n'acheva pas sa phrase. Impatiente de s'éloigner de ce lieu lugubre, elle donna une impulsion sur les guides de l'attelage afin d'encourager le cheval à hâter le pas.

En fin de matinée, les Allemands libérèrent les femmes et les clients raflés la veille, à l'exception de Mme Mercier et d'une autre patronne de restaurant. Quelques heures plus tard, un agent de la Gestapo lut une liste d'hommes autorisés à regagner leur domicile. Marc y figurait, mais les propriétaires d'établissement en étaient exclus. Ces derniers avaient subi des interrogatoires musclés au cours de la nuit. Leurs vêtements étaient déchirés, et ils souffraient de multiples contusions.

— Tout ira bien, dit Marc à l'adresse de Mme Mercier. On se retrouve ce soir, au club.

— Tu es un ange, répondit-elle. Tu peux t'attendre à une jolie gratification en fin de semaine.

— Je vous en prie, madame, protesta-t-il. Je ne vous suis pas venu en aide dans l'espoir d'être augmenté...

Il quitta la cave puis se joignit à la file d'attente qui s'était formée dans la cour intérieure de la villa, devant un bureau où les prisonniers se voyaient remettre les papiers, les bagues et les montres qui leur avaient été confisqués. Un vieil homme se plaignait de ne pas avoir récupéré sa canne lorsqu'un officier saisit Marc par l'avant-bras.

— Hortier, dit-il, tu retournes en cellule.

Marc était persuadé qu'il s'agissait d'une erreur.

— Est-ce que j'ai l'air d'un tenancier de café ? demanda-t-il sur un ton sarcastique.

L'officier lui flanqua une gifle magistrale. Marc sentit sa chevalière déchirer sa pommette, puis il tituba en arrière, complètement sonné.

— Petit insolent ! hurla l'homme en l'empoignant par la nuque.

Alerté par ce cri, l'agent chargé du greffe s'écarta du bureau pour voir de quoi il retournait.

— Un problème ?

— L'Oberst Bauer m'a transmis des consignes par téléphone. J'ignore ce qu'il a en tête, mais il a été formel : ce garçon ne doit en aucun cas être remis en liberté.

CHAPITRE VINGT-SEPT

Édith avait aidé PT à s'étendre à l'arrière de la charrette. Cette position favorisant l'irrigation de son cerveau, son état s'était sensiblement amélioré, et il avait désormais les idées claires.

Édith s'aventurait rarement aussi loin de Lorient. Elle éprouvait un étrange sentiment de solitude tandis que l'attelage progressait parmi les champs à l'abandon et les fermes désertées, le long du chemin de terre menant à la laiterie.

Paul se présenta à l'heure au rendez-vous. Édith lui décrivit aussitôt la scène affreuse entrevue devant la gare. Il ne l'avait rencontrée qu'à deux reprises, mais elle exprima une telle détresse qu'il se fit un devoir d'apaiser ses tourments.

— Avant de mourir, dit-il, mon père m'a dit qu'il n'y avait qu'une chose pire que d'affronter les Allemands, c'était de ne pas les combattre.

Édith hocha la tête. Elle connaissait les cruelles réalités de la guerre, mais ça ne rendait pas la mort du gardien plus facile à admettre. Elle ne savait rien de lui, mais elle se l'imaginait marié et père de plusieurs enfants. L'un des êtres qui leur étaient le plus chers au monde se balançait sous une potence, exposé à la vue de tous, le visage couvert de mouches.

— J'aimerais vivre loin du monde, dans les montagnes, dit-elle en levant les yeux vers le ciel. Tout ici me fait horreur.

— Je sais ce que tu ressens, dit Paul. La guerre est un piège dont nous sommes tous prisonniers.

Une demi-heure après s'être remis en route, ils atteignirent le but de leur périple : une colline dont la hauteur offrait un signal radio idéal et une vue dégagée sur le chemin situé en contrebas. Paul et ses coéquipières occupaient une ferme de plain-pied encadrée d'extensions dépareillées, dont l'étable avait été reconvertie en garage.

Boo et Rosie aidèrent PT à descendre de la charrette puis l'installèrent dans le salon. Paul remplit un seau d'eau fraîche afin que le cheval se désaltère. Édith lui offrit du fourrage cueilli dans un pré voisin.

Enfin, Rosie se retrouva seule en compagnie de PT.

— Je suis désolé pour l'autre fois, dit-il, livide et désarmé.

Sans prononcer un mot, elle défit les boutons de sa chemise, ôta son maillot de corps, dénoua la cravate puis souleva la compresse de fortune.

— Ça ne saigne plus beaucoup. Il faut laisser respirer

la plaie. Tu transpires. Veux-tu une serviette pour t'éponger ?

PT chercha vainement son regard.

— Rosie, murmura-t-il, je suis…

— PT, j'ai conscience que le moment est mal choisi, mais je ne veux pas te mentir. Ce que tu as fait l'autre jour, et la façon dont tu m'as parlé, je ne peux pas l'accepter.

— Je suis *vraiment* navré. Je me suis comporté comme un imbécile et je regrette de t'avoir manqué de respect.

— J'accepte tes excuses. Mais c'est fini. Je m'occuperai de toi tant que tu auras besoin de soins, nous travaillerons ensemble lors des opérations, mais pour le reste, je n'ai plus confiance en toi.

PT lâcha un profond soupir.

— Comment peux-tu parler aussi froidement ? Il y a quelque chose de particulier entre nous. Tu ne peux pas le nier.

Rosie examina la couture de la plaie puis se dirigea d'un pas nerveux vers la salle d'eau.

— Je vais te chercher une serviette humide, lâcha-t-elle.

Deux heures s'étaient écoulées depuis que Marc avait regagné la cave lorsqu'un agent de la Gestapo annonça la libération de tous les tenanciers.

— Ne t'inquiète pas, mon garçon, dit Mme Mercier. J'ai des relations. Ils n'ont pas le droit de te retenir ici.

Marc avait passé son temps à considérer sa situation, et il pensait toujours être victime d'une erreur administrative. Il glissa une main dans la poche de son pantalon et en sortit une boule de papier froissé.

— Remettez ça à mon père dès que possible, chuchota-t-il.

Mme Mercier hocha la tête et dissimula le message de Joël dans son corsage. Lorsque la porte de la cave se fut refermée sur la dernière victime de la rafle, Marc se retrouva seul, mais les seaux remplis d'urine et les taches de sang qui maculaient le sol de pierre lui rappelaient la présence de ses compagnons d'infortune.

Au loin, il entendit un officier brailler un discours à l'adresse des propriétaires de cafés et de restaurants :

— Tous les débits de boisson réservés aux citoyens français demeureront fermés pendant une semaine. Le couvre-feu reste fixé à neuf heures en centre-ville. Vous serez tenus pour responsables de tout débordement commis par des clients sous l'emprise de l'alcool. Si une nouvelle agression vise un soldat allemand, le tenancier qui aura accueilli le coupable sera jugé et condamné. Cependant, tout personne qui nous livrera des informations utiles sera traitée avec indulgence.

Marc savait ce qu'impliquait cette déclaration : aucun propriétaire n'était en mesure de contrôler le comportement de sa clientèle. En conséquence, le personnel serait contraint de se mettre au service de la Gestapo, sous peine d'être arrêté au moindre incident.

— Nous souhaitons tous que le calme règne à Lorient, conclut l'officier. Nous vous rendrons régulièrement visite pour nous assurer que vous ne vous livrez à aucune activité illégale ou antiallemande.

.:.

Édith regagna les écuries peu avant six heures du soir. Elle s'assura que les chevaux avaient de quoi boire et manger, puis elle se rendit au *Mamba noir*. Le club avait reçu l'autorisation d'accueillir des Allemands, mais le premier service ne commençait pas avant sept heures et il n'y avait pas un seul client au bar. Henderson et Mme Mercier étaient en train de remettre de l'ordre dans le bureau mis à sac par les agents de la Gestapo.

— Le chargement a été livré comme prévu, annonça Édith. Marc a-t-il été libéré ?

Le visage d'Henderson s'assombrit.

— J'ai téléphoné au quartier général de la Gestapo pour savoir si je pouvais lui rendre visite ou simplement lui apporter de quoi manger, mais on me l'a interdit. L'Oberst Bauer était ici, plus tôt, dans la journée. Il a menacé de boucler Marc pour trafic de biens illégaux si je ne collaborais pas avec ses services.

— Vous pensez qu'ils sont au courant, pour les locomotives ? demanda Édith.

— Je me suis posé la question, quand Marc et Mme Mercier se sont retrouvés en prison. Mais je crois qu'ils ont exploité la mort du soldat allemand pour faire pression sur les établissements locaux. Marc et moi avons intégré le personnel du *Mamba noir* parce que c'était le moyen le plus simple d'espionner les conversations des officiers supérieurs. Et c'est exactement le rôle que m'a proposé de tenir l'Oberst Bauer.

— Ils ont saccagé ma maison et tué Persil, dit Mme Mercier.

Édith réfléchit quelques secondes avant de se souvenir qu'il s'agissait du chat noir qui rôdait dans la demeure de sa patronne, un animal plutôt taciturne.

— Je ne suis même pas rentrée chez moi, poursuivit la vieille dame, secouée de sanglots. Mon voisin m'a assuré qu'il s'occuperait de l'enterrer dans le jardin, mais moi, je ne m'en sens pas le courage.

Mal à l'aise, Édith resta plantée dans l'encadrement de la porte. Elle aurait volontiers sauté au cou de Mme Mercier pour la réconforter, mais elle craignait qu'elle ne la réprimande si elle osait fouler le tapis avec ses bottes aux semelles incrustées de crottin.

— Amène-nous un ballon de vin, ordonna Henderson.

Lorsque Édith fut de retour, elle trouva Mme Mercier effondrée dans un fauteuil. Henderson lui remit le verre puis, soucieux de lui faire oublier la mort de son chat, lui tendit une liasse de documents comptables.

— Je crois que je les ai classés dans le bon ordre, mais vous devriez vérifier, dit-il.

Édith lui adressa un signe discret. Il la suivit jusqu'au bar déserté.

— J'ai parlé à mon amie blanchisseuse, chuchota-t-elle. Elle dit que les soldats lavent leurs vêtements eux-mêmes, dans les baraques, ou les confient individuellement à la teinturerie en réglant la note sur leur propre solde.

Henderson la considéra avec des yeux ronds.

— Et en quoi suis-je concerné ?

— La poudre urticante, expliqua Édith. Marc n'en a mis que quelques grains sur son ventre, et depuis, il n'arrête pas de se gratter.

— Tu aurais dû m'avertir avant de prendre l'initiative de parler à une personne extérieure à l'opération.

Blessée par ce reproche, Édith baissa les yeux. Elle ne pouvait révéler que Marc, échaudé par la réaction d'Henderson, l'avait délibérément laissé dans l'ignorance.

— Je connais Natacha depuis que je suis toute petite, dit-elle. Elle travaillait pour Mme Mercier, avant de subir un avortement qui a mal tourné.

— Ce n'est pas parce que tu la connais depuis longtemps qu'elle est digne de confiance.

— Elle déteste les Boches, insista Édith. Elle a perdu son petit garçon, renversé par un officier de la Kriegsmarine qui circulait en voiture complètement soûl. Et son mari se trouve dans un camp de prisonniers, quelque part en Autriche. Interrogez Mme Mercier, si vous ne me croyez pas. Je ne suis pas idiote, vous savez. Je n'ai que douze ans, mais je sais à quel point nous devons nous méfier. J'ai longuement discuté avec Marc avant de me lancer.

Henderson désapprouvait l'acte d'insubordination d'Édith, mais il était impressionné par sa lucidité et sa maturité.

— Bon. Et que suggère Natacha ?

— Selon elle, chaque fois qu'un U-Boot regagne la base, la blanchisserie reçoit une montagne de draps et de serviettes. Après lavage, ce linge subit un traitement insecticide à l'aide d'une poudre fournie par la Kriegsmarine. Natacha n'aura aucune difficulté à entrer dans la remise pour y mélanger le produit urticant.

— Qui a accès à cette remise ? Si elle est la seule, elle sera forcément identifiée comme responsable du sabotage.

— Je ne sais pas trop. J'avoue que nous n'avons pas encore étudié tous les détails.

— Écoute, j'ai mille choses urgentes à régler. Laisse-moi jusqu'à demain pour réfléchir à ta proposition.

Un garde ordonna à Marc de transporter les seaux jusqu'à la cour. Malgré toutes ses précautions, des gouttes d'urine aspergèrent ses chaussures et ses bas de pantalon. Cette corvée achevée, on le conduisit dans une cellule aveugle, aménagée au premier étage, où on lui servit un bol de bouillon salé et poivré à l'excès. N'ayant ni bu ni mangé depuis la veille, il en avala une gorgée et se brûla les lèvres.

Des heures durant, il demeura adossé à la paroi de la geôle obscure, attentif au martèlement des bottes dans le couloir. Bientôt, rongé par l'angoisse, il s'imagina que l'Oberst Bauer avait ordonné qu'on le laisse mourir de soif.

Craignant de perdre connaissance, il tambourina à la porte. Une femme ouvrit le volet qui masquait l'ouverture grillagée permettant la surveillance des détenus.

— À boire, par pitié, gémit Marc.

— Regarde au-dessus de ta tête, répondit la gardienne.

En levant les yeux, il découvrit une paire de menottes suspendue au plafond de la cellule.

— Si tu frappes de nouveau à la porte, nous serons dans l'obligation de t'attacher, dit la femme avant de claquer le judas.

Ce n'est qu'aux environs de sept heures du soir qu'un gardien le tira de son réduit pour le conduire jusqu'à la pièce où Mme Mercier avait été interrogée la nuit précédente. L'Oberst Bauer était assis sur une chaise. Une carafe d'eau limpide où scintillaient des glaçons était posée en évidence sur le bureau. Le soleil jetait des feux orangés sur le bouchon de cristal. C'était le spectacle le plus magnifique que Marc ait jamais observé.

— Je suis navré de t'avoir fait attendre, annonça Bauer en jouant avec le nœud de sa cravate noire. Je viens juste de reprendre mon service. Mon Dieu, quelle chaleur il a fait, aujourd'hui. Je ne sais même pas combien de litres j'ai dû boire pour supporter cette canicule.

Sur ces mots, il sortit de sa poche une feuille de papier.

— Tu sais lire ?

La déclaration dactylographiée ne comprenait qu'un paragraphe :

Je soussigné, Marc Hortier, avoue avoir participé à un trafic de biens illégaux dans la zone de sécurité de Lorient à l'instigation de Brigitte Mercier, propriétaire du Mamba noir.

Date...

Signature...

— Signe, et tu seras remis en liberté sur-le-champ, expliqua Bauer avant de faire tinter son stylo à plume sur la carafe. Et, bien sûr, tu seras autorisé à boire tout ton soûl.

— Qu'arrivera-t-il à Mme Mercier ?

Bauer souleva un sourcil.

— Tu devrais surtout te préoccuper de ton propre sort. Sais-tu ce que je préfère, lors des interrogatoires ?

— Non.

— C'est lorsque le prisonnier se trouve dans un tel état de souffrance et de désespoir qu'il n'est même plus nécessaire de prononcer un mot. Lorsqu'il tombe à genoux et supplie. Lorsqu'il lui suffit de voir mon visage pour être saisi d'épouvante. Peux-tu seulement imaginer une chose pareille, mon garçon ?

Marc était terrorisé, mais il s'efforçait de garder la tête froide. La Gestapo avait les pleins pouvoirs. Ses agents ne s'embarrassaient pas de questions juridiques et de droits de la défense. S'ils avaient décidé d'arrêter, de torturer et de faire fusiller Mme Mercier, seuls ses amis allemands haut placés pourraient la tirer d'affaire. Des aveux extorqués sous la contrainte à un gamin de treize ans ne changeraient rien à l'affaire.

— Pourquoi avez-vous besoin de ma signature ? demanda Marc. Quelle différence cela fera-t-il ?

Bauer bondit de sa chaise.

— C'est moi qui pose les questions, ici ! hurla-t-il. Tu n'as pas droit à la parole !

Il saisit Marc par le cou, le plaqua contre le mur et le força à mettre un genou à terre en lui portant un coup de poing à l'estomac. D'une main, il posa sa tête sur le bureau puis, de l'autre, passa un large bracelet métallique à l'un de ses poignets. Enfin, il ôta la goupille qui équipait le dispositif, et deux griffes de métal acérées se refermèrent autour du bras de sa victime.

— Enlevez ça, par pitié ! hurla Marc. Je vous en supplie !

— Cette remarquable invention remonte à plusieurs siècles, expliqua Bauer. Un objet de collection, mais d'une grande efficacité. Qu'en dis-tu ?

— Oh mon Dieu, gémit Marc tandis que son tortionnaire reculait vers la fenêtre. Retirez ça et je signerai ce document. Je signerai tous ceux que vous me présenterez.

Il tira sur le bracelet, mais chaque tentative en accentuait la pression.

— Enlevez-le, répéta-t-il. Je ne peux pas en supporter davantage.

Bauer esquissa un sourire puis exhiba une clé semblable à celles qui équipent les jouets mécaniques.

— Au moindre mot de travers, je le remettrai en place pendant une heure.

— Faites-moi confiance, sanglota Marc. S'il vous plaît.

Bauer glissa la clé dans la serrure du bracelet puis la fit tourner à plusieurs reprises afin de relâcher le puissant ressort qui actionnait les griffes.

— Signe, gronda-t-il.

D'une main sanglante, Marc saisit le stylo-plume et apposa son nom d'emprunt au bas de la confession.

— Excellent, glousse l'officier en la fourrant dans sa poche. À présent, tu peux boire à ma santé, mon garçon.

Marc ôta le bouchon de la carafe, en porta le goulot à ses lèvres et avala un demi-litre en six longues gorgées.

— Theiss, vous pouvez entrer ! cria Bauer en se penchant dans le couloir.

Un soldat mince et nerveux déboula dans la pièce et le salua bras levé. Bauer lui parla en allemand, sans se douter que Marc comprenait parfaitement cette langue.

— Posez-lui un bandage au poignet puis nettoyez les lieux. Lorsque vous en aurez terminé, descendez-le au rez-de-chaussée et occupez-vous de la paperasse. Je veux qu'il soit dans le premier train pour Rennes demain matin.

— À vos ordres, Herr Oberst ! aboya Theiss.

Rennes était située à cent cinquante kilomètres de Lorient. Marc était sous le choc. Pour quelle raison Bauer avait-il ordonné son transfert ?

— Surtout, faites en sorte qu'aucun civil ne connaisse sa destination. Mme Mercier semble beaucoup l'apprécier, et je pense que son père pourrait nous fournir des informations importantes concernant ses activités illégales. Nous devons le garder à notre disposition, mais nous manquons de cellules.

Sur ces mots, Bauer tendit à son collègue la confession signée, ainsi qu'une liasse de formulaires que ce dernier parcourut à la hâte.

— Vous n'avez pas indiqué la durée de l'incarcération, Herr Oberst.

— Six mois, répondit l'officier en se dirigeant vers la porte. Non, attendez, mettez un an, c'est plus prudent.

QUATRIÈME PARTIE

Douze jours plus tard

CHAPITRE VINGT-HUIT

Vendredi 4 juillet 1941

Le capitaine Finch effectuait sa cinquième traversée entre Porth Navas et les côtes du Morbihan. La chance ne lui avait jusqu'alors jamais fait défaut, mais cette nouvelle mission semblait frappée par le mauvais œil.

Le moteur droit du Schnellboot avait rendu l'âme alors qu'il voguait encore en eaux territoriales britanniques, et la corvette censée l'escorter avait dû se dérouter pour venir en aide aux occupants d'un navire marchant touché par un bâtiment ennemi. Repéré par les biplans de reconnaissance Swordfish d'un porte-avions de la Royal Navy, le *Madeleine II* avait vu une torpille filer à cinq mètres de sa proue avant de se tirer d'affaire au prix d'une manœuvre précipitée.

Pour couronner le tout, une heure avant le rendez-vous avec l'*Istanbul*, le vent forcit puis le ciel prit une teinte ardoise.

Une pluie torrentielle frappa le pont du navire chahuté par des vagues de deux mètres cinquante.

Dans ces conditions, le radar ne détectait plus que les bateaux les plus massifs, si bien que l'équipage eut toutes les peines du monde à localiser l'*Istanbul*. Par temps calme, les deux bâtiments pouvaient se placer bord à bord. Dans des circonstances plus mouvementées, les marins utilisaient des cordes et des poulies pour transborder matériel et passagers. Cette tempête-là interdisait toute approche.

La visibilité était réduite à moins de deux cents mètres, mais c'était suffisant pour éviter la collision. Trois heures s'écoulèrent avant qu'Alphonse, à l'aide d'une lampe torche, ne lance un message indiquant que le transfert pouvait être effectué. Un matelot anglais projeta un bout en direction du chalutier à l'aide d'un canon à air comprimé, puis les deux embarcations furent reliées par un système de palans, de cordes et de poulies.

Luc jeta ses valises hors de l'écoutille et se hissa sur le pont du *Madeleine II*. Il ne portait qu'une paire de bottes, un caleçon et un chandail qui mettait en valeur sa musculature, peu commune pour un garçon de treize ans. Agrippé au bastingage, il surveillait le transbordement du matériel. À ses côtés se tenait une jeune femme en maillot de bain.

Il était impossible de maintenir les câbles tendus en raison des mouvements imprévisibles des bateaux.

Soudain, une vague frappa la caisse qui se balançait entre les deux coques.

— Mon Dieu ! s'écria la femme. Je n'y arriverai jamais !

— Inutile de paniquer, dit Luc. Il faudra bien que nous embarquions à bord du chalutier, d'une façon ou d'une autre.

— Nous n'avons que cinq minutes, lança Finch depuis la passerelle. Agents, préparez-vous.

Le capitaine redoutait de croiser l'un des Schnellboot qui patrouillaient le long des côtes et inspectaient régulièrement la cale des bateaux de pêche.

Lorsque le second coffre eut été transbordé, un matelot posa une main sur l'épaule de Luc.

— Tu veux passer le premier, pour montrer à cette demoiselle comment on s'y prend ?

Luc n'en menait pas large, mais il se refusait à le laisser paraître. Le marin plaça sa mallette dans un sac imperméable, l'aida à enfiler un lourd harnais garni de flotteurs, puis l'attacha au moyen d'une courte chaîne métallique à la corde qui circulait dans le système de poulies.

Une vague énorme chahuta le *Madeleine II*, précipitant Luc contre l'un des réservoirs de secours. Emporté par le poids de son équipement, il se retrouva étendu sur le pont, incapable de se relever. Le matelot le remit sur pied, puis désigna une pièce cylindrique située à l'extrémité de la chaîne.

— Tu te rappelles comment fonctionne la goupille de sécurité, en cas d'urgence ?

— Il faut tirer d'un coup sec et tourner dans le sens inverse des aiguilles d'une montre, expliqua le garçon.

— Exactement, confirma le marin en le conduisant vers le bastingage.

Luc hésita un instant avant de l'enjamber.

— Soulevez ! cria le quartier-maître depuis la passerelle.

Lorsque les trois marins chargés de manœuvrer le palan tirèrent sur la corde, Luc resta suspendu à quelques mètres du Schnellboot, les jambes immergées jusqu'aux genoux dans les flots glacés. L'instant suivant, il y plongea jusqu'au cou. Il but la tasse, recracha une gorgée d'eau salée, puis se laissa traîner par à coups jusqu'à la coque vermoulue de l'*Istanbul*.

Dès qu'il se trouva à leur portée, Michel et Olivier l'attrapèrent à l'aide de longues perches équipées de crochets. L'une des chevilles de Luc heurta le garde-fou, puis on le hissa, frissonnant et trempé, sur le pont du chalutier.

Michel défit aussitôt son harnais, puis aida PT à l'enfiler.

— Ça va, tu es remis de ta blessure ? demanda Luc.

— À peu près, répondit PT, tandis qu'on serrait les sangles autour de son torse. Mais je suis grillé, parce que j'ai manqué deux semaines de travail. Si je mets un pied à Lorient, je suis certain de finir dans un camp en Allemagne.

Michel fixa la chaîne au harnais. Olivier lança trois signaux lumineux, puis les marins du *Madeleine II* tirèrent sur la corde, précipitant PT dans l'océan.

Debout sur le pont encombré de malles et de filets de pêche, un pilote de la Royal Air Force et un agent britannique de retour d'une mission à Brest attendaient leur tour de monter à bord de la vedette. Michel manœuvrait le chalutier avec doigté afin de demeurer à proximité du *Madeleine II* malgré les flots démontés. Tristan, lui, tentait vainement de descendre les lourdes caisses dans la cale.

Constatant l'embarras où se trouvait son camarade, Luc sauta dans le réduit putride et lui prêta main-forte.

— Il y a davantage de matériel que d'habitude, expliqua Tristan. Henderson va être content, pour une fois.

— Sans compter la joie de me retrouver, ironisa Luc.

Lorsqu'ils en eurent terminé, la jeune femme en maillot de bain et un officier de la France libre en exil à Londres avaient été transbordés sur l'*Istanbul*. Dès que l'agent britannique eut rejoint le *Madeleine II*, un matelot actionna sa lampe à trois reprises puis fit de grands signes de la main pour signifier que l'opération était achevée.

Michel ôta la corde du palan et la jeta à la mer.

— Hissez la grand-voile, lança Alphonse. Olivier, prends la barre.

Luc prit place dans la cale avec les autres passagers. Jamais il n'avait imaginé se trouver dans une telle situation, presque nu, en compagnie d'inconnus, dans ce trou pestilentiel. Son humeur s'assombrit encore lorsque Tristan positionna la grille sur l'ouverture et y déversa le contenu d'un filet de pêche. Seule consolation, la jeune femme, en raison de l'exiguïté des lieux, fut contrainte de se presser contre lui.

Les voiles gonflées par le vent furieux, l'*Istanbul* pencha fortement à tribord. Au loin, Luc entendit gronder les deux moteurs du *Madeleine II* : le Schnellboot venait de se mettre en route vers son point de rendez-vous avec le torpilleur chargé de l'escorter jusqu'à Porth Navas.

.:.

En théorie, la prison de Rennes pouvait accueillir quatre cents détenus, mais deux mille malheureux croupissaient entre ses murs. Marc avait été placé dans l'ancien atelier de couture où, avant la guerre, étaient confectionnés les uniformes de l'armée française. La vaste salle abritait désormais quatre-vingts prisonniers.

Dans leur hâte de convertir cet espace en geôle collective, les Allemands s'étaient contentés de murer les fenêtres, ménageant de minuscules ouvertures pour laisser l'air et la lumière y pénétrer.

La pièce disposait d'une douzaine de couchettes que se partageaient les détenus les plus robustes. Marc occupait un coin de carrelage, au pied d'un mur, un espace qui ne lui permettait même pas de dérouler entièrement la paillasse infestée de puces qui lui avait été attribuée. Des gouttes de condensation couraient le long des parois. Les poutres étaient constellées de grappes de champignons.

Il avait passé dix jours en ces lieux. On lui avait confisqué ses bottes et son couteau. Ses poches avaient été découpées afin qu'il ne puisse y dissimuler le moindre objet. Au matin, on distribuait à chaque prisonnier un quignon de pain noir accompagné d'une soupe où flottaient des épluchures de légumes, des têtes de sardine et des morceaux de viande filandreuse. Marc n'avait pas reçu de cuiller. Pour absorber ce breuvage infect, il devait coller ses lèvres à un quart en fer-blanc.

Les bagarres étaient fréquentes et les nouveaux venus étaient systématiquement malmenés par les forts à bras qui s'étaient réservé les rares couchettes. Marc se tenait à l'écart de leur territoire. Il communiquait peu avec ses codétenus. Chacun craignait de se confier et de dévoiler les motifs de son incarcération.

Aux premiers jours de sa peine, Marc s'était accroché à l'espoir d'une libération providentielle, puis il avait fini par se refermer sur lui-même. Il passait le plus clair de son temps à pratiquer des exercices physiques, et à chercher des moyens de se laver et de faire sa lessive. Il évitait la compagnie des détenus dont la toux était tenace, et des déments qui, rassemblés au centre de la salle, pataugeaient dans leurs excréments en tenant des propos sans queue ni tête.

La nourriture exécrable, l'humidité et la promiscuité favorisaient l'apparition des maladies. Au troisième jour, Marc avait été pris de crampes d'estomac, de fièvres et de vomissements, mais peu à peu, son organisme s'était adapté à son environnement.

Gérard était le seul détenu avec qui il entretenait des relations quotidiennes. Ce Français âgé de quinze ans, autrefois cuisinier dans une caserne occupée par l'armée allemande, avait été condamné à cinq ans d'emprisonnement pour avoir volé des vivres. Comme tous les prisonniers, ses cheveux grouillaient de poux. Les deux garçons se rendaient de menus services et surveillaient leurs maigres possessions lorsque l'un d'eux allait aux toilettes.

Marc avait soif, mais son camarade s'était endormi la tête sur son épaule, et il redoutait de le réveiller. Lorsque ce dernier roula enfin sur sa paillasse, il dut enjamber des corps et contourner plusieurs flaques d'urine pour atteindre l'unique robinet de la cellule collective. Un Espagnol émacié prénommé Carlos était accroupi au-dessus d'un trou percé dans le sol, pantalon sur les chevilles.

Détournant pudiquement le regard, Marc rinça son gobelet, le remplit et en avala quelques gorgées.

Craignant que les caïds qui occupaient les couchettes voisines ne lui reprochent de laisser l'eau couler trop longtemps, il s'aspergea rapidement le visage et le torse, remplit son quart et tourna le robinet.

Carlos remonta son pantalon et se dirigea dans sa direction. C'était un homme d'environ vingt-cinq ans, au teint olivâtre, aux cheveux raides et aux mains calleuses.

— Tu es assez à mon goût, mon joli, chuchota-t-il à l'oreille de Marc.

Sous le choc, ce dernier fit deux pas en arrière, trébucha sur un détenu étendu à même le sol et renversa la moitié de son gobelet.

— Eh, regarde où tu mets les pieds !

— Excusez-moi.

— Je pourrais te protéger, poursuivit Carlos.

Sur ces mots, il se planta devant Marc et agrippa l'une de ses fesses.

— Bas les pattes, espèce de dégueulasse ! hurla Marc en reculant vers le mur.

Il saisit le poignet de son agresseur et essaya vainement de se libérer. Plusieurs prisonniers se redressèrent pour observer la scène.

— Tu es bien ingrat, gloussa Carlos. Il est grand temps que tu apprennes les bonnes manières.

Pesant de tout son poids, il plaqua Marc contre le mur et glissa une main entre ses jambes. Deux de ses compatriotes éclatèrent de rire.

— Tu t'es trouvé une nouvelle fiancée ? ricana l'un d'eux.

— Vous savez que je suis généreux, lança Carlos en tournant la tête dans leur direction. Je suis prêt à partager.

Réalisant que son adversaire avait relâché sa vigilance, Marc laissa tomber son gobelet et le frappa de toutes ses forces à l'orbite droite. Carlos tituba en arrière et décrivit des moulinets dans les airs sans atteindre sa cible.

Marc ne lui laissa pas le temps de reprendre l'équilibre. Il lui porta un formidable direct au plexus solaire puis, lorsque son ennemi se plia en deux, lui brisa le nez d'un coup de genou. Enfin, il l'attrapa par le col et lui cogna la tête contre l'évier.

Carlos glissa le long du mur et s'écroula sur le dos, le souffle coupé, une profonde coupure à l'arcade sourcilière. Marc se savait condamné à purger une longue peine en compagnie de ce maniaque. Tôt ou tard, il essuierait des représailles. Il était impossible de faire marche arrière.

Il jeta un regard circulaire à la salle, puis il s'agenouilla sur la poitrine de son adversaire et pesa de tout son poids. Tandis que Carlos tentait vainement de le repousser, Marc porta une main à l'ourlet de son pantalon et saisit la pilule L qui y était dissimulée. Il la brisa entre le pouce et l'index afin de libérer le cyanure avant de relâcher la pression sur le torse de l'homme.

Au bord de l'asphyxie, ce dernier écarta les mâchoires pour reprendre son souffle. Marc posa la pilule sur sa langue puis plaqua une main sur sa bouche pour l'empêcher de la recracher, récoltant au passage une vilaine morsure. En quelques secondes, le poison fit son effet, paralysant les poumons de Carlos.

Marc le retourna sur le ventre. Jusqu'alors, les deux compagnons de l'Espagnol, convaincus qu'il n'aurait aucun mal à maîtriser son jeune adversaire, étaient restés sans réaction. L'un d'eux poussa un cri, puis ils se levèrent et entreprirent de se frayer un chemin parmi les prisonniers étendus sur le carrelage.

Les jambes de Carlos étaient agitées de soubresauts, mais il n'avait pas respiré depuis plus d'une minute. Ces mouvements n'étaient que les ultimes manifestations d'un cerveau à l'agonie. Dopé par l'adrénaline, Marc lâcha sa victime et se redressa d'un bond.

– Qu'est-ce que tu lui as fait ? rugit l'un des hommes.

Marc doutait de pouvoir terrasser deux adultes à la fois, mais il était acculé contre l'évier et ne pouvait plus éviter l'affrontement. En désespoir de cause, il joua la carte de l'intimidation.

– Reculez, gronda-t-il. Je ne vous ai rien fait, et nous resterons bons amis si vous ne me cherchez pas des poux dans la tête.

Les deux Espagnols échangèrent un regard interdit. Compte tenu de la pénombre ambiante, personne n'avait vu Marc glisser la pilule L dans la bouche de sa victime.

– Carlos est mon beau-frère, espèce de salopard, et il a cinq enfants.

— C'est son cœur qui a dû lâcher. En plus, c'est lui qui a commencé.

— Il ne respire plus, dit l'autre homme, accroupi au chevet du mort.

Soudain, la lourde porte, qui donnait sur une coursive à l'air libre, s'ouvrit à la volée. Le soleil de juillet illumina la salle, contraignant les détenus à fermer les yeux. Deux gardes français firent leur apparition, le visage masqué par des foulards pour se protéger de la puanteur. Les prisonniers ramassèrent paillasses et couvertures puis se rassemblèrent contre le mur du fond. Un vieillard, jugé trop lent, reçut un coup de matraque en pleine face.

Un soldat allemand armé d'un pistolet-mitrailleur était posté devant la porte, prêt à ouvrir le feu au moindre signe de rébellion. Le beau-frère de Carlos s'était mêlé à la foule des détenus, mais Marc et l'Espagnol qui était demeuré accroupi se retrouvèrent isolés.

L'un des surveillants saisit Marc par le cou, le colla face au mur et considéra sa main sanglante.

— Qu'as-tu fait de ton arme ? demanda-t-il avant de se tourner vers le groupe de prisonniers. Vous n'aurez rien à manger tant qu'elle ne m'aura pas été remise.

— Mais je n'ai pas d'arme, expliqua Marc.

— Tirons-nous d'ici ! cria le second garde à l'adresse de son collègue. Je vais vomir si je reste un instant de plus dans ce trou à rats. S'ils veulent s'entre-tuer, grand bien leur fasse.

Le surveillant poussa son prisonnier vers la porte puis ordonna à l'Espagnol de tirer le cadavre de son ami jusqu'à la coursive. Marc observa le visage du soldat allemand avec anxiété, convaincu de recevoir un coup de crosse, mais il le trouva étonnamment juvénile et bienveillant. Il prit une profonde inspiration. Il n'avait pas respiré d'air pur depuis plus d'une semaine.

Le garde planta l'extrémité de sa matraque entre ses côtes.

— Avance, sale petit merdeux. Tu as intérêt à avoir une solide explication à fournir au directeur si tu ne veux pas finir devant le peloton d'exécution.

CHAPITRE VINGT-NEUF

Lorsque les agents se furent douchés dans le hangar, Tristan confia à la femme et au Français les documents nécessaires à l'accomplissement de leur mission. Henderson avait recommandé d'éviter la maison du peintre jusqu'à nouvel ordre, de crainte que de trop nombreuses allées et venues n'éveillent la curiosité du voisinage. Les adultes passeraient la nuit dans un café du port, et les caisses d'équipement seraient remisées dans la cave d'une boutique proche de l'atelier d'Alphonse.

Luc, lui, fut hébergé chez Nicolas. Après le dîner, il monta à l'étage, s'assit au bout du lit de Joël et lui remit un cylindre métallique orné de l'étiquette d'une célèbre marque de café en grains français.

Joël l'inspecta et hocha la tête avec admiration. Le métal et le papier avaient été artificiellement vieillis, et le cylindre ressemblait à s'y méprendre aux boîtes dans lesquelles Alphonse rangeait toutes sortes de petites pièces mécaniques, dans son atelier. Il en dévissa le couvercle.

Il avait pris des risques considérables pour photographier l'intérieur des batteries de U-Boot à l'aide de la caméra miniature d'Henderson. Ne pouvant attendre que le *Madeleine II* effectue une nouvelle traversée, il avait développé les clichés grâce à des produits chimiques procurés par un photographe local, puis Boo et Rosie en avaient transmis une description précise au quartier général de Londres.

Joël glissa une main dans la boîte, en sortit un joint métallique et se pencha sous le lit pour le comparer aux photos prises dans l'atelier de maintenance.

— Alors, tu penses que ça fera l'affaire ?

— Impossible de voir la différence, répondit Joël en approchant la pièce de l'ampoule suspendue au plafond. Je ne comprends toujours pas ce qu'ils comptent en faire. Tout ce que je sais, c'est que ces joints ont une importance capitale. On nous a interdit d'en dire un seul mot par radio. Nous avons dû chiffrer deux fois toutes les informations avant de les télégraphier.

Luc, qui participait à sa première mission d'infiltration, souhaitait faire bonne figure. Il n'affichait pas son arrogance habituelle et restait entièrement concentré sur l'opération.

— J'ai rencontré l'ingénieur qui a réalisé ces pièces, lorsque j'en ai pris livraison, expliqua-t-il. Les joints standard sont fabriqués en acier trempé. Ceux-là contiennent du platine qui réagit au contact de l'acide présent dans les batteries et provoque l'interruption immédiate de la production d'énergie. Si j'ai bien compris, le principal défi a été de ralentir l'effet du matériau. Si la pièce en avait été intégralement constituée, la batterie se déchargerait avant même que l'U-Boot n'ait quitté le port. Grâce à cet alliage de platine et d'acier, elle cessera de fonctionner après une centaine d'heures d'utilisation. Avec un peu de chance, le submersible sera immobilisé en plongée au milieu de l'Atlantique, incapable de regagner la surface.

— Et il ne restera plus à la Royal Navy qu'à balancer quelques mines sous-marines pour pulvériser ces sales bouffeurs de choucroute, puis nous pourrons déboucher le champagne.

— Exactement. Mais tu n'auras pas trop de problèmes pour mettre ces joints en place ?

— Non, répondit Joël. Dès qu'une batterie arrive à l'atelier de maintenance, on la désosse entièrement pour procéder au nettoyage. Il me suffira d'échanger les pièces avant le remontage. Il doit y avoir une centaine de joints dans cette boîte. À raison de six batteries par submersible, on a de quoi couler seize ou dix-sept U-Boot.

Luc hocha la tête.

— C'est ce qu'a affirmé l'ingénieur. Il a précisé qu'il n'aurait pas de difficulté à produire une nouvelle série de pièces.

— Je suis soulagé que nous ayons enfin trouvé un moyen de saboter ces machines de mort, dit Joël. J'en étais venu à croire que nos efforts ne mèneraient jamais à rien. À part ça, quoi de neuf, en Angleterre ?

Luc haussa les épaules.

— La femme d'Henderson est toujours aussi folle. Du coup, c'est McAfferty qui s'occupe du bébé. Elle est à la recherche d'une nurse à plein temps. Keïta et Takada ont commencé l'instruction des recrues du groupe C.

— Et que dit-on de la guerre, là-bas ?

Luc se prit la tête à deux mains.

— Le moral de la population est au plus bas. Toujours plus de bombardements, toujours plus de bateaux britanniques au fond de l'Atlantique. Il paraît que les Allemands s'enfoncent quotidiennement de trente kilomètres en territoire russe.

Joël lâcha un soupir.

— Selon Radio Londres, les Boches seront à Moscou en novembre. Et là, nous serons dans la merde jusqu'au cou.

Luc ôta ses bottes et s'étendit sur le lit qu'avait occupé PT.

— Je me fous pas mal que nous ayons ou non une chance de l'emporter, dit-il. Ils ont tué mon frère, la seule personne au monde à laquelle j'ai jamais tenu. Je préfère crever que de me coucher devant ces salauds.

.:.

En comparaison des cellules individuelles, l'ancien atelier de couture de la prison était un petit paradis. Par chance, elles étaient toutes occupées. Marc était assis en tailleur, menotté au mur extérieur du bâtiment qui abritait les services administratifs. Il se réjouissait de pouvoir profiter de l'air pur et des rayons du soleil, mais la paroi située de l'autre côté de la cour était criblée de balles. Il redoutait d'être traîné à son tour devant le peloton d'exécution. Mais ce sort était-il moins enviable qu'une année passée au cachot, à souffrir du froid et de la faim ?

— Droitier ou gaucher ? lança un Allemand en exhibant une boîte de fruits au sirop.

C'était le soldat aperçu une heure plus tôt, devant la porte de la cellule collective, un jeune homme rondouillard vêtu d'un uniforme un peu étroit.

Après avoir libéré la main droite de Marc, il posa la conserve sur le sol puis s'exprima dans un français hésitant.

— Ça vient de la Croix-Rouge, dit-il.

Marc considéra les morceaux de fruits multicolores. La peur avait aboli toute sensation de faim, mais il se força à manger, de crainte de paraître ingrat. Puis, estimant qu'il ne pouvait plus guère aggraver sa situation, il s'adressa en allemand à son bienfaiteur.

— Je croyais que les civils ne recevaient pas d'aide de la Croix-Rouge. Y a-t-il des prisonniers de guerre dans cette prison ?

Le soldat sourit en entendant ces mots prononcés dans sa langue maternelle.

— Oui, environ quatre-vingts. Ils sont mieux traités que les autres. Mais comme tu avais l'air affamé…

— Vous pensez que je vais être fusillé ? demanda Marc avant de basculer la tête en arrière pour boire le sirop.

Le soldat baissa les yeux.

— Donne-moi ta main, dit-il. Je dois te remettre les menottes.

Marc s'exécuta.

— À quoi bon vivre, après tout ? soupira-t-il.

— Le directeur est rentré chez lui pour la journée. Toutes les exécutions ont lieu en sa présence, et jamais le dimanche. Tu as jusqu'à lundi, au moins.

•:•

Henderson se flattait de disposer d'une force de caractère peu commune. Il décida de se concentrer sur son travail au *Mamba noir* et sur ses activités de renseignement, mais, malgré tous ses efforts, le sort de Marc ne cessait de le tourmenter. Se reprochant ce sentimentalisme, il fit mine de conserver tout son enthousiasme sans parvenir à faire taire ses angoisses.

Peu après minuit, dans la nuit du samedi au dimanche, le *Mamba noir* grouillait d'officiers et de jolies jeunes femmes. Les riches clients français étant désormais bannis, Mme Mercier avait mis les bouchées doubles pour maintenir son chiffre d'affaires.

Des plats allemands traditionnels figuraient au menu. Le prix des cocktails avait été revu à la hausse et leur qualité à la baisse. Une douzaine de filles avaient été chargées de tenir compagnie aux officiers esseulés et de faire en sorte qu'ils regagnent leurs quartiers sans un sou en poche.

— Où est le garçon aux cigarettes ? demanda un capitaine accoudé au comptoir.

Henderson ne le reconnut pas immédiatement, car l'un de ses yeux était à demi clos et son cou étrangement gonflé.

— Bonsoir, capitaine Hartt, sourit-il. Le garnement nous a fait faux bond, hélas. Il sera remplacé dès demain. Mais vous êtes amateur de whisky, si je me souviens bien. Nous venons de recevoir un excellent bourbon américain, si cela vous tente.

— Américain ? J'imagine que ça ne peut pas me faire de mal.

Henderson lui servit un petit verre.

— Cadeau de la maison. Dites-moi ce que vous en pensez.

Hartt conserva le liquide en bouche pendant quelques secondes.

— Moelleux, dit-il. Très différent du scotch, mais pas mauvais du tout.

— En voulez-vous un autre ?

— Avec plaisir. J'ai bien besoin de me requinquer, avec tous les soucis qui me tombent dessus.

En barman digne de ce nom, Henderson évitait de se mêler des affaires de ses clients, mais la remarque du capitaine sonnait comme une invitation.

— Rien de sérieux, j'espère, dit-il.

Hartt leva le menton et tira sur le col de sa chemise, révélant une peau marbrée de plaques rouges. Henderson reconnut aussitôt les symptômes provoqués par la poudre urticante.

— Tout l'équipage a commencé à se gratter dès que nous avons pris la mer, expliqua l'officier. Le lendemain matin, les taches sont apparues. Pire, deux de mes gars ont été pris d'insuffisance respiratoire. J'ai été obligé de rentrer au port.

— Une idée sur la nature de l'épidémie ? demanda Henderson en prenant soin de dissimuler la joie que lui causait cette confidence.

— Dieu seul le sait, dit Hartt. Un parasite, je suppose, ou une cochonnerie que l'un de ces lascars a attrapé en collectionnant les galipettes avec les filles de mauvaise vie. Lorsque quarante-huit hommes sont confinés dans un espace aussi réduit vingt-quatre heures sur vingt-quatre, la moindre affection contagieuse se répand comme une traînée de poudre. Et nous ne sommes pas un cas isolé. L'U-53, qui croisait en Méditerranée, a dû faire escale à Vigo pour urgence médicale.

— Seigneur ! Quand pourrez-vous reprendre la mer ?

— Dès que nous aurons déterminé la cause de cette infection. Dans quelques jours, dans quelques semaines, je n'en ai aucune idée.

CHAPITRE TRENTE

Malgré les menottes qui blessaient ses poignets, Marc finit par sombrer dans un sommeil hanté par les cris des détenus provenant des cellules. À l'aube, des bruits de pas précipités résonnèrent dans l'escalier menant à la coursive, puis deux prisonniers furent poussés dans la cour par un peloton formé de trois soldats.

Le premier condamné s'agenouilla docilement face au mur des exécutions, à une vingtaine de mètres de Marc. Les ordres furent donnés en allemand : *en joue, feu !* Le corps du malheureux bascula en avant.

Le second condamné se débattit comme un beau diable, jurant en russe et hurlant le prénom *Anna*. Il reçut plusieurs coups de crosse, fut solidement attaché à un poteau puis expira à son tour sous les balles ennemies.

Leur devoir accompli, les soldats se retirèrent sans un regard pour leurs victimes. Quelques minutes plus tard, deux détenus emportèrent les cadavres à l'aide d'une charrette à bras.

Aux yeux de Marc, tout bien pesé, le peloton d'exécution était une façon comme une autre de mourir. Il était décidé à se comporter en héros, à l'image du premier fusillé, dignement et en silence, sans offrir à ses bourreaux le plaisir de les supplier.

Cependant, sa résolution faiblissait dès qu'il pensait à McAfferty et à ses camarades. Ces derniers lui manquaient cruellement. Il brûlait de les revoir, de leur parler, de prendre un repas en leur compagnie, d'entendre le son de leurs pas dans l'escalier de l'école, de se réveiller bien au chaud dans son lit, en Angleterre, un petit matin d'hiver.

Il imagina l'impossible : une explosion pulvérisant un mur d'enceinte puis Henderson, arme au poing, apparaissant parmi les débris. Mais tout le stock de plastic avait été utilisé lors de l'opération du dépôt ferroviaire, et son chef ne savait sans doute même pas où il était retenu prisonnier.

On lui remit un quart en fer-blanc rempli d'eau et des morceaux de pain si durs qu'il dut les tremper pour pouvoir y planter les dents. Aux alentours de neuf heures, le garde le plus âgé de la prison ôta ses menottes.

— Où m'emmenez-vous ? demanda Marc.

— Je t'en pose des questions ? grommela le geôlier avant de le conduire jusqu'à une pièce souterraine.

Marc reçut l'ordre de se déshabiller et de placer ses vêtements dans un grand panier métallique. Le garde l'aspergea de poudre désinfectante puis vida deux seaux d'eau froide sur sa tête.

Sans avoir pu se sécher, il enfila un maillot de corps propre et un pantalon de coton élimé. Enfin, on lui ordonna de passer les mains dans le dos, puis on lui remit les menottes.

Ses nouveaux vêtements n'étaient que des haillons, mais il ne s'était pas changé depuis deux semaines et éprouvait une étrange sensation de bien-être. Le garde le poussa dans un couloir où patientaient une dizaine d'hommes portant une tenue identique. La double porte située à l'extrémité s'ouvrait sur le bureau du directeur. Elle était surmontée d'un panneau orné de l'inscription : *silence absolu*.

Deux surveillants y traînèrent de force le premier détenu. Quelques instants plus tard, des cris déchirants se firent entendre.

— Ils trempent leur fouet dans l'eau de mer, dit le prisonnier qui se tenait devant Marc. Puis ils stérilisent les plaies en y frottant du sel.

Plusieurs détenus quittèrent le bureau du directeur indemnes, mais la plupart regagnaient leur cellule le dos en sang. Lorsque vint son tour d'entrer dans la pièce, Marc tremblait de tous ses membres.

— Regarde devant toi, ordonna un surveillant nommé Vernier. Contente-toi de décliner ton nom et ton matricule. Si tu joues au malin, je te fouette jusqu'à ce que tu tombes dans les pommes.

Le directeur français de la prison était assis derrière une longue table. Marc constata avec un soulagement tout relatif que le soldat allemand qui lui avait offert les fruits au sirop se tenait à ses côtés.

— Ton nom et ton matricule ! gronda Verne en le poussant vers le centre de la pièce. Qu'est-ce que tu attends ? Et tiens-toi droit quand tu t'adresses au directeur.

— Marc Hortier. Matricule 6060452.

Son interlocuteur le toisa par-dessus ses lunettes en demi-lunes puis parcourut le rapport rempli par Bauer et Theiss au quartier général de la Gestapo de Lorient.

— Vernier, que reproche-t-on à ce garçon ? demanda-t-il d'une voix calme.

— Meurtre du détenu 6059738.

Le directeur leva un sourcil.

— Qu'as-tu à dire pour ta défense, mon petit ?

Marc prit une profonde inspiration. Il savait que son interlocuteur n'avait qu'à apposer sa signature au bas d'un document pour l'envoyer devant le peloton d'exécution.

— Je n'ai fait que me défendre, monsieur. Il faisait noir. Il était beaucoup plus grand que moi.

Le directeur se tourna vers Vernier.

— Que savez-vous de la victime ?

— Un Espagnol plutôt costaud, monsieur, jugé coupable du viol et du meurtre d'une fille de quinze ans.

— Si vous dites vrai, comment expliquer que ce gamin soit sorti vainqueur de la confrontation ? Quel âge as-tu, Hortier ?

— Treize ans.

— Et tu confirmes que tu es responsable de la mort de cet homme ? Un codétenu ne t'aurait-il pas convaincu d'endosser ce meurtre à ta place ?

Marc secoua la tête.

— Je ne sais pas comment c'est arrivé, monsieur. J'ai toujours été fort pour mon âge. Nous nous sommes battus dans l'obscurité. Son cœur a dû lâcher, je n'ai pas d'autre explication.

— Quelques coups de fouet le convaincront de dire toute la vérité, monsieur, suggéra Vernier.

Le directeur secoua la tête et reprit la lecture du dossier.

— Un an de détention pour participation au marché noir, dit-il. Comment un garçon coupable d'un délit aussi bénin a-t-il bien pu atterrir dans cette prison ?

L'air accablé, il s'accorda un instant de réflexion.

— Je te le demande une dernière fois, Hortier. Un codétenu t'a-t-il forcé à t'accuser de ce meurtre ?

Marc envisagea de mentir, mais il serait alors pressé de désigner un prisonnier innocent dont le sort serait aussitôt scellé.

— Non, monsieur, je suis le seul coupable.

— Dois-je le fouetter ? demanda le surveillant.

Le directeur bondit de sa chaise.

— Non ! il n'en est pas question, monsieur Vernier.

Il n'a que treize ans, pour l'amour de Dieu ! Il ne devrait même pas être ici.

Le soldat allemand prit la parole.

— Monsieur, le beau-frère de la victime se trouve toujours dans la prison, ainsi que plusieurs de ses compagnons. Si vous remettez ce garçon en cellule, ils se vengeront, ça ne fait aucun doute.

Le directeur poussa un profond soupir.

— Si je comprends bien, le choix qui s'offre à moi est le suivant : le faire fusiller, ou le remettre en cabane où il ne survivra pas une semaine.

Le soldat posa une main sur la table, se pencha vers son supérieur puis lui parla à voix basse.

— Pourquoi ne pas profiter de la situation pour remplir le quota ?

— Il est trop jeune, voyons.

L'Allemand se tourna vers Marc.

— As-tu déjà travaillé dans une exploitation agricole ?

— Oui, dans mon enfance, répondit l'intéressé, un peu inquiet.

— Ce garçon est solide, ça se voit au premier coup d'œil, lança le soldat à l'adresse du directeur. Il vous suffirait de le vieillir de deux ans en remplissant les papiers pour le rendre apte au travail. Oh, ce ne sera pas une partie de plaisir, mais au moins, sa vie ne sera pas en danger. Nous lui aurons laissé sa chance.

Le directeur hocha lentement la tête.

— Eh bien, qu'en dis-tu, Hortier ?

Marc détestait la campagne et les travaux de la ferme, mais il n'avait pas pour autant perdu le sens commun. Il saisit l'opportunité qu'on lui offrait d'échapper à la puanteur de la cellule collective et aux compagnons de Carlos.

— Comme vous voudrez, monsieur.

Le directeur arracha quelques feuilles et les jeta dans la corbeille à papier.

— Vernier, dit-il, le dossier du détenu 6060452 est incomplet. Tâchez d'y mettre de l'ordre et d'y faire figurer sa date de naissance exacte. Ensuite, inscrivez-le sur la liste du service agricole.

— Bien monsieur, répondit le surveillant, visiblement frustré de ne pas être autorisé à fouetter Marc. L'une des secrétaires s'en chargera. Le prochain train de l'OT à destination de Francfort quittera Rennes mardi. D'ici là, je suggère que ce garçon demeure menotté dans la cour.

— Francfort, s'étrangla Marc. Ça se trouve en Allemagne, n'est-ce pas ?

Le directeur hocha la tête.

— Oui, aux dernières nouvelles. Cela te pose-t-il un problème, jeune homme ?

.:.

Henderson était en train d'épousseter les bouteilles de liqueur lorsqu'il entendit un bruit de bottes dans l'escalier.

— Nous n'ouvrons qu'à midi, lança-t-il.

— Je ne suis pas venu prendre un verre entre amis, répliqua l'Oberst Bauer, avant de s'asseoir sur un tabouret de bar.

— Comment se porte mon fils ?

— À merveille. Je lui ai rendu visite ce matin, à l'heure du petit déjeuner. Il s'ennuie un peu, je ne vous le cache pas, ce qui n'a rien d'étonnant.

Henderson se pencha sous le comptoir puis lui remit un sac en papier.

— Je m'attendais à vous voir. Voici une chemise propre et des sous-vêtements, une tablette de chocolat, une pêche, une part de tarte aux pommes et deux romans.

— Le règlement de la Gestapo n'autorise pas les prisonniers à recevoir des colis, dit Bauer.

Henderson brandit une bouteille de bourbon.

— Peut-être aimeriez-vous...

— Je ne bois jamais d'alcool, trancha Bauer. Par ailleurs, je ne suis pas venu discuter de la pluie et du beau temps. Si je souhaitais faire main basse sur les produits illégaux de Mme Mercier, je serais parfaitement en droit de les saisir. Si je suis ici, c'est pour prendre de vos nouvelles, et savoir si vous avez quelque chose d'instructif à m'apprendre.

Henderson secoua la tête.

— Je fais tout mon possible, Herr Oberst, mais c'est difficile. Nous n'avons plus le droit de servir les clients français, et je ne comprends pas l'allemand.

— Pour être tout à fait franc, je ne m'intéresse qu'à Mme Mercier. Toute information concernant ses activités criminelles pourrait grandement améliorer les conditions d'incarcération de votre fils.

— C'est entendu, dit Henderson. J'aimerais tant le voir. On m'a dit que les autres prisonniers étaient autorisés à recevoir des visites.

Bauer sauta de son tabouret et frappa du poing sur le bar.

— Monsieur Hortier ! hurla-t-il. Vous n'êtes pas en situation d'exiger un passe-droit ! Jusqu'à ce jour, votre fils a été bien traité, mais vous ne m'avez rien appris qui puisse être utile à mes services. Ses conditions de vie pourraient rapidement se dégrader si vous ne vous montrez pas plus coopératif.

— D'accord, Herr Oberst. Je ferai de mon mieux.

— Pour le bien de votre fils, je vous conseille de faire davantage, conclut Bauer. Bonne journée, monsieur Hortier.

Lorsque l'officier eut rejoint le rez-de-chaussée, Luc franchit la porte de la remise située derrière le bar. Il avait gagné Lorient quelques heures plus tôt afin de remplacer Marc au *Mamba noir*. Après de longues recherches, il était enfin parvenu à dénicher un gilet convenant à son large torse.

— Avez-vous une preuve que Marc est encore vivant ? demanda-t-il de but en blanc.

Henderson n'appréciait pas beaucoup Luc, qu'il

jugeait brutal et peu diplomate, mais la question soulevée méritait d'être examinée.

— Non, je n'ai pas de preuve, admit-il. Mais ils n'ont aucune raison de le tuer.

— Avez-vous essayé d'envoyer un agent au quartier général de la Gestapo ? Il doit être possible d'infiltrer le personnel d'entretien.

— Nous avons étudié plusieurs options, mais la sécurité est extrêmement serrée. D'après ce que nous savons, ils n'embauchent pas d'employés français, mais je ne désespère pas qu'une opportunité se présente.

CHAPITRE TRENTE ET UN

Depuis quelques jours, Domino souffrait d'un abcès au sabot. Un vétérinaire y avait pratiqué une ouverture afin d'en extraire le pus, mais Édith devait le nettoyer quotidiennement.

Elle caressa les flancs de l'animal, s'assit sur un tabouret et souleva délicatement sa patte.

— C'est bien, ma belle, dit-elle.

Elle frotta la blessure à l'aide d'un chiffon imbibé de vinaigre puis déboucha le trou de drainage à l'aide d'un poinçon.

Les jeunes chevaux ruaient et hennissaient lorsqu'on leur prodiguait des soins, mais Domino se montrait extrêmement docile. Édith lui offrit une carotte en guise de récompense.

— Tu te rétablis rapidement, ma cocotte, murmura-t-elle. Dans quelques jours, tu galoperas comme un poulain.

En vérité, Domino, vieille jument de trait, n'avait pas galopé depuis des années. Si les Allemands n'avaient pas réquisitionné les animaux les plus vaillants, Mme Mercier l'aurait envoyée à l'abattoir sans état d'âme.

À peine Édith se fut-elle éloignée du box qu'une main ferme se posa sur sa bouche. Elle se sentit soulevée du sol puis son agresseur la plaqua contre le mur. Elle lui mordit férocement les doigts.

— Sale petite peste ! rugit l'inconnu en contemplant sa paume sanglante.

Elle fit volte-face et considéra l'adolescent au visage masqué par un foulard. Ses bras musclés contrastaient avec sa voix haut perchée et son teint laiteux. Il n'avait pas plus de seize ans.

— Il n'y a rien à voler, ici, dit-elle, à part de la paille et des fruits à moitié pourris.

— Je ne suis pas un voleur, répliqua le jeune homme. Je suis à la recherche d'informations.

— D'informations ? répéta Édith. Je m'occupe des chevaux et je nettoie les écuries. Je ne vois pas ce que je pourrais vous apprendre.

— La poudre que tu as livrée à la laverie, qui te l'a remise ?

— La poudre ? Quelle poudre ? Je ne sais pas de quoi tu parles.

L'inconnu saisit sa main et la serra de toutes ses forces.

— Je n'ai aucune intention de te faire du mal. Il te suffit de lâcher un nom, et tu n'auras pas d'ennuis.

— Tu dois avoir perdu la tête. Qu'est-ce que c'est que cette histoire de poudre ?

Le jeune homme gifla Édith puis la renversa sur une charrette.

— Sois raisonnable, dit-il. Je sais qu'un réseau de résistance mène des opérations en ville. Je veux parler de la poudre que tu as livrée à la laverie et du sabotage du dépôt ferroviaire. Tu vois bien que je ne suis pas allemand. Je souhaite entrer en contact avec cette organisation.

— Tu peux toujours crever ! cria Édith avant d'écraser d'un coup de talon les orteils de son agresseur puis de se dérober à son emprise.

Hélas, ce dernier la dominait de la tête et des épaules. Il la coinça contre le mur de planches et serra les mains autour de son cou.

— Ne me force pas à te faire souffrir.

— Pourtant, il va falloir que tu me tues, haleta Édith. Sache que j'attends le retour de deux attelages d'une minute à l'autre, et leurs cochers ne feront qu'une bouchée de toi. Il est encore temps de déguerpir.

Le jeune homme, visiblement ébranlé, lança un regard circulaire aux alentours. Une fille d'une quinzaine d'années remontait l'allée menant aux écuries. Elle avait couvert son visage d'une écharpe, mais Édith reconnut sa démarche et sa silhouette au premier coup d'œil : c'était une ancienne employée de la blanchisserie.

— Tu es un incapable, lâcha cette dernière à l'adresse du jeune homme, avant de s'emparer du poinçon qu'Édith avait déposé sur le rebord d'une fenêtre.

Domino, en toute confiance, observait la scène depuis son box, espérant recevoir une gâterie de l'inconnue.

— Écoute-moi bien, ma petite, gronda la jeune fille en caressant la tête de l'animal. Si tu ne me dis pas qui t'a procuré cette poudre, je lui crève un œil.

Édith connaissait Domino depuis sa plus tendre enfance. Elle savait quel sort lui serait réservé si elle perdait la vue.

— Cette jument appartient à Mme Mercier, lança-t-elle. Si tu fais ça, je te garantis que tu le regretteras.

— Ah, parce que tu penses que cette vieille mère maquerelle m'intimide ? ricana l'inconnue en plaçant la pointe du poinçon à deux centimètres de l'œil gauche de l'animal. Je te donne trois secondes. Trois, deux,...

— Très bien. Je ne connais pas le nom de mon contact, mais je peux sans doute t'aider à remonter sa trace.

— Je ne te crois pas.

— C'est pourtant la vérité. C'est comme ça que fonctionne le réseau, de façon à limiter les fuites lorsque l'un de ses membres est arrêté.

— Soit. Alors, où trouverons-nous cet homme ?

— Je ne sais pas où il travaille, mentit Édith, mais je peux vous mener à son appartement. Retrouvez-moi à vingt heures ici même.

— D'accord, dit le jeune homme.

Mais sa complice ne l'entendait pas de cette oreille.

— Tu me prends pour une imbécile ? siffla-t-elle. Comment savoir si tu ne nous précipiteras pas dans un piège ? Tu resteras avec nous jusqu'à l'heure du rendez-vous, et si tu essayes de nous jouer un tour, ce n'est pas cette vieille carne qui perdra un œil.

.:.

Depuis la disparition de Marc, Henderson se chargeait de transmettre les messages codés à Paul. D'ordinaire, il les déposait dans une cache, derrière un bureau de tabac. Une fois par semaine, il retrouvait Boo dans un café situé en périphérie de Lorient.

— Nous avons de nouveau déménagé, après le départ de PT, dit la jeune femme. La cachette précédente était parfaite en théorie, mais la voisine nous rendait visite plusieurs fois par jour.

— Tu penses qu'elle a deviné la nature de vos activités ?

— Non, répondit Boo. Je crois qu'elle n'avait plus toute sa tête. À en croire le rapport que j'ai reçu ce matin, le *Madeleine II* fait route comme prévu. PT devrait débarquer à Porth Navas dès demain.

— La dernière livraison a dépassé de très loin mes attentes. Selon Luc, ils ne savent même plus où stocker tout ce matériel, à Kernével. Nous disposons d'explosifs, de mines antipersonnel, de pistolets équipés de silencieux, ainsi que des liasses de billets de banque, des tablettes de chocolat et des paquets de cigarettes qui nous permettront de corrompre le plus honnête des Allemands.

— Luc s'est-il installé avec vous ?

— Non. Ça paraîtrait plutôt louche, aux yeux de Bauer. Mme Mercier lui a trouvé un appartement, tout près de chez moi. Dès qu'il connaîtra la ville, je le chargerai de collecter les messages de Joël et de les transmettre à Paul. Pour le moment, je dois limiter les contacts entre les membres de l'équipe.

Boo s'éclaircit la gorge.

— Nous aurions bien besoin de quelques billets supplémentaires.

— Pas de problème, répondit Henderson en déposant deux pièces de monnaie sur la table. J'en informerai Joël. Rosie pourra récupérer l'argent au café de Kernével dès demain.

— Il est temps que je rentre, dit Boo. C'était un plaisir de vous revoir.

Ils échangèrent un baiser amical puis partirent dans des directions opposées. Ce rendez-vous lui offrait une occasion de s'assurer que ni lui ni sa coéquipière n'étaient filés par la Gestapo. Il emprunta de multiples détours et parcourut plusieurs fois le pâté de maisons avant de regagner son point de départ.

C'est au cours de cette manœuvre de diversion qu'il remarqua une Mercedes décapotable stationnée dans une rue étroite. L'Oberst Bauer occupait le siège du passager. Il buvait du lait au goulot d'une bouteille. Une pêche et une part de tarte aux pommes saisies dans la cuisine du *Mambo noir* étaient posées sur une tablette, au-dessus de la boîte à gants.

Craignant que son comportement n'éveille les soupçons, Henderson marcha droit devant lui et passa à deux mètres de l'officier. S'il avait porté une arme, il lui aurait sans état d'âme logé une balle dans la nuque, mais il dut allonger le pas et rejoindre son appartement. Il pensa à Marc et, à sa grande surprise, sentit les larmes lui monter aux yeux.

Avant de regagner ses quartiers pour se changer, il fit une halte chez Luc. Ce dernier occupait un appentis converti en lieu d'habitation, un espace confiné mais meublé avec goût.

— Tu es bien installé, dit-il.

Luc le considéra d'un œil interrogateur.

— Vous avez pleuré ? demanda-t-il.

— Rhume des foins. Paul, Rosie et Boo t'adressent tous leurs vœux de bienvenue. Te sens-tu prêt pour ce soir ?

— Je dois me balader avec un panier et vendre des cigarettes. Ça n'a rien de sorcier.

— Le samedi, ce n'est pas aussi reposant que tu l'imagines. Tu devras te montrer *extrêmement* poli, même si un de ces salauds trouve amusant de gratter une allumette et de foutre le feu à ton froc.

— Message reçu. On se retrouve au club ?

— J'ai une tâche précise à te confier. Je suis convaincu que Bauer ne me dit pas toute la vérité au sujet de Marc. Le moment est venu de prendre le taureau par les cornes.

— Vous voulez que je le cuisine ?

Henderson hocha la tête.

— Je veux tout savoir sur lui. En particulier, où il crèche et ce qu'il fait de son temps libre. Tu te sens à la hauteur de la mission ?

— Je trouverai bien un moyen, répondit Luc.

CHAPITRE TRENTE-DEUX

Au moment où il ouvrait la porte de la maison, Henderson entendit des bruits de pas sur le pavé. Lorsqu'il se retourna, quelqu'un le poussa dans le vestibule, si bien qu'il glissa sur le parquet ciré puis tituba en direction de l'escalier. Édith et les deux adolescents qui l'avaient contrainte à les conduire à son chef entrèrent à leur tour.

— Pas un mot, ordonna l'inconnu. Nous souhaitons simplement nous entretenir avec vous.

L'une des vieilles dames qui vivaient au rez-de-chaussée passa la tête dans le couloir.

— Qu'est-ce que c'est que ce raffut ?

— Mêlez-vous de ce qui vous regarde, gronda le jeune homme avant de lui refermer la porte au nez.

Henderson s'était effondré au bas des marches. Il laissa son agresseur approcher puis lui porta sans crier gare un violent coup de pied au bas-ventre. Lorsque l'inconnu se plia en deux sous l'effet de la douleur, il se dressa d'un bond puis le frappa sèchement à l'arrière du crâne, l'étendant pour le compte, face contre le plancher.

Henderson contourna le corps inanimé et s'approcha des jeunes gens qui accompagnaient Édith. La fille pointa un vieux pistolet à silex dans sa direction.

— Je n'hésiterai pas à vous abattre, dit-elle.

En réalité, elle n'en menait pas large. L'un de ses complices ayant été neutralisé sans opposer la moindre résistance, elle ignorait quelle conduite adopter. Henderson redoutait qu'elle n'appuie involontairement sur la détente.

— Tout doux, murmura-t-il en reculant vers l'escalier, les mains levées. Ne fais pas de bêtise. Pointe le canon vers le plafond, tu veux bien ? Un accident est si vite arrivé.

Le jeune homme qui gisait sur le plancher roula lentement sur le dos. Il était un peu plus âgé que ses compagnons, mais son visage était criblé de boutons d'acné.

— Aide-le à se relever, ordonna la fille à l'adolescent.

— Je suis désolée, monsieur, pleurnicha Édith. Ils ont menacé de crever les yeux de Domino.

— La ferme ! rugit le garçon planté à ses côtés.

— Ne t'inquiète pas pour moi, ma petite, dit Henderson, sans quitter du regard le pistolet braqué sur sa poitrine. Ce qui est fait est fait. Que me voulez-vous, vous autres ?

— Montons à l'appartement, dit le jeune homme en s'adossant péniblement au mur du couloir. Il faut qu'on parle.

Henderson ouvrit la marche, suivi de la fille qui le tenait en joue.

— Édith, va trouver Mme Lebras et présente-lui nos excuses. Dis-lui que l'incident est clos.

— C'est nous qui donnons les ordres, dit la jeune fille sur un ton hargneux.

Henderson se figea puis se tourna dans sa direction.

— Vous préférez que cette vieille chouette coure chercher de l'aide auprès d'une patrouille allemande ?

La fille adressa un signe de tête à son jeune complice.

— C'est bon, lâche-la.

Henderson entra le premier dans l'appartement.

— Asseyez-vous sur le lit, lui intima la fille.

Les garçons inspectèrent la chambre attenante et s'assurèrent qu'elle était inoccupée.

— Alors, allez-vous enfin m'expliquer ce que vous faites ici ? demanda Henderson.

— Nous savons que c'est vous qui avez procuré la poudre à Édith, dit le plus âgé des garçons. Et nous pensons que votre groupe est impliqué dans l'opération de sabotage du dépôt ferroviaire. Vous confirmez ?

Henderson ignorait ce qu'Édith avait été contrainte de dévoiler à ses ravisseurs. Il ne pouvait se permettre de leur servir d'emblée un mensonge, sous peine de perdre à leurs yeux toute crédibilité. Aussi choisit-il de noyer le poisson.

— Et *vous*, qui êtes-vous ?

L'inconnu lui adressa un sourire. Ses traits étaient harmonieux, mais les boutons qui ornaient son visage leur ôtaient toute grâce.

— C'est moi qui vous interroge.

À nouveau, Henderson contourna la question.

— Je m'appelle Hortier, et je travaille au bar du *Mamba noir*. C'est là qu'un type est entré en contact avec moi.

Il marqua une pause puis, constatant que son interlocuteur était suspendu à ses lèvres, poursuivit son explication.

— Il m'a demandé si je connaissais quelqu'un à la laverie. Je lui ai dit que non, mais je lui ai proposé d'en parler à Édith, puisqu'elle est chargée d'y apporter le linge de table du restaurant.

— Je vous l'avais bien dit, confirma l'intéressée, qui venait de regagner l'appartement. Nous ne connaissons pas l'identité de nos contacts, par mesure de sécurité.

Cette remarque démontrait qu'Édith avait livré peu d'informations. Henderson se sentit profondément soulagé.

— Et cet homme, l'avez-vous revu ? interrogea le jeune homme.

— Non, pas depuis que le *Mambo noir* est fermé aux clients français.

— Merde ! lâcha la fille. C'est juste un barman. Nous avons fait fausse route.

— Ferme-la et laisse-moi réfléchir... Monsieur, vous aviez confiance en ce contact. Quelque chose me dit que vous le connaissiez bien. N'avez-vous aucun moyen de le retrouver ?

— Et qu'est-ce que vous lui voulez ? demanda Henderson.

— Depuis l'invasion de l'Union soviétique, tous les prolétaires ont le devoir de se joindre à la lutte contre les nazis.

— Oh, je vois. Des communistes. Avez-vous une cible en tête ?

— N'êtes-vous vraiment qu'un simple barman, monsieur Hortier ?

— Je nourris quelques sentiments antigermaniques, je ne peux pas le nier. Dans l'exercice de mon métier, il m'est arrivé de rencontrer des clients qui partageaient mes opinions.

— Pouvez-vous les contacter ?

— Peut-être, mais ce ne sera pas facile, répondit Henderson. Cependant, laissez-moi vous dire que nous ferions mieux de combattre l'occupant, et non de nous entre-déchirer. Enlever une enfant, pointer des armes sur les gens, menacer de tuer des chevaux ! Quel genre de personnes êtes-vous, nom d'un chien ? Est-il absolument nécessaire de recourir à de telles méthodes ?

— Je n'ai pas menacé de tuer ce cheval, protesta la jeune fille. Juste de lui crever un œil.

Édith se raidit sur sa chaise.

— Domino est une vieille jument. Si tu l'avais aveuglée, elle aurait immédiatement été envoyée à la boucherie.

— Gardez votre calme et parlez *à voix basse*, dit fermement Henderson. Édith, prépare du café, s'il te plaît. Quant à nous, tâchons de discuter entre individus civilisés.

— C'est entendu, répondit le jeune homme en invitant d'un geste sa complice à ranger son pistolet.

— Puis-je connaître vos noms ?

— Nous n'avons pas besoin de noms.

— Bien, très bien, approuva Henderson, satisfait de constater que ces résistants en herbe avaient le sens du secret.

— Qu'attendez-vous de moi ? Davantage de poudre urticante ?

— Il nous faut des explosifs.

Henderson écarquilla les yeux.

— Rien que ça ? Vous n'y allez pas avec le dos de la cuiller.

— Il en sait plus qu'il ne veut bien l'admettre, maugréa la fille.

Henderson sentait bien que ses mensonges concernant un mystérieux contact ne tenaient plus guère debout.

— Écoutez, dit-il, si vous me fournissez les détails de ce que vous recherchez, je pourrai *peut-être* vous venir en aide. Vous dites que vous avez besoin d'explosifs, mais dans quel but ?

— Chaque fois qu'un U-Boot prend la mer, l'équipage doit passer la nuit précédente dans un nouveau blockhaus, à l'intérieur de la base de Keroman, répondit le jeune homme.

Joël avait informé Henderson de ces nouvelles dispositions récemment adoptées afin d'éviter que les tire-au-flanc et les déserteurs ne retardent le départ des sous-marins.

— L'un de nos camarades connaît bien ce bunker.

Henderson éclata de rire.

— Il vous faudrait une montagne de dynamite pour le faire exploser. Ces nouveaux bâtiments sont conçus pour résister aux bombardements de l'aviation britannique.

— Nous n'avons pas l'intention de le démolir, mais de liquider tous ceux qui se trouvent à l'intérieur. Selon notre contact, il suffirait de pénétrer dans la zone de sécurité et de lancer des explosifs dans les conduits d'aération.

— Je vois, dit-il. Mais pour maximiser les dégâts, il vous faudra connaître précisément les rotations des submersibles.

— Nous choisirons une nuit précédant le départ simultané de plusieurs U-Boot, confirma le jeune homme.

— Nous avons cuisiné un matelot complètement soûl, expliqua son complice. Apparemment, les

Allemands ont l'intention de détacher une flotte de nouveaux appareils en mer Baltique, mais l'entraînement des équipages exige des mois. Si nous coulons les sous-marins, ils n'auront aucun mal à les remplacer. En revanche, si nous nous en prenons aux hommes chargés de les manœuvrer, leurs plans seront durablement contrariés.

— Je comprends, mais avez-vous envisagé toutes les conséquences ? demanda Henderson. Cette action entraînera des représailles sans précédent. Des centaines voire des milliers de civils seront exécutés. Les femmes et les enfants ne seront pas épargnés.

La fille esquissa un sourire.

— La violence est inévitable dans une société capitaliste. Seule la révolution communiste apportera la paix dans le monde.

Henderson étouffa un éclat de rire.

— Merci pour cette brillante leçon de géopolitique, ma petite. Mais la réalité, c'est que la population sera terrorisée, que vous perdrez son soutien, et que vous finirez tôt ou tard par être dénoncés et torturés par la Gestapo jusqu'à ce que mort s'ensuive.

— Vous semblez très au fait de ces choses, tout d'un coup, fit observer son interlocutrice.

— Oh, pas vraiment. C'est une question de bon sens. Je suis convaincu que nous devons nous dresser contre les Allemands, mais il faut prendre en compte le sort des civils.

— Très bien. Dans ce cas, il ne nous reste plus qu'à nous tourner les pouces pendant qu'Hitler met le monde à feu et à sang.

— Oui. Que suggérez-vous ? demanda le jeune homme.

— Tout d'abord, ne prenez aucune décision précipitée, expliqua Henderson. Je vais tâter le terrain et tâcher de contacter celui qui a fourni la poudre à Édith. Ce sont des spécialistes, ses amis et lui.

— Combien de temps cela prendra-t-il ?

— Difficile à dire. Quelques jours, peut-être une semaine. Je dois aussi savoir où vous trouver.

La fille secoua la tête.

— C'est nous qui vous ferons signe. Si vous nous avez menti, ou si vous essayez de nous attirer dans un piège, nous vous liquiderons.

— Un homme averti en vaut deux, sourit Henderson.

Les trois résistants quittèrent l'appartement et dévalèrent les marches menant au rez-de-chaussée.

— Je suis vraiment désolée, gémit Édith en retirant la casserole du feu. Je sais bien que Domino n'est qu'une bête mais…

Henderson se pencha à la fenêtre, nota la direction qu'empruntait le trio puis se tourna vers sa protégée.

— Je suis vraiment désolée, répéta-t-elle, redoutant sa réaction.

Il la prit par la main, la tira contre lui et lui frotta gentiment le dos.

— As-tu mentionné un autre membre du réseau ?

Édith secoua la tête.

— J'ai suivi vos instructions et prétendu que je vous connaissais à peine. J'aurais pu inventer quelque chose, mais j'étais terrorisée.

— Ne t'inquiète pas pour ça. Mais cette mésaventure démontre que nous devons plus que jamais redoubler de prudence. Chaque fois que nous intégrons une nouvelle personne au réseau, nous courons le risque d'être découverts, et il suffirait qu'un seul maillon de la chaîne flanche pour que la Gestapo nous tombe dessus.

— Je connais cette fille, dit Édith. J'ignore son nom, mais elle travaillait à la blanchisserie il y a quelques mois encore. Je vais me renseigner.

— Fais au plus vite. T'ont-ils emmenée quelque part ?

— Oui, mais je ne sais pas où, car j'avais les yeux bandés. Ce n'était pas loin d'ici, à deux ou trois rues, pas davantage.

— Sans doute plus près que ça, à moins qu'ils ne soient assez stupides pour se promener en ville avec un otage aux yeux bandés et un pistolet.

— Qu'allez-vous faire ? Les éliminer ?

— Seulement si j'y suis obligé, répondit Henderson. Leur plan d'attaque est intéressant, mais il faudra trouver un moyen d'éviter les représailles avant de le mettre en œuvre. Joël m'a informé que quatre U-Boot prendront part à une mission conjointe en fin de semaine.

— Alors vous pensez que ces trois-là pourraient nous être utiles ? demanda Édith.

— Peut-être, mais nous ne pouvons pas les laisser prendre le contrôle des opérations. Nous devrons les débusquer et leur montrer une bonne fois pour toutes qui est le patron.

CHAPITRE TRENTE-TROIS

Le lundi matin, Joël se présenta à l'atelier de maintenance à huit heures. Avec cinq U-Boot au mouillage dans la base de Keroman, le hangar était encombré d'énormes batteries placées sur des plates-formes roulantes. Il trouva André en train de démonter l'un des amortisseurs en caoutchouc chargés de réduire les chocs. Canard n'avait pas encore pris son poste, ce qui n'avait rien d'étonnant.

— Café ? demanda Joël.

André leva un pouce en l'air.

— Volontiers. Avec cinq sucres et un nuage de lait.

Joël éclata de rire. Ils ne disposaient que d'un infect café d'orge. Le sucre et le lait étaient pratiquement introuvables, même au marché noir.

— Comme d'habitude, lança-t-il. Et Canard, qu'est-ce qu'il fabrique ?

— Le lundi, il ne se pointe jamais avant neuf heures.

Joël consulta le carnet où étaient consignées les tâches à exécuter. Après six semaines passées à l'atelier, il était désormais capable de vidanger, de démonter, de nettoyer et de réparer une batterie comme un professionnel chevronné. À raison de dix heures par jour, c'était un travail ennuyeux, mais guère éreintant. Tout bien considéré, il préférait ces activités manuelles et rémunérées au travail scolaire qu'il jugeait inutile et assommant.

La feuille du jour recommandait d'accorder la priorité absolue aux batteries de l'U-17 et de l'U-23, qui devaient prendre la mer le jeudi suivant. Deux autres sous-marins se joindraient à une flottille composée de quatre appareils, dont le départ était fixé une semaine plus tard. L'U-93, lui, avait subi une importante avarie lors de sa dernière mission. Il servait depuis de réserve de pièces détachées, et son personnel avait rejoint l'Allemagne afin de prendre livraison d'un submersible flambant neuf.

Après avoir remis à André sa tasse de café d'orge, Joël ouvrit sa boîte à outils, glissa une poignée de joints en platine dans l'un des compartiments, puis se planta devant son établi. Il enfila une paire de gants de protection, plongea les mains dans un bain de solution alcaline et en sortit une fine plaque de plomb. Il avait laissé tremper cette électrode toute la nuit afin de la débarrasser du dépôt chimique qui s'y était accumulé au cours des opérations de recharge, altérant progressivement ses performances.

Un masque sur le visage, les yeux mi-clos pour se protéger de la fumée, Joël tint la pièce au-dessus d'un plateau métallique et se servit d'un racloir en bois pour ôter les traînées crayeuses.

Les dimensions de la coque de batterie, un cube d'un mètre de côté, lui permettaient tout juste de passer par la trappe principale des U-Boot de type VII. Celle-là était dans un piètre état. Ses flancs étaient bosselés. L'eau de mer y avait pénétré, provoquant une violente réaction au contact des produits chimiques. Elle était conçue pour abriter cent vingt électrodes. Le nettoyage prendrait au moins deux jours. Cette opération achevée, la batterie serait replacée à bord du sous-marin, où l'équipe la remplirait d'acide sulfurique.

Il remit l'électrode en place puis la fixa à l'aide d'un boulon et d'un joint modifié. Si les experts de Londres avaient vu juste, le platine réagirait au contact de l'acide et interromprait le fonctionnement de la batterie.

— Vous deux ! aboya un Allemand. Venez ici immédiatement !

Le chef mécanicien n'aurait pas pu mieux choisir son moment : convaincu d'avoir été découvert, Joël sentit son sang se glacer dans ses veines.

— Dépêchez-vous, nom d'un chien !

Les employés quittèrent leur établi et vinrent se planter devant leur supérieur.

— Canard ne viendra pas aujourd'hui, annonça ce dernier.

— Il est encore malade ? interrogea André.

— Non, mais j'ai fini par me lasser de son attitude. Il y a longtemps que je le soupçonnais de soutenir les saboteurs communistes. Hier, son appartement a été perquisitionné par la Gestapo, qui a saisi des publications illégales. Nous lui avons trouvé un nouvel emploi dans un camp de travail en Pologne. J'ai demandé qu'on m'envoie de la main-d'œuvre de Brest, mais en attendant, vous devrez mettre les bouchées doubles.

Joël n'en croyait pas ses oreilles.

— Canard était le plus qualifié de l'équipe, fit-il observer. André et moi sommes capables d'effectuer les tâches les plus simples, mais nos connaissances théoriques sont extrêmement limitées.

— Tout ce qu'il sait, ce sont les mécaniciens allemands qui le lui ont appris. Si vous avez besoin d'aide, adressez-vous à moi. Sachez aussi que les règles ont changé. Désormais, vous ne prendrez pas de pause et ne quitterez pas votre poste avant que je ne vous y autorise expressément. Si vous ne remplissez pas les objectifs qui vous ont été assignés dans les délais prévus, vous travaillerez de jour comme de nuit jusqu'à ce que vous les ayez atteints.

Sur ces mots, l'Allemand tourna les talons et s'éloigna du hangar. Joël était partagé. Sur le plan humain, Canard avait toujours traité ses subordonnés avec bienveillance, mais c'était un tire-au-flanc adepte du moindre effort, et son départ lui offrait une opportunité inattendue.

— Monsieur, lança-t-il. L'un de mes amis pourrait être intéressé par le poste. Il y a beaucoup à faire, avec toutes ces électrodes à nettoyer.

L'Allemand s'accorda quelques secondes de réflexion.

— Très bien. Dis-lui que je le recevrai demain matin à la première heure.

.:.

Luc et Henderson remontaient côte à côte la principale rue commerçante de Lorient. En dépit de leur inimitié réciproque, ils faisaient de leur mieux pour taire leurs différends.

— Tu t'en es bien tiré, au bar, ces deux derniers soirs, dit Henderson.

— Merci. J'ai mal au cou, à cause de ce foutu panier.

— Mme Mercier dit que les bars et les restaurants seront bientôt autorisés à recevoir les clients français. Tes pourboires devraient grimper en flèche. L'un deux offrait deux francs à Marc chaque fois qu'il lui donnait du feu.

— Chouette, lâcha Luc en étudiant la vitrine d'une boutique ornée de l'inscription *Éric Maillard, horloger*. C'est l'homme dont vous parliez ?

Henderson hocha la tête.

— Voilà. Je n'arrivais pas à me rappeler son nom. Utilise le téléphone public de la gare, et fais attention aux oreilles indiscrètes.

— Je sais, grogna Luc. Et vous, où allez-vous ?

— À la bibliothèque. J'ai quelques recherches à effectuer.

Le garçon dut franchir un poste de sécurité pour accéder à la gare de Lorient, puis patienter quinze minutes avant qu'un téléphone ne se libère. Il se glissa dans la cabine, ferma précautionneusement la porte puis décrocha le combiné.

— Opératrice, fit une voix féminine.

— Passez-moi la Gestapo.

— Un moment, je vous prie... Veuillez insérer un franc dans le monnayeur.

Après trois sonneries, le réceptionniste du quartier général répondit à l'appel.

— Bonjour. J'aimerais parler à l'Oberst Karl Bauer.

— Il n'est pas là. Puis-je lui laisser un message ?

Luc éprouva un intense soulagement. Le plan reposait entièrement sur l'absence de Bauer, mais Henderson n'était pas parvenu à reconstituer précisément son emploi du temps.

— Je travaille à l'horlogerie Maillard. L'Oberst Bauer a déposé une montre en réparation. Il a insisté pour qu'elle soit livrée à son domicile cet après-midi, mais nous avons égaré le bordereau où figure son adresse.

— Et vous craignez de le mettre de mauvaise humeur, s'esclaffa le réceptionniste ? Comme je vous comprends ! Pouvez-vous patienter quelques instants ?

— Bien sûr, répondit Luc, le sourire aux lèvres. Je vous remercie infiniment.

Paul roulait vers la ferme sous un ciel nuageux. Il venait de récupérer les messages déposés par Henderson une heure plus tôt derrière le bureau de tabac. Un orage s'annonçait, mais le chemin de terre criblé de trous et d'ornières ne lui permettait pas de pédaler plus vite.

Le groupe des communications avait déménagé deux fois depuis le début de la mission afin de tromper la vigilance des stations de surveillance allemandes. Ces installations, dispersées sur l'ensemble du territoire français, étaient capables d'intercepter les transmissions radio puis de localiser le lieu d'émission à deux kilomètres près. Des commandos spécialement entraînés, équipés d'instruments de triangulation, étaient chargés de saisir les appareils clandestins et d'arrêter les opérateurs.

La ferme délabrée était située au bout du chemin, à proximité d'un village, à sept kilomètres de Lorient. Au moment précis où Paul rangea sa bicyclette contre le mur, plusieurs gouttes de pluie s'écrasèrent sur la visière de sa casquette.

— Il y a beaucoup d'informations à transmettre ? demanda Boo. Notre fenêtre de transmission est plutôt courte, aujourd'hui.

Chaque jour, l'équipe n'était autorisée à émettre que durant un laps de temps réduit, à l'heure où les stations d'écoute du sud de l'Angleterre orientaient leurs antennes dans sa direction.

Ce jour-là, l'ouverture de la fenêtre était fixée à midi. Ils disposaient d'un peu moins d'une heure pour chiffrer les messages qu'Henderson leur avait confiés.

— Rotations des U-Boot notées par Joël, dit Rosie en étudiant le premier document. Informations concernant la livraison d'un nouveau sous-marin à Keroman. Difficultés d'approvisionnement des docks liées au sabotage des locos, bla, bla, bla. Ça nous fait environ cent cinquante mots, plus un court texte rédigé dans le code personnel d'Henderson.

Boo ranima le fourneau de la cuisinière à bois afin d'y détruire les notes dès que la transmission serait achevée, puis elle détacha d'un carnet quelques feuilles de papier quadrillé. Rosie condensa rapidement les données et les présenta à Paul afin qu'il s'assure que le résumé tenait debout et n'écartait aucun détail essentiel.

Un éclair illumina les murs blancs de la cuisine.

— L'électricité statique risque de nous jouer des tours, fit observer Boo.

Rosie lui remit la moitié du message final, puis elles s'attelèrent à sa conversion. Le code était basé sur un recueil de poèmes hollandais. Chaque jour, elles choisissaient une œuvre différente en fonction d'un calendrier établi de longue date. Elles déchiffrèrent la première phrase du poème :

Mijn Ideeën zijn de times van mijn ziel.

La transmission, elle, débutait par la phrase :

Quatre subs, jeudi sem pro, Atlantique.

Pour coder le message, elles additionnaient ou retranchaient les valeurs numériques des lettres en fonction du jour de la semaine. Le lundi était jour de soustraction.

Le M de Mijn était la treizième lettre de l'alphabet, le Q de quatre la dix-septième. Rosie calcula 13 moins 17, soit – 4. Elle transmettrait donc la quatrième lettre de l'alphabet en commençant par la fin, soit W.

Elle dut répéter l'opération pour chaque lettre du message, qui serait déchiffré à Londres grâce à la méthode inverse. Pour le percer à jour, les Allemands devraient posséder l'obscur ouvrage dont le code s'inspirait.

— Paul, dit Boo en interrompant son travail. Fais chauffer la radio, déplie l'antenne puis rejoins ton poste de surveillance, en haut de la colline.

Le garçon lâcha un soupir accablé. Rosie lui tira la langue.

— Tu vas être trempé, mon pauvre chéri, sourit-elle.

— Va te faire voir, gémit Paul avant de quitter la maison.

CHAPITRE TRENTE-QUATRE

Boo et Rosie transmirent le message en morse au rythme d'un mot toutes les deux secondes. Il contenait moins de deux cents mots, mais l'opération dura plus de six minutes.

Pour éviter les risques de détection, leur radio, qui tenait dans une valisette, n'émettait que des ondes de faible puissance. Dans des conditions météorologiques idéales, elles auraient reçu en retour le signal QQQ. QTC demandait confirmation du nombre de signes, QRS une transmission plus lente. QSM, le pire de tous, exigeait que l'opérateur rédige de nouveau la dernière partie du message.

L'orage générait de telles interférences que Rosie dut télégraphier certaines informations à huit reprises avant d'obtenir une réponse positive. Paul était accroupi sous la pluie battante au sommet de la colline, à une centaine de mètres de la ferme. L'arbre sous lequel il avait trouvé refuge lui offrait peu de protection.

Puis il aperçut la voiture.

Ils avaient loué la maison pour la seule et unique raison qu'elle se trouvait isolée, à l'extrémité d'un chemin que nul n'empruntait par hasard. Paul sortit une petite paire de jumelles de la poche de sa veste, épongea d'un revers de manche les gouttes d'eau tombées sur les verres, puis la porta à ses yeux.

Des problèmes s'annonçaient, cela ne faisait pas l'ombre d'un doute. Le véhicule roulait à vive allure, suivi d'une seconde voiture et d'une moto. L'un de ses passagers, penché à la portière, brandissait une longue antenne directionnelle.

— Rosie ! cria Paul, les jumelles balançant autour de son cou, avant de dévaler l'étroit sentier parsemé de cailloux et d'épineux menant à la ferme. Il faut déguerpir !

Le convoi se trouvait à une cinquantaine de mètres de la maison. Au moment où Paul atteignit le potager, Boo jaillit de la porte de service et manqua de le renverser. Elle n'eut pas besoin d'explications : elle aussi avait perçu les rugissements du moteur de moto et les crissements de freins de l'autre côté du bâtiment.

Lorsqu'elle entendit son appel, Rosie, qui n'avait pas achevé la énième transmission du message, lança un signal QXX indiquant une situation d'extrême urgence, puis saisit la grenade placée dans le couvercle de la valisette.

Deux agents de la Gestapo descendirent de la première voiture. Elle détacha la goupille et la jeta par la fenêtre située au-dessus de l'évier. Enfin, elle s'empara des papiers et du recueil de poésie puis se précipita pieds nus vers la porte. La moto s'immobilisa dans la cour.

Paul et Boo plongèrent dans les buissons. La grenade explosa devant la façade, pulvérisant tous les vitres et tuant sur le coup l'officier de la Gestapo qui s'apprêtait à défoncer la porte principale.

— Tire-toi, Rosie ! cria Boo.

Paul s'agenouilla au pied d'un rocher et déterra hâtivement une boîte métallique.

Rosie franchit la porte principale pour se ruer vers les taillis les plus proches, mais le motocycliste allemand, qui avait miraculeusement survécu à l'explosion, dégaina son pistolet automatique. Consciente qu'elle n'avait matériellement pas le temps de se mettre à couvert, elle recula à l'intérieur du bâtiment.

Paul ouvrit la boîte, en tira une arme de poing et fit glisser un chargeur dans la crosse. Boo s'empara d'un filet contenant six grenades.

— Où est-ce que tu vas ? demanda-t-elle. Pourquoi est-ce que tu retournes vers la maison ?

— Ma sœur est toujours à l'intérieur.

— Reste ici, bon sang, tu vas te faire massacrer.

Paul se figea. Il venait de voir deux soldats allemands progresser lentement dans leur direction, adossés au mur de la bâtisse. Le premier braqua son pistolet-mitrailleur. Boo poussa son coéquipier à l'écart de sa ligne de mire puis se mit à courir.

— Halte ! cria le motocycliste en déboulant dans la cuisine.

Il lâcha un coup de feu au jugé, manquant Rosie de quelques centimètres. Cette dernière pivota sur les talons et s'engagea dans l'escalier menant à la chambre qu'elle partageait avec Boo.

Elle se jeta vers le lit puis glissa une main entre le matelas et le sommier afin de s'emparer du couteau à viande qu'elle y avait dissimulé pour parer à une telle éventualité. Hélas, dans sa hâte, elle le poussa plus avant vers le mur, si bien qu'il se trouva hors de portée. Lorsque le motocycliste entra dans la pièce, elle attrapa un pot de chambre en porcelaine et le lui jeta de toutes ses forces. Le projectile atteignit sa cible en plein visage puis éclata sur le sol. Une détonation retentit, et une balle s'enfonça dans le montant du lit. Rosie se rua sur le soldat et lui porta un formidable coup de pied à l'entrejambe. Lorsqu'il tomba à genoux, elle ramassa un éclat sur le sol et le lui planta dans la gorge sans l'ombre d'une hésitation.

Elle s'empara du pistolet de sa victime agonisante. Des exclamations résonnèrent au rez-de-chaussée. Elle ne connaissait guère qu'une cinquantaine de mots d'allemand appris lors de sa formation en Angleterre, mais elle décida de tenter sa chance.

— Elle est morte ! aboya-t-elle d'une voix aussi grave que possible. Les deux autres sont en fuite.

À sa grande frayeur, son interlocuteur invisible

lâcha une longue phrase dont elle ne saisit que quelques bribes : quelqu'un était mort.

— Oui, monsieur ! répondit Rosie.

Par miracle, elle ne reçut pas de réponse. Elle s'approcha de la porte et entendit un bruit de pas précipités, signe que l'inconnu s'était lancé à la poursuite des fuyards. Sans doute les conséquences de l'explosion de la grenade sur son audition avaient-elles favorisé ce malentendu.

Rosie grimpa sur son lit, souleva la lucarne de la chambre et jeta un coup d'œil à l'extérieur. Deux soldats de la Heer et deux officiers de la Gestapo couraient dans le champ qui s'étendait à l'arrière de la maison. Il n'y avait pas trace de Boo ni de son frère.

Elle considéra froidement la situation. Elle avait aperçu deux voitures et une moto, soit de quoi acheminer un total de neuf adversaires. Elle avait éliminé deux ennemis. Quatre Allemands pourchassaient Paul et Boo. Restaient trois soldats qui, l'ayant vue se retrancher à l'intérieur, devaient être postés autour du bâtiment, prêts à l'abattre sans sommation.

Seule certitude, ils n'avaient pas investi le potager situé derrière la bâtisse. Rosie fourra le couteau de cuisine, ses papiers d'identité, une robe et des sous-vêtements propres dans une musette, puis elle enfila une paire de tennis. Enfin, elle franchit la lucarne et se hissa sur le toit.

Tandis qu'elle glissait sur les fesses la pente de chaume, une grenade incendiaire explosa à quelques centaines de mètres. Un arbre s'embrasa, dispersant une nuée d'oiseaux. Des rafales de pistolet-mitrailleur se firent entendre, puis un officier ordonna à l'un de ses subordonnés de cesser le feu.

Rosie se laissa tomber dans un buisson. Elle jeta un coup d'œil par la porte arrière de la demeure et constata qu'elle était déserte. Une minute s'était écoulée depuis son étrange discussion avec l'Allemand, mais elle contourna le bâtiment prudemment, arme brandie à hauteur du visage. La grenade avait tordu le toit de la Mercedes. L'homme qui avait essuyé le souffle de l'engin explosif respirait encore, mais sa face était ensanglantée, et son bras droit gisait au pied d'un poteau électrique, à plusieurs mètres de là.

Henderson lui aurait sans doute ordonné de l'achever, afin de s'assurer qu'il ne pourrait jamais livrer son signalement, mais elle se sentait incapable d'éliminer froidement un être vulnérable et désarmé.

Elle ramassa le pistolet-mitrailleur abandonné sur le sol, entre la route et le blessé, puis le soumit à un rapide examen. L'arme semblait en état de marche, mais elle se garda de procéder à un essai de tir, de crainte d'attirer l'attention de l'ennemi. Elle la suspendit à son épaule par la bandoulière et inspecta le coffre de la Mercedes qui s'était ouvert sous l'effet de l'explosion.

Elle y trouva une boîte contenant des munitions et des grenades à manche. Souhaitant ne pas trop s'encombrer, elle jeta trois chargeurs dans son sac et fit main basse sur un manuel d'instruction concernant les procédures de détection radio de la Gestapo.

Elle avait décidé de grimper jusqu'au sommet de la colline et de progresser dans la direction opposée à celle que Boo et Paul avaient empruntée, les quatre Allemands à leurs trousses, lorsque son regard se posa sur la moto, dont le moteur n'avait pas cessé de tourner. Lors de sa formation d'agent opérationnel, elle s'était familiarisée au pilotage de tous les véhicules terrestres. À l'évidence, c'était là le moyen de transport idéal pour mettre autant de distance que possible entre elle et les membres du commando.

Elle boucla l'attache de son sac, souleva les pans de sa robe et se mit en selle. Enfin, elle donna un coup de reins pour replier la béquille, tourna la poignée d'accélérateur et lança la moto vers la colline.

CHAPITRE TRENTE-CINQ

— Alors, cette visite à la bibliothèque ? demanda Luc.

— J'ai touché le gros lot, sourit Henderson.

Ils étaient assis sur un banc, dans un jardin public situé au cœur du quartier le plus fortuné de Lorient. L'eau de pluie s'était évaporée sous le soleil de plomb. Les hautes maisons qui encadraient le square disposaient de larges fenêtres et d'élégants balcons ornés de grilles en fer forgé.

— Bauer vit au numéro sept, dit Luc en désignant discrètement l'habitation en question.

— Il est chez lui ?

— La plaque d'immatriculation de la voiture garée dans l'allée correspond à celle que vous m'avez indiquée. Il a déjeuné sur le balcon du premier étage. Il s'est fait servir par une vieille dame. Sa gouvernante, je suppose.

— Elle est toujours là ?

— Non, elle est partie il y a une heure, mais je ne peux pas affirmer avec certitude que Bauer se trouve seul à l'intérieur.

— Le grade d'Oberst n'est pas très élevé. Je doute qu'il dispose d'un garde du corps.

— Mais plusieurs officiers de la Gestapo vivent dans le voisinage, et une patrouille inspecte les environs au moins une fois par heure.

— Quelqu'un a-t-il remarqué ta présence ?

— Pas que je sache. Alors, quand est-ce qu'on passe à l'action ?

— Immédiatement, répondit Henderson en se levant.

— Qu'est-ce que vous comptez faire ?

— C'est à cause de Bauer que Marc reste en détention. Tant que ce salaud sera en vie, il ne retrouvera pas la liberté.

Paul et Boo s'élancèrent avec cinquante mètres d'avance sur les quatre Allemands, et suivirent un trajet d'évasion établi de longue date. Ils s'enfoncèrent dans une zone boisée, enjambèrent un muret à moitié écroulé, puis dévalèrent une pente jusqu'au ruisseau qui serpentait au fond de la vallée. À la faveur de l'averse, ce minuscule cours d'eau s'était changé en un torrent d'eau boueuse d'un demi-mètre de profondeur.

Au moment où ils ralentirent pour franchir l'obstacle, l'un de leurs poursuivants ouvrit le feu. Les balles atteignirent une souche d'arbre, soulevant un nuage d'échardes. Paul reçut un morceau de bois d'une dizaine de centimètres de long dans le bras, mais l'afflux d'adrénaline le rendait pratiquement insensible à la douleur. Le ruisseau franchi, les deux agents gravirent la berge.

— Va chercher les vélos, dit Boo en saisissant le pistolet. Je vais essayer de les retenir.

Paul emprunta un chemin de terre, courut jusqu'à une maison abandonnée puis poussa la porte vermoulue de la vieille cabane de jardin où ils avaient entreposé trois bicyclettes, des vivres et des armes.

Boo fit feu à deux reprises sur les Allemands. La première balle manqua sa cible. La seconde atteignit un officier à la poitrine. L'homme s'effondra dans la boue sans avoir pu traverser le cours d'eau. Sachant qu'elle ne pourrait résister très longtemps face à trois adversaires lourdement armés, elle tourna les talons et se remit à courir. Elle rejoignit son camarade, qui venait de sortir les deux vélos de la remise, et s'y engouffra à son tour. Elle s'empara d'un pistolet-mitrailleur Sten et y glissa un chargeur. Frappés par la mort brutale de leur compagnon, les Allemands se montrèrent plus prudents et progressèrent à couvert le long d'un mur.

— Attrape le flingue, dit Boo. Ils vont se séparer et tenter de nous prendre en tenaille.

Elle lui confia une grenade.

— Je vais en lancer une en direction de la route. Toi, tu cibleras l'autre côté. Dès qu'elles auront explosé, on grimpera sur les bicyclettes et on roulera aussi vite que possible. Si on s'y prend correctement, on sera hors de portée avant que la poussière ne soit retombée.

— Compris, répondit Paul en ôtant la goupille avec les dents afin de ne pas lâcher son arme.

— À trois, dit Boo. Un, deux, trois.

Paul lança sa grenade en cloche. Elle atterrit non loin de la maison, à une vingtaine de mètres de sa position. Boo jeta l'une des siennes vers la route, puis une autre dans une fenêtre brisée, à l'intérieur du bâtiment.

— Grenade ! cria un Allemand.

Paul et Boo ramassèrent leur équipement et enfourchèrent leurs bicyclettes. Un officier de la Gestapo passa la tête à l'angle de la bâtisse. Boo brandit la Sten d'une main et lâcha une rafale au jugé dans sa direction, le contraignant à battre en retraite.

Deux secondes plus tard, les deux premières grenades explosèrent.

— Tirons-nous en vitesse ! cria la jeune fille.

Paul pédala droit vers le nuage de fumée. Boo, qui le suivait à trois mètres, passa devant la fenêtre au moment précis où la troisième grenade détona. La déflagration lui déchira les tympans. L'onde de choc dévia la trajectoire de son vélo et une pluie de gravats cribla son dos.

Avant de s'engager sur la route, Paul jeta un coup d'œil par-dessus son épaule et vit un soldat fuir la maison à toutes jambes de crainte d'essuyer d'autres explosions. Il parcourut une dizaine de mètres sur la chaussée avant de réaliser que Boo ne le suivait pas. Il envisagea de faire halte, mais la poussière était en train de se dissiper, et il se trouvait toujours à portée des tirs ennemis.

La dernière grenade aurait dû détoner après son passage, mais Boo avait mal estimé le temps nécessaire à la manœuvre. Elle s'était affalée au bord du chemin et s'était gravement écorché le bras sur le gravier.

Constatant que la roue arrière de son vélo était voilée, elle l'écarta d'un coup de pied rageur. Elle ressentit alors une telle douleur à la jambe qu'elle doutait désormais de pouvoir tenir debout. Elle dégagea la Sten coincée sous son torse et visa un Allemand qui, planté au milieu de la route, s'apprêtait à abattre son camarade.

Paul sursauta en entendant la détonation. En se retournant, il découvrit la silhouette du soldat qui se tortillait sur la chaussée. Estimant qu'il se trouvait hors de portée, il jeta sa bicyclette dans le fossé puis, abandonnant son équipement à l'exception du pistolet et de deux grenades, il courut vers la maison.

La tête baissée, il progressa de buisson en buisson le long de la route. Les explosions l'avaient rendu à moitié sourd. Il avait l'impression de flotter en plein rêve, comme détaché de la réalité. L'air avait fraîchi. Il avait du sable dans les yeux. Sa manche était tachée de sang. L'éclat de bois était toujours planté dans son avant-bras.

Il ne quittait pas du regard l'Allemand étendu sur la chaussée. Ce dernier gesticulait de façon désordonnée, sans qu'on puisse deviner s'il était encore en état de tirer.

Paul était bon tireur. Il regrettait de ne pas disposer d'un fusil à longue portée qui lui aurait permis d'écarter définitivement cette menace.

Il effectua un décompte macabre. Quatre soldats leur avaient donné la chasse. Boo avait liquidé l'un d'eux près du ruisseau. Un autre gisait au milieu de la route. L'officier qu'il avait aperçu à l'angle de la maison un instant avant l'explosion des grenades devait avoir péri ou souffrir de terribles blessures. Restait un adversaire dont il ignorait la position et la condition physique.

Paul s'enfonça dans les taillis qui bordaient la demeure et s'approcha furtivement de la cabane de jardin. En jetant un œil derrière l'abri, il trouva Boo confrontée à un officier chauve. Elle brandissait sa Sten. L'Allemand braquait un MP-40. N'ayant pas recouvré l'ouïe, il avait l'impression d'assister à un duel tiré d'un vieux western muet. Il n'aurait pas été surpris de voir apparaître des cartons noirs encadrés d'un fleuron portant les dialogues : *Jamais je ne me rendrai ! Pose ton arme ou fais tes prières !*

Il ne pouvait pas se permettre de manquer son coup, mais l'ennemi ne se trouvait qu'à quatre mètres. En théorie, il aurait dû viser son torse afin de maximiser ses chances de succès, mais l'officier se présentait de profil. Il cibla son oreille et retint son souffle.

Aussitôt, il sentit la nausée le gagner. Il était à bout de nerfs et avait perdu beaucoup de sang, mais c'est la perspective de devoir ôter la vie d'un être humain qui lui soulevait le cœur. Paul était un être sensible. Il savait qu'il n'oublierait jamais ce crâne chauve et perlé de sueur, mais sa coéquipière était en danger de mort. Il enfonça la détente.

La tête de l'Allemand explosa comme une pastèque. Son corps demeura parfaitement stable pendant quelques secondes. Boo en profita pour rouler sur le ventre et achever le soldat étendu sur la route.

— Tu n'es pas blessée ? demanda Paul.

Le dos de la jeune femme était criblé de graviers et son bras droit profondément écorché.

— Je survivrai, dit-elle en considérant la roue voilée de son vélo. Mais je suis à moitié sourde.

— Ne m'en parle pas, lança Paul avant d'entrer dans la cabane à outils pour récupérer la troisième bicyclette. Les explosions ont dû s'entendre à des kilomètres à la ronde. On ferait mieux de décamper en vitesse.

CHAPITRE TRENTE-SIX

L'Oberst Bauer dévala les marches du perron vêtu d'un pantalon impeccablement repassé et de bottes qui brillaient comme des sous neufs. Ses bretelles soulignaient son torse musculeux.

— J'ai un message pour l'Oberst Krauss, dit Luc, adoptant un ton formel dans l'espoir de faire oublier sa mise dépenaillée.

Bauer considéra avec mépris le document qu'il lui tendait.

— Il n'y a pas de Krauss, ici. Tu te trompes d'adresse ou de nom, mon garçon.

— Vous êtes certain qu'il n'y a personne d'autre à l'intérieur ?

— Donne-moi ça, gronda l'officier en lui arrachant la feuille des mains.

Il y lut la phrase : *l'Oberst Bauer porte des sous-vêtements féminins*. Ses traits se décomposèrent.

— Qui t'a remis ça ? cria-t-il. Ignores-tu qui je

suis ? Je pourrais te faire disparaître en un claquement de doigts !

Au même instant, Henderson jaillit d'un buisson ornemental et plaqua un chiffon imbibé de chloroforme sur le visage de l'officier. Il glissa les mains sous ses épaules puis le traîna jusqu'au vestibule de la maison.

— Ferme la porte, dit-il.

Luc jeta un ultime coup d'œil au square afin de s'assurer que nul n'avait été témoin de la scène.

— Attrape-le par les pieds. Ce salaud pèse une tonne.

Ils étendirent l'Allemand sur le canapé du salon.

— Il bouge encore, fit observer Luc. La dose n'était pas suffisante.

— Je veux qu'il revienne à lui le plus vite possible, expliqua Henderson. Fouille la maison et assure-toi que nous sommes seuls.

Dès que son coéquipier eut tourné les talons, il tira les rideaux de la fenêtre donnant sur la rue puis il étudia le salon luxueusement décoré. Un chandelier à sept branches trônait sur le manteau de la cheminée. À l'évidence, la demeure avait été confisquée à une riche famille juive.

— Personne, annonça Luc, son inspection achevée. Il y a quatre pièces au-dessus : la piaule de Bauer, une suite réservée aux invités et deux chambres d'enfants qui n'ont pas été occupées depuis des mois, à en juger par la couche de poussière sur le plancher.

— Parfait, sourit Henderson avant de poser sa mallette sur le piano mural.

Il en ôta le double fond, dévoilant une collection de flacons et de seringues.

— Aide-moi à le tourner sur le ventre. Ensuite, tu rechercheras des documents. Ne sème aucun désordre. Les enquêteurs devront conclure à une mort naturelle.

— Compris, chef, répondit Luc.

Tandis qu'il attendait seul le réveil de Bauer, Henderson aperçut une carafe sur un guéridon. Il posa un mouchoir sur le bouchon afin de ne pas y déposer ses empreintes, porta le goulot à ses narines et respira les effluves d'un excellent cognac. Il s'en versa un grand verre qu'il engloutit en deux longues gorgées.

— Je suis certain que vous ne m'en tiendrez pas rigueur, Herr Oberst.

Bauer lâcha un grognement. Henderson souleva l'une de ses paupières et constata que la pupille réagissait à la lumière. Dans une minute ou deux, sa victime aurait recouvré ses esprits.

Henderson s'assit sur la table basse placée devant le sofa et choisit une seringue dont le piston était équipé d'un crochet permettant de la garder solidement en main, même en présence d'un patient récalcitrant.

Il promena ses doigts dans le dos de Bauer, s'arrêta entre deux vertèbres, marqua l'emplacement avec l'ongle du pouce puis enfonça l'aiguille d'un coup sec. L'Allemand ouvrit les yeux et poussa un hurlement.

L'afflux soudain d'adrénaline dissipa les ultimes effets du chloroforme.

— Bienvenue dans le monde des vivants, dit Henderson en allemand.

Il imprima à la seringue un infime mouvement de torsion, arrachant à sa proie un cri étranglé.

— Vous avez une aiguille plantée dans le dos, à quelques millimètres de la moelle épinière. Mais je suppose que vous connaissez parfaitement cette technique, n'est-ce ce pas, Herr Oberst ?

— Allez vous faire foutre, gémit Bauer.

Il tenta de se retourner et constata avec effroi que le moindre geste lui causait une douleur insoutenable.

— Bien sûr que vous la connaissez, poursuivit Henderson. Ce sont les services secrets allemands qui l'ont mise au point pendant la Grande Guerre. Elle n'est pas adaptée aux longs interrogatoires en raison des risques de mort subite ou de paralysie, mais elle ne laisse pas beaucoup de marques, et je n'ai pour ma part qu'une seule question à vous poser.

Luc entra dans le salon et éclata de rire.

— Quel spectacle magnifique ! s'exclama-t-il. Je peux vous donner un coup de main ?

Mais Henderson n'appréciait pas l'humour macabre de son agent.

— Tu as trouvé quelque chose ? demanda-t-il sur un ton cassant.

— Son secrétaire est rempli de papiers.

— Nous avons tout notre temps. Attrape l'appareil photo et prends des clichés des documents les plus intéressants.

— Je vais faire de mon mieux, mais je ne lis pas l'allemand.

— Concentre-toi sur les noms propres, en particulier Brigitte Mercier et Marc Hortier.

Tandis que Luc gravissait l'escalier menant à l'étage, Henderson se tourna vers Bauer.

— Nous sommes tous les deux des professionnels, dit-il. Alors ne nous racontons pas d'histoires. Je suis un agent infiltré en territoire occupé et vous connaissez mon identité. Je ne pourrai pas vous laisser en vie à l'issue de cet interrogatoire. À vous de choisir entre une mort rapide et une lente agonie. Où est Marc ?

Le regard de l'officier était plus glacial que jamais. L'ombre d'un sourire flottait sur ses lèvres.

— Vous ne le retrouverez pas, monsieur Hortier.

Henderson poussa sur la seringue, puis il enfouit le visage de Bauer entre les coussins du canapé afin d'étouffer ses cris.

— Et pour quelle raison, je vous prie ?

— Son cœur n'a pas tenu, lorsque je l'ai soumis au supplice du pal. Il est mort en gémissant comme une fillette.

Ivre de rage, Henderson s'efforça de garder la tête froide. Après tout, rien n'indiquait que l'officier disait la vérité.

— Quelles informations vous a-t-il révélées ?

— Que son père adorait les juifs, les homosexuels et les communistes, gloussa Bauer. Vous auriez dû l'entendre crier pendant que je lui cassais les bras.

— J'espère pour vous que vous mentez. Sans quoi, je liquiderai votre femme et vos enfants, je vous le promets.

— La guerre touche à sa fin, monsieur Hortier. La Russie sera bientôt entre nos mains, et l'Angleterre ne tiendra pas longtemps. Les saboteurs de votre espèce seront tous passés par les armes.

Henderson donna un léger coup de poing dans le piston de la seringue. Il dut maintenir la tête de Bauer entre les coussins durant près de deux minutes avant qu'il ne cesse de hurler.

— Ne me forcez pas à recommencer, dit-il.

— Faites comme vous voulez. Ça ne ramènera pas votre fils à la vie.

Luc déboula dans la pièce en brandissant une liasse de papiers.

— Je ne sais pas ce que ça raconte, mais la photo de Marc figure en annexe.

Henderson s'empara du document et étudia le cliché noir et blanc. Son protégé semblait épuisé. Était-ce la dernière image qu'il garderait de lui ?

Le dossier ne contenait que des données chronologiques. L'heure et la date de l'arrestation de Marc. Celles de son premier interrogatoire. Son ordre de libération, rayé d'un trait de plume. Ses aveux signés, puis la sentence fixée à douze mois d'emprisonnement. Enfin, un seul mot, au début d'une ligne : *Rennes*.

Henderson s'adressa à Bauer.

— Marc est en prison à Rennes ?

— Il est mort, répéta l'officier. Je vous ai déjà expliqué ce qui s'est passé.

Henderson secoua le document devant son visage.

— Ce détail ne figure pas dans le dossier.

— Je n'avais pas l'intention de le tuer, dit Bauer. Enfin, pas aussi vite, car j'avais encore une foule de questions à lui poser. De plus, certains de mes supérieurs sont très à cheval sur le règlement. Ils détestent les morts accidentelles, surtout lorsqu'il s'agit d'enfants. J'ai donc fait le nécessaire pour me couvrir. Je ne voulais pas qu'il soit enterré à Lorient, de crainte que vous ne soyez tenu informé par vos espions, alors j'ai fait transporter le corps à la prison de Rennes. Officiellement, il était vivant lors du transfert. Vous trouverez peut-être un document affirmant qu'il a été déporté dans un camp de travail en Allemagne, mais c'est un faux réalisé sur mes ordres. La vérité, monsieur Hortier, c'est que j'ai torturé votre fils à mort, et que j'y ai pris un vif plaisir.

— Fumier ! hurla Henderson, incapable de se contenir davantage, avant de déplacer la seringue latéralement.

Bauer s'époumona pendant quelques secondes puis perdit connaissance.

— Il est mort ? demanda Luc.

— Non, juste dans les pommes.

Il déboucha un flacon de sels d'ammoniac et le promena sous le nez de sa victime. Les paupières de Bauer se mirent aussitôt à papillonner.

— Si ça se trouve, il a menti dans le seul but de vous faire enrager, dit Luc. Si Marc avait été torturé, il aurait sans doute livré des informations. Vous auriez été arrêté ou au moins placé sous étroite surveillance.

— Appelez le directeur de la prison, si vous ne me croyez pas, gémit Bauer. Le téléphone est dans l'entrée. Dites-leur que vous faites partie de la Gestapo et que vous souhaitez que Marc soit transféré à Lorient pour interrogatoire. Vous verrez bien ce qu'il vous répond.

Henderson décrocha le combiné posé sur un guéridon, près de la porte, et eut la surprise d'entendre une opératrice lui répondre en allemand. Il ignorait jusqu'alors que les lignes militaires disposaient de leur propre standard.

— Passez-moi le responsable de la prison de Rennes.

— Veuillez patienter, je vous prie.

Deux minutes plus tard, il entra en communication avec le secrétaire de l'établissement, puis put s'entretenir avec le directeur.

— Oberlieutenant Schmidt, Gestapo de Lorient, dit-il dans un français teinté d'accent allemand. Je suis à la recherche d'un détenu nommé Marc Hortier. Je souhaite qu'il soit conduit dans nos services afin de subir un interrogatoire.

Malgré la mauvaise qualité de la ligne téléphonique, Henderson perçut la gêne de son interlocuteur.

— Hortier est en transit vers un camp de travail en Allemagne.

— Et pour quel motif, je vous prie ? Il est beaucoup trop jeune, si j'en crois le règlement.

— J'assume entièrement mes décisions concernant ce prisonnier. Libre à vous d'ordonner une enquête me concernant. Bonne journée, cher monsieur.

Sur ces mots, le directeur mit fin à la communication. Henderson ne pouvait deviner que ce dernier avait évacué son protégé pour le soustraire à la vengeance de ses codétenus, ni que Bauer l'avait menacé d'arrestation lorsqu'il avait découvert la manœuvre. Henderson était désormais convaincu que Marc était mort, et que le directeur de la prison avait aidé Bauer à se débarrasser de son corps en contrefaisant les papiers officiels.

— Alors, vous ne me croyez toujours pas ? demanda l'Allemand, étonnamment calme pour un homme qui vivait ses derniers instants.

La gorge serrée, Henderson garda le silence.

Luc, lui, ne l'entendait pas de cette oreille.

— Marc est mort ? Vraiment ?

— Oui, je crois, répondit Henderson d'une voix étranglée.

D'une main tremblante, il s'empara d'une seringue et en planta l'aiguille dans le capuchon en caoutchouc d'un flacon.

— Qu'est-ce que c'est ? demanda Luc.

— Je ne connais pas le nom de ce produit, mais je sais qu'il est extrait d'une grenouille indienne. Il interrompt le fonctionnement du cœur. Il est absolument indétectable. L'autopsie conclura à une crise cardiaque.

— Je peux m'en charger ? J'ai juré de tuer des nazis pour venger mon frère.

— Comme tu voudras, répondit froidement Henderson. Pique-le dans les poils, pour masquer toute trace d'injection.

— Une dernière chose, lança Bauer. J'ai collé le visage de votre fils contre une plaque chauffante, pour le plaisir.

— Tue-le, lâcha Henderson en reculant de trois pas. Maintenant.

Luc souleva le bras de l'officier, lui planta l'aiguille dans l'aisselle et enfonça le piston.

CHAPITRE TRENTE-SEPT

Consciente qu'une jeune fille chevauchant une moto en pleine campagne avec une mitraillette en bandoulière ne manquerait pas de soulever quelques interrogations, Rosie avait abandonné son véhicule après trois kilomètres de cavale, puis, appliquant les consignes maintes fois répétées, s'était dirigée à pied vers la planque où Marc et Henderson avaient passé la nuit lors de leur mission de reconnaissance, prenant soin d'éviter les habitations et se mettant à couvert dès qu'elle apercevait une voiture ou un piéton.

La dernière fois qu'elle avait aperçu Paul et Boo, ils couraient dans la lande, quatre soldats allemands à leurs trousses. Chemin faisant, elle n'avait pas cessé de s'interroger sur leur sort et se reprochait de ne pas leur avoir porté secours au péril de sa vie.

Elle atteignit les environs de la ferme peu avant six heures du soir. Sa peau ruisselait de sueur, et tous les insectes de la région semblaient l'avoir prise pour cible. Redoutant que Paul et Boo n'aient été capturés et contraints de révéler l'existence de la planque, elle demeura quelques minutes immobile dans un taillis, guettant le moindre signe d'activité, puis elle s'approcha lentement, arme braquée, vers la fenêtre de la cuisine.

En jetant un coup d'œil à l'intérieur, elle découvrit son frère assis sur le sol, torse nu, un bandage au bras droit. Elle reconnut les larges cicatrices qui zébraient son dos, amers souvenirs des blessures subies lors du naufrage de leur bateau, l'année précédente.

Par mesure de prudence, elle frappa doucement à la vitre pour attirer son attention.

— Eh! s'exclama-t-il, tout sourire, avant de se redresser d'un bond.

Ils se retrouvèrent sur le seuil de la porte, s'étreignirent puis fondirent en larmes. La disparition de leurs parents et les souffrances endurées côte à côte avaient établi entre eux un lien que rien, désormais, ne semblait pouvoir briser.

— J'ai eu tellement peur de ne jamais te revoir, sanglota Rosie.

Boo dévala l'escalier et se joignit à l'embrassade.

Lorsque chacun eut décrit les circonstances de son évasion, Rosie ôta sa robe et la lava à l'eau froide dans l'évier.

— Si je compte bien, dit Boo, à nous trois, nous avons liquidé cinq Allemands, dont trois officiers de la Gestapo. Nous allons devoir nous séparer. Si les enquêteurs interrogent les habitants du village, ils obtiendront un signalement précis.

— Tu as raison. Dans quelques heures, toutes les patrouilles se lanceront à la recherche de deux filles accompagnées d'un garçon. L'un de vous a-t-il abandonné des papiers, ou tout autre indice permettant notre identification ?

— Ma carte de rationnement est restée à la ferme, dit Paul. Je n'ai pas pensé à la prendre lorsque je suis monté au sommet de la colline pour faire le guet.

— Tu as commis une erreur, lui reprocha Boo, mais ta photo n'y figure pas. Ce n'est sans doute pas si grave. J'ai jeté un œil au matériel et aux vivres entreposés au grenier. J'ai trouvé pas mal de vêtements de rechange et de faux documents. Je suggère que deux d'entre nous se munissent de passeports américains et fassent route vers le sud. Nous ne serons pas en sécurité tant que nous n'aurons pas quitté le secteur de Lorient, mais les Boches traitent les Américains avec beaucoup d'égards. Le ou la troisième devra se rendre en ville pour alerter Henderson.

— C'est trop risqué, dit Paul. Il vaudrait mieux rejoindre Kernével et contacter l'un des membres du réseau de résistance, qui se chargera d'informer Henderson.

Boo s'accorda quelques secondes de réflexion.

— C'est plus prudent, en effet. Joël lui fera passer le message avant d'aller au travail.

— Eh, attendez une minute, interrompit Rosie. Qu'est-ce qui prouve que le commando qui nous est tombé dessus n'avait pas reçu un tuyau concernant notre position ? Et si Henderson et les autres avaient été arrêtés et contraints de parler sous la torture ?

— Non, dit Paul. Premièrement, Henderson ne connaissait pas l'emplacement de la ferme. Deuxièmement, ils ont roulé droit vers nous à tombeau ouvert. Ils avaient déployé l'antenne. S'ils avaient été renseignés, ils auraient opté pour une approche plus discrète et nous auraient encerclés avant de lancer l'assaut.

— C'est vrai, tu as raison, dit Rosie. Dans la voiture, j'ai trouvé un manuel décrivant le fonctionnement du matériel de triangulation. C'était une escouade de détection, sans aucun doute. Ils n'auraient jamais engagé trois véhicules de front s'ils avaient su qu'ils empruntaient une voie sans issue.

— Alors, qui d'entre nous ira à Kernével ? demanda Boo. Il faut établir les passeports et quitter la zone en vitesse.

— Moi, répondit Rosie. Je m'y rends souvent pour acheter du poisson, et je connais bien le village. Et puis je n'ai que quatorze ans. Paul, nous ne pouvons pas faire route ensemble sans adulte à nos côtés, sous peine d'éveiller toutes sortes de questions. Boo, tu te feras passer pour sa préceptrice, chargée par sa mère française de l'accompagner chez son père en Amérique.

Paul aurait préféré demeurer avec sa sœur, mais la stratégie de Rosie semblait tenir debout.

— Il faudra que je m'entraîne à parler avec l'accent américain.

— Il y a plus urgent, dit Boo. Je vais aller te chercher les passeports vierges et les tampons. Tu es l'artiste de l'équipe, le plus doué d'entre nous pour les contrefaçons.

— Descends aussi l'appareil photo et le matériel de développement.

Tandis que Boo montait à l'étage, Paul se tourna vers Rosie.

— J'espère que tout se passera bien pour toi. Les Allemands ont dû installer des barrages mobiles.

— Je suis triste qu'on soit obligés de se séparer, tous les trois. Mais si tout se déroule comme prévu, on se retrouvera en Angleterre dans quelques semaines.

∴

Henderson et Luc étaient accroupis dans une grange délabrée où étaient alignées des cages abritant des poulets décharnés. Ils se tenaient dans cette position depuis plus d'une heure et commençaient à ressentir des crampes aux mollets.

— Moi, je suis sûr que Bauer a menti, chuchota Luc.

Henderson secoua énergiquement la tête.

— Le directeur de la prison de Rennes a confirmé sa version des faits. Maintenant, je veux que tu cesses de parler de Marc. Nous avons une opération à mener, et nous devons garder l'esprit clair.

Luc crut entendre Henderson étouffer un sanglot dans l'obscurité. Il était convaincu que son supérieur n'aurait pas été aussi accablé si lui avait perdu la vie dans l'exercice de son devoir.

— Qu'avait-il de si spécial ? demanda Luc, plein d'amertume. Je veux dire, c'était un chic type, mais nous connaissons tous les risques, et nous les avons acceptés.

Henderson saisit Luc par la gorge et lui cogna le crâne contre un abreuvoir. Un rayon de lune fit briller une larme sur sa joue.

— Ferme-la, c'est un ordre, gronda-t-il. Je ne veux plus entendre un seul mot sortir de ta sale petite gueule de...

Des pas résonnèrent dans la ruelle. Henderson jeta un coup d'œil à l'extérieur et aperçut deux jeunes gens. L'un dominait l'autre de la tête et des épaules.

— Ce sont les communistes qui ont enlevé Édith ?

— Affirmatif. Occupe-toi du petit, mais ne passe pas à l'action avant d'avoir entendu la clé tourner dans la serrure.

Ils approchèrent prudemment de la porte de l'étable, tandis que leurs cibles s'immobilisaient devant celle d'une maison, à trois mètres de leur position. Par maladresse, Luc heurta l'une des cages, semant la panique parmi les volatiles. Les deux garçons tournèrent la tête.

— Fermez-la, crétins d'oiseaux ! lança le plus grand. Je vous tordrais le cou, si vous aviez autre chose que la peau sur les os.

Luc et Henderson bondirent de leur cachette au moment précis où l'autre garçon pivotait pour ouvrir la porte. Avant même de comprendre ce qui se passait, les résistants en herbe reçurent un violent coup de matraque sur le crâne. Le plus jeune perdit aussitôt connaissance, mais l'autre se débattit avec l'énergie du désespoir, jusqu'à ce qu'Henderson glisse un bras autour de son cou et le serre jusqu'à l'asphyxie.

Tandis que Luc traînait son prisonnier à l'intérieur de la demeure, des pas légers se firent entendre dans la ruelle. Henderson fit volte-face et découvrit Édith qui trottinait dans leur direction.

— Depuis quand nous suis-tu ? chuchota-t-il, hors de lui.

— Ils ont menacé Domino, répondit la fillette. Je veux les voir souffrir.

Henderson pointa l'index.

— Ton comportement est inacceptable. Nous en parlerons plus tard. Pour le moment, entre en vitesse.

La porte s'ouvrait directement sur la cuisine. Lorsque les deux garçons eurent été tirés à l'intérieur, Édith poussa le verrou. Luc ferma les rideaux puis tourna l'interrupteur commandant le plafonnier. Ils savaient que la maison était inoccupée, car ils avaient vu une femme d'une quarantaine d'années éteindre toutes les lumières avant de tourner la clé dans la serrure et de remonter la rue, une heure plus tôt.

Luc étendit le plus jeune des garçons à plat ventre, tira de sa poche un morceau de corde, puis lui ligota les membres avec expertise, de façon à ce que ses poignets touchent ses talons. Henderson infligea le même traitement à l'aîné et huma l'air ambiant.

— On dirait que leur mère leur a laissé quelque chose à dîner, dit-il en se munissant d'un torchon pour ouvrir la porte du four. Édith, sors des assiettes.

Lorsque les deux résistants recouvrèrent leurs esprits, ils trouvèrent Édith, Luc et Henderson tranquillement attablés devant un ragoût de carottes et de pommes de terre.

— Ça vous coûtera cher ! cria l'aîné des deux frères. Vous ne savez pas à qui vous avez affaire !

Henderson lâcha un soupir.

— Je déteste qu'on me dérange pendant que je mange, dit-il. Alors sois gentil et boucle-la, si tu ne veux pas me mettre de mauvaise humeur.

— C'est un peu fade, pouffa Édith. Ça manque d'assaisonnement.

— C'est carrément infect, grogna Luc. J'espère que votre mère se donnera plus de mal, la prochaine fois que nous viendrons dîner.

Le repas achevé, Henderson déposa assiettes et couverts dans l'évier.

— Antoine, c'est bien ça ? dit-il tout en faisant la vaisselle. Et ton petit frère se prénomme Étienne. Voulez-vous savoir comment je vous ai retrouvés ?

Les deux garçons restèrent muets.

— J'ai fait un tour à la bibliothèque, poursuivit Henderson en lâchant un couteau dans l'égouttoir. Vous saviez qu'ils conservaient toutes les éditions de

Ouest-Éclair ? Il ne m'a pas fallu plus de vingt minutes pour dénicher plusieurs articles concernant la cellule locale du parti. Je me suis dit que je devrais rendre visite à l'un de ses anciens membres et lui casser les jambes pour qu'il me dise où vous trouver, puis je suis tombé sur un papier consacré à l'équipe de football des jeunesses communistes, agrémentée d'une jolie photo datant de votre victoire en finale de la coupe des moins de dix-huit ans.

— Et merde, lâcha Antoine.

— Merde, en effet, poursuivit Henderson. Car les Boches n'auront pas plus de mal à remonter jusqu'à vous. Je suis certain que je n'aurais pas à pousser bien loin mes investigations pour dresser la liste complète des partisans de votre réseau. Jusqu'alors, vous n'avez pas été inquiétés, parce que les Allemands ménageaient leurs alliés soviétiques. Mais la Russie et le Reich sont désormais en guerre. Si vous commencez à liquider des soldats, les agents de la Gestapo vous traqueront sans relâche, vous soumettront à la torture et vous feront fusiller. Vos amis et vos parents ne seront pas épargnés.

Antoine et Étienne semblaient profondément abattus.

— Alors quoi ? interrogea ce dernier. Devons-nous nous coucher devant les nazis ? Je préfère mourir que de subir leur domination.

— Je ne vous demande pas de vous soumettre, expliqua Henderson. Mais la façon dont vous comptez agir est purement et simplement suicidaire. Je suis prêt à vous aider, mais si vous voulez vivre assez longtemps pour assister au triomphe de la glorieuse révolution communiste, il va falloir commencer à vous servir de votre cervelle. Les garçons, promettez-vous de vous tenir tranquilles si je vous libère ?

Antoine et Étienne hochèrent la tête. Ils étaient restés ligotés pendant vingt minutes. Lorsque Luc eut dénoué leurs liens, ils marchèrent avec raideur jusqu'aux chaises que leur désigna Henderson.

— Alors, qu'est-ce que vous avez à nous offrir ? demanda Antoine. Des armes ? Des explosifs ?

Henderson se fendit d'un sourire.

— Vous recevrez l'équipement nécessaire à l'accomplissement des missions menées sous mon commandement. L'autre jour, vous envisagiez de lancer une attaque sur le bunker des sous-mariniers, à Keroman. Possédez-vous des informations fiables concernant ce blockhaus ?

— Nous connaissons la disposition des lieux, répondit Antoine. Nous savons quel jour les U-Boot prendront la mer grâce à un ami qui travaille à la base. Mais vous avez affirmé que la population subirait de terribles représailles, si nous liquidons un grand nombre d'Allemands.

— Je sais, mais pour être tout à fait franc, je me sens incapable de résister à la tentation. Et rassurez-vous, les civils n'auront rien à craindre tant que les Boches resteront persuadés que l'opération a été conduite par un commando de l'armée britannique.

CINQUIÈME PARTIE

Onze jours plus tard

CHAPITRE TRENTE-HUIT

AVIS À LA POPULATION
DE LA ZONE MILITAIRE DE LORIENT

Le 7 juillet 1941,
cinq soldats de l'armée allemande
ont été lâchement assassinés
par des agents anglais établis au hameau de La Trinité.
Après interrogatoire, vingt-trois habitants
jugés coupables d'intelligence avec l'ennemi
ont été passés par les armes.
Le reste de la population a été conduit en Allemagne
et les maisons dynamitées.
Toutes les communes abritant des traîtres
ou favorisant les activités antiallemandes
subiront un sort semblable.

LA POLICE ALLEMANDE

(Affiche placardée dans les rues de Lorient, juillet 1941)

Lundi 21 juillet 1941

Au cours du mois qui avait suivi l'invasion de la Russie, la petite garnison de la Wehrmacht basée à Lorient avait vu ses éléments les plus jeunes et les plus vigoureux partir pour le front de l'Est. La sécurité était désormais aux mains de gendarmes et de soldats d'âge mûr.

La police française avait lancé une vaste campagne de recrutement. Mme Mercier et Henderson avaient œuvré de concert pour favoriser la candidature des sympathisants du petit réseau de résistance et décourager celle des collaborationnistes. Leurs effectifs s'étant considérablement réduits, les soldats allemands avaient vu leurs heures de service s'allonger. L'état-major ne leur accordait plus qu'une permission tous les quinze jours. Les barrages se faisaient de plus en plus rares. La plupart des sentinelles chargées des contrôles se contentaient de jeter un œil absent aux papiers qu'on leur tendait. D'autres, moins nombreux, apaisaient leur frustration en s'en prenant aux civils.

Le lundi, en se rendant au travail, Joël se retrouva bloqué à un check-point situé à proximité de l'atelier de maintenance. Il était sept heures du matin. Une forte brise marine soufflait dans ses cheveux. En cinquième position de la file d'attente, il patientait depuis plus de vingt minutes.

Un Allemand obèse et un policier français bouffi d'arrogance malmenaient une jeune femme, lui reprochant l'aspect grossier de la signature figurant sur sa carte d'identité. Prétextant une fouille réglementaire, le policier palpa intentionnellement les seins de sa victime et la força à soulever sa robe devant la vingtaine d'ouvriers qui assistaient à la scène. Joël trouva ses jambes bien faites, puis regretta aussitôt de s'être autorisé une telle pensée. La malheureuse, le visage baigné de larmes, ramassa son panier et se remit en route.

— Tu as aimé ça, pas vrai ? lança le Français avant d'adresser à son complice un sourire malveillant. Suivant !

Joël vivait en France depuis deux mois. Il était las des contrôles, des files d'attente et des innombrables chicaneries imposées par l'occupant, mais il convenait de faire profil bas, seule attitude permettant de mener des opérations de renseignement en toute tranquillité.

La plupart des ouvriers réprouvaient la politique mise en œuvre dans leur pays, la situation des prisonniers de guerre toujours retenus en Allemagne, la fermeture des écoles et le système de rationnement qui les contraignait à patienter pendant des heures pour se procurer à peine de quoi nourrir leur famille.

Arrivé au hangar avec une vingtaine de minutes de retard, Joël dut affronter les remontrances du chef mécanicien. D'ordinaire, il essuyait ces menaces et ces insultes sans ciller, mais il savait qu'il quitterait le hangar pour toujours à la fin de son service.

— Est-ce ma faute si le passage du poste de contrôle a pris une heure au lieu de dix minutes ?

— C'est à toi de prendre assez d'avance pour pallier une telle éventualité, répondit son chef.

Joël désigna le hangar presque vide.

— Nous avons fini avec un jour d'avance. Cet atelier n'a jamais fonctionné aussi efficacement, lorsque Canard était en poste.

Le chef mécanicien lâcha un grognement.

— Tu as travaillé dur pendant le week-end, et le nouveau ne s'en sort pas trop mal, mais ne va pas te mettre en tête que tu es indispensable. Ne fais pas la même erreur que Canard. Rappelle-toi où ça l'a mené.

Sur ces mots, l'Allemand quitta l'atelier. Joël salua André puis rejoignit Étienne, qui s'affairait près d'un établi.

— Comment va ton frère ? demanda-t-il.

— Antoine a préparé son paquetage la nuit dernière. Il l'a caché dans le grenier pour que notre mère ne le trouve pas. Elle va être effondrée, quand elle comprendra qu'il a quitté la maison.

— Quand termine-t-il son service à la boulangerie ?

— Vers trois heures du matin, je crois.

— Et de ton côté, tout est en ordre ?

Étienne hocha la tête.

— Ce n'est pas pour me vanter, mais notre père tenait un garage, dans le temps. J'ai passé mon enfance à bricoler des moteurs. En comparaison, ces batteries n'ont rien de bien sorcier.

— Tu as fait du bon boulot, dit Joël. Il te reste beaucoup de joints en platine, mais n'en place pas dans toutes les batteries, ou ils remonteront jusqu'à nous. Le réseau essaye d'infiltrer une autre base de sous-marins de la région. Le remplaçant de M. Hortier t'en apprendra davantage.

— Le nouveau chef est déjà arrivé ? demanda Étienne.

— Pas à ma connaissance, répondit Joël. Et de toi à moi, il vaut mieux que tu en saches le moins possible. Il te contactera dans quelques jours.

∴

Échaudé par la tempête essuyée lors de la dernière traversée, le capitaine Finch se réjouit de pouvoir ranger le *Madeleine II* bord à bord avec l'*Istanbul* sur une mer d'huile. En cette fin de matinée, le pont du chalutier était bondé. Tristan dut jouer des coudes pour saluer Nicolas, Olivier et Michel, dont il avait partagé l'existence deux mois durant.

— Faites attention à vous, les gars, dit-il avant de s'engager sur la passerelle de bois.

Henderson se trouvait déjà à bord du Schnellboot, en compagnie des capitaines Finch et Warburton, le Néo-Zélandais chargé du commandement du torpilleur *HMS Gulliver*. Penchés sur une carte navale, les trois officiers fixaient les ultimes détails de l'opération qui, menée au cours de la nuit, devait aboutir à la destruction du bunker des sous-mariniers de Keroman.

Sur le pont, les hommes d'équipage du *Madeleine II* formaient une chaîne humaine afin de transborder armes, explosifs et uniformes jusqu'à la cale de l'*Istanbul*.

La réunion achevée, Henderson serra la main de Warburton.

— Réglons nos montres, dit-il. Il est exactement onze heures, quinze minutes et dix secondes. J'espère que vos hommes seront à l'heure, ce soir.

— N'en doutez pas, capitaine, répondit le Néo-Zélandais.

Henderson fit ses adieux à Tristan avant de rejoindre le pont de l'*Istanbul* et de se réfugier dans la cale.

— Prêt à appareiller ! lança un matelot depuis le Schnellboot.

Aussitôt, le capitaine Finch lança les machines à plein régime.

Henderson retrouva Lavender, la jeune femme de vingt-deux ans qui devait remplacer Boo au poste d'opérateur radio, et Eugène, un colosse âgé de dix-neuf ans qui s'était évadé d'un camp de travail allemand un an plus tôt. Après avoir gagné l'Angleterre, il s'était enrôlé dans les forces françaises libres et avait suivi un entraînement intensif aux techniques d'espionnage. Il était de retour en France pour prendre la tête du modeste mouvement de résistance de Lorient.

Henderson serra la main de ses nouveaux coéquipiers.

— Je suis honoré d'avoir été choisi pour poursuivre votre œuvre, capitaine, dit Eugène.

En vérité, Henderson était inquiet de voir un agent aussi peu expérimenté diriger le réseau Mercier, mais le Royaume-Uni étendait son réseau d'espionnage à vitesse grand V. Les officiers chevronnés étaient désormais chargés de mettre en place de nouveaux circuits de renseignement.

— Je suis convaincu que vous vous en tirerez très bien, dit-il en frappant du poing contre la coque du chalutier. Pourvu que vous puissiez tenir trois heures dans ce trou à rats.

.:.

Leur temps étant compté, les nouveaux arrivants ne demeurèrent pas enfermés dans la cale jusqu'à la nuit. Édith, Rosie et Alphonse montèrent la garde pendant que Lavender, Eugène et Henderson se douchaient dans le hangar.

Lorsque ces derniers se furent changés, Rosie saisit la mallette contenant l'émetteur flambant neuf puis conduisit Lavender jusqu'à une nouvelle planque située à proximité de Kernével. Le matin même, elle avait reçu confirmation que Paul et Boo étaient parvenus à gagner la zone libre. À Vichy, un employé de l'ambassade américaine leur avait fourni des laissez-passer qui leur avaient permis de se rendre au Portugal. Ils se trouvaient à Lisbonne, dans l'attente d'un avion à destination de Londres.

Henderson, Alphonse et Eugène se rendirent à Lorient, où ils dînèrent en compagnie de Mme Mercier dans une salle privée du *Mamba noir*.

Ces quatre membres importants du réseau prenaient des risques considérables en se réunissant, mais Henderson avait prévu de quitter le pays dès l'opération achevée, et il devait à tout prix présenter Eugène à ses complices et lui exposer un tableau aussi précis que possible de la situation.

Ils évoquèrent les défis qui s'annonçaient en dégustant un repas composé de homard, de rôti et d'un trifle anglais préparé en l'honneur d'Henderson. Les représailles brutales exercées par les Allemands contre la population de La Trinité et les nouvelles dispositions concernant le couvre-feu avaient aiguisé l'hostilité des civils à l'égard de l'occupant, mais le renforcement des mesures de sécurité rendait les opérations clandestines toujours plus difficiles à mener.

Le *Madeleine II* continuait à acheminer personnel et équipement, puis à évacuer réfugiés et pilotes abattus. Le réseau comptait à présent de nombreux membres, étendant son influence à la police et aux communistes locaux. Mais ces effectifs croissants augmentaient d'autant les chances d'attirer l'attention des Allemands.

— Tôt ou tard, les choses tourneront au vinaigre, avertit Henderson. La sécurité est la clé de la survie du groupe. Rappelez-vous que personne ne peut avouer ce qu'il ne sait pas.

Eugène buvait ses paroles, mesurant peu à peu l'ampleur de la tâche qui lui avait été confiée.

— Vous avez construit un château de cartes, résuma-t-il. Et mon rôle consiste à l'empêcher de s'écrouler.

Les quatre convives s'esclaffèrent. On leur servit du café accompagné de carrés de chocolat noir.

Henderson consulta sa montre.

— L'heure est venue de nous dire adieu, annonça-t-il avant d'embrasser ses complices sur la joue. Alphonse, les choses n'ont pas très bien commencé entre nous, mais au bout du compte, je suis heureux de vous avoir connu. Rien n'aurait été possible sans vous et votre frère. Mme Mercier, vous êtes une authentique héroïne française. Enfin, Eugène, ne faites pas cette mine épouvantée. Vous êtes entre de bonnes mains, avec ces deux-là.

Mme Mercier le serra dans ses bras.

— Promettez-moi de nous rendre visite, quand nous aurons gagné la guerre.

— Si tôt que ça ? s'esclaffa Henderson.

— Nicolas déposera votre équipement aux écuries, dit Alphonse.

Des larmes brillèrent dans les yeux du vieux pêcheur. Henderson tourna les talons et quitta le *Mambo noir* pour la dernière fois. Il traversa la rue et regagna son appartement. Le matin, il avait confié la plupart de ses bagages à l'équipage du *Madeleine II*. Il se rasa puis rassembla ses rares effets dans un sac de cuir.

Enfin, il inspecta soigneusement chaque pièce afin de s'assurer qu'il ne laissait pas d'indices derrière lui. Il récupéra son mouchoir dans le tiroir de la table de nuit, puis eut la surprise de trouver l'un des maillots de corps de Marc coincé entre le matelas et le sommier rouillé du salon. Il le porta instinctivement à ses narines. Le parfum familier réveilla une foule de souvenirs.

Henderson jeta un regard circulaire au salon. Il revit Marc faisant sa lessive, penché au-dessus de l'évier. Marc étendu sur son lit. Marc tirant les rideaux. Une pensée atroce occupait son esprit : il se sentait coupable de sa mort.

Le cœur au bord des lèvres, il se rua sur le palier, claqua la porte et dévala les marches menant au rez-de-chaussée.

CHAPITRE TRENTE-NEUF

Le bunker des sous-mariniers était situé au cœur de l'immense chantier portuaire de Keroman. Pour le détruire, il était nécessaire d'acheminer une grande quantité d'armes et d'explosifs dans la zone militaire la plus surveillée et la mieux défendue de Lorient.

Henderson avait établi une stratégie méticuleuse, exploitant les informations livrées par PT lorsqu'il travaillait sur le site de construction, l'expertise qu'Édith avait du terrain et les plans fournis par l'ami d'Antoine, un Espagnol qui avait fui sa terre natale en raison de ses sympathies communistes.

Aux commandes de la charrette, Édith salua les deux gardes plantés à l'entrée du pont. Comme prévu, ces derniers, qui la connaissaient bien, lui firent signe de franchir le poste de contrôle sans examiner son chargement. Après avoir déposé deux bidons de lait et des caisses de fruits devant une cantine réservée aux dockers, elle emprunta la rue menant à la zone évacuée située à l'est de la base des U-Boot.

Elle n'y avait pas remis les pieds depuis le jour où elle avait conduit Marc jusqu'au dépôt de charbon. L'Organisation Todt avait rassemblé toute sa main-d'œuvre du côté ouest du petit canal pour achever la construction des nouveaux bunkers. Les lieux n'avaient pas beaucoup changé. Seul un pâté de maisons avait été rasé afin d'ouvrir une voie permettant le passage des camions chargés de grues en pièces détachées.

— Sac à puces ! lança un garçon qui jouait aux billes sur le trottoir. Ça fait un bail qu'on ne t'a pas vue. Qu'est-ce que tu deviens ?

Jean-Paul, onze ans, était le plus jeune membre de la bande. Édith avait souvent chahuté avec ce petit dur à cuire, mais elle avait grandi, et son travail auprès de Mme Mercier lui interdisait toute escapade.

— Je suis juste venue faire un tour en souvenir du bon vieux temps, dit-elle. Tu as vu beaucoup de Boches dans le coin ?

— Non, mais je te conseille d'éviter le dépôt de charbon. Plus personne n'y va, maintenant. Ils ont viré le gros Adolf, et les nouveaux gardes ne sont pas des tendres. Mon frère s'est fait attraper, une fois. Ma mère a dû aller le chercher. Il était couvert de bleus de la tête aux pieds.

— Compris. Bon, il faut que j'y aille. Contente de t'avoir revu.

Sur ces mots, elle donna une petite claque sur la croupe du cheval, et l'attelage se remit en route.

— Tu devrais venir plus souvent, dit Jean-Paul en trottinant à ses côtés. On jouera à chasser les rats, comme avant. On en a attrapé des gros comme ça, l'autre jour, et on les a vendus au boucher de la rue du Port. Il nous en a offert trois francs.

— Merci du tuyau. J'éviterai ses saucisses, à l'avenir.

Soudain, le garçon sauta à l'arrière de la charrette.

— Eh, descends d'ici tout de suite, protesta Édith. Cet attelage appartient à Mme Mercier.

— Il faudra que tu viennes me chercher, sac à puces ! répliqua joyeusement Jean-Paul.

Édith avait deux ans de plus que lui, mais elle n'avait que la peau sur les os et strictement aucune chance de le dominer. Elle choisit de poursuivre sa route, puis de laisser ses coéquipiers régler le problème.

Deux cents mètres plus loin, Rosie et Henderson jaillirent d'une boutique à la devanture obturée par des planches.

— Qu'est-ce qu'ils font ici, ceux-là ? s'étonna Jean-Paul en les considérant d'un œil suspicieux.

Édith redoutait que le garçon ne prenne la fuite et ne décrive à ses camarades la scène à laquelle il venait d'assister.

— Suis-moi à l'intérieur, dit-elle. Je vais te montrer ce qu'on prépare.

— Qui est ce gamin, Édith ? gronda Henderson. Tu as perdu la tête ?

— Ce n'est pas ma faute. Ce petit con s'est accroché à la charrette. Je n'ai rien pu faire.

— Soit, dit-il en se tournant vers Jean-Paul. En fait, tu tombes plutôt bien, mon garçon. Je te donnerai trois francs si tu nous aides à descendre le chargement.

Le visage de l'enfant s'illumina, puis il considéra l'attelage d'un œil perplexe.

— Mais il n'y a plus rien à décharger, fit-il observer.

Rosie grimpa à l'arrière, tira un levier dissimulé sous une cale, déplaça une planche, glissa une main dans l'ouverture et ôta deux chevilles de bois. Lorsqu'elle fut descendue, Édith fit coulisser l'ensemble de la plate-forme, dévoilant un compartiment secret d'une trentaine de centimètres de profondeur.

Les yeux de Jean-Paul jaillirent littéralement de leurs orbites. La cache contenait un assortiment de grenades, d'armes de poing, de pistolets-mitrailleurs, de cordes, de détonateurs, de pains de plastic et d'uniformes noirs des commandos de l'armée britannique.

— Commencez à décharger, ordonna Henderson.

Rosie remit à Jean-Paul une caisse de grenades.

— Porte ça à l'intérieur.

Les agents effectuèrent des allers-retours entre la charrette et la boutique. Quelques minutes plus tard, Luc se joignit à eux, s'excusant d'avoir dû s'absenter pour satisfaire un besoin pressant. La manœuvre achevée, Rosie remit la plate-forme en place.

Selon le plan initial, Édith aurait dû quitter la zone portuaire à ce stade de l'opération, mais la présence de Jean-Paul compliquait sérieusement la situation.

Lorsque tous furent rassemblés à l'intérieur du bâtiment, Henderson pointa un doigt en direction d'Édith.

— Parle-moi de ton petit copain.

— Ce n'est qu'un gamin. Il passe son temps à traîner dans la rue. Sa famille est pauvre. Il a plus de frères et de sœurs que d'orteils.

— Je vous promets que je ne dirai rien à personne, plaida Jean-Paul.

— Il a vu nos visages, sourit Luc. Il vaudrait mieux lui tordre le cou.

— La ferme, toi, gronda Rosie.

Les agents étaient pendus aux lèvres d'Henderson, mais aucun mot ne sortait sa bouche.

— Il faut qu'on le liquide, insista Luc. Je vous rappelle qu'Édith ne partira pas avec nous en Angleterre à la fin de l'opération. Ce morveux pourrait courir la dénoncer aux Boches.

— Il est hors de question que j'élimine un enfant ! cria Henderson avant de dévisager Jean-Paul, qui avait battu en retraite dans un angle de la pièce. Pourquoi tu traînes dans la rue, toi ?

— Je n'ai rien d'autre à faire, gémit le garçon.

— Sa mère est soûle du matin au soir, expliqua Édith. Elle passe son temps à dérouiller ses mômes.

— Elle n'est pas *tout le temps* soûle, protesta Jean-Paul.

Henderson étudia les marques violettes sur son cou et les cicatrices qui zébraient ses bras, stigmates des coups de trique qu'il recevait quotidiennement.

Lui accorder une confiance aveugle, c'était prendre un risque considérable, mais il pensait qu'un enfant maltraité de la sorte réagirait favorablement à un acte de clémence.

— Très bien. Voilà comment nous allons procéder. Jean-Paul, tu m'écoutes ?

Le garçon hocha solennellement la tête. Henderson consulta sa montre.

— Rosie va vous ramener aux écuries, Édith et toi. Une fois là-bas, elle te donnera deux pilules qui te feront dormir jusqu'à demain matin. À ton réveil, Édith te remettra dix francs. Mais si tu dis un mot de ce que tu as vu dans cette boutique, j'enverrai Luc s'occuper de ton cas.

— Dix francs ! s'exclama Jean-Paul.

Édith fronça les sourcils.

— Jure que tu ne raconteras rien à personne.

— Je le jure sur ma propre tête, répondit le garçon, fendu jusqu'aux oreilles.

Henderson entraîna Rosie à l'écart.

— Les pilules réagissent différemment selon les individus, alors attache-le solidement, juste au cas où.

— C'est compris.

— Emmène-le à l'extérieur. Je dois m'entretenir avec Édith en privé.

Cette dernière, qui s'attendait à essuyer une sévère réprimande, eut la surprise de voir Henderson poser un genou à terre puis lui caresser doucement l'épaule.

— Je regrette que tu aies rejeté ma proposition de partir pour l'Angleterre et d'intégrer notre unité, dit-il en sortant deux billets de dix francs de sa poche. Tiens, l'un est pour Jean-Paul, l'autre pour toi.

Édith secoua la tête.

— Je ne quitterai jamais mes chevaux, dit-elle. Sans les soins que je lui apporte, il ne s'écoulerait pas une semaine avant que Domino soit envoyée à la boucherie.

— Tu demanderas à Mme Mercier de trouver du travail à Jean-Paul. Je préfère le tenir occupé que de le voir traîner avec ses petits copains, auxquels il finirait tôt ou tard par faire des confidences.

— Il ne posera pas de problème. Tout le monde sait qu'il ment comme il respire. Même s'il décrit ce qu'il a vu, personne ne le croira.

.:.

— J'ai attaché ses chevilles et ses poignets, puis je l'ai étendu sur la paille, dit Rosie, de retour dans la boutique abandonnée. Il dort comme un bébé. Édith est allée trouver Mme Mercier pour savoir quelles tâches elle pourrait lui confier.

— On ne m'ôtera pas de l'esprit qu'on aurait mieux fait de lui tordre le cou, gloussa Luc.

— C'est à *toi* que je vais tordre le cou, répliqua Henderson.

Joël et Antoine avaient rejoint la planque dix minutes plus tôt. Henderson avait convaincu ce dernier de gagner l'Angleterre à l'issue de l'opération afin d'y suivre l'entraînement dispensé par les instructeurs de CHERUB. Si tout se déroulait comme prévu, il serait de retour à Lorient six à huit mois plus tard, fort du statut d'agent opérationnel.

Pour l'heure, il avait tout à apprendre. Tandis qu'Henderson et Luc assemblaient l'équipement, Rosie l'initia au maniement du pistolet automatique et de la grenade à fragmentation. Enfin, elle lui expliqua comment reconnaître les différents types de détonateurs et les insérer dans les charges de plastic.

Les agents s'accordèrent une pause pour se restaurer. Luc et Henderson engloutirent pommes de terre, saucisses et tranches de pain. Joël, Rosie et Antoine, que l'imminence de l'opération rendait extrêmement nerveux, n'avaient guère d'appétit.

Son repas achevé, Henderson se leva et consulta sa montre. Il était huit heures passées, et le ciel commençait à peine à s'assombrir.

— Avez-vous tous parfaitement mémorisé vos objectifs, ainsi que les tâches secondaires que vous devrez remplir si l'un de nous est éliminé au cours de la mission ?

— Et si plusieurs d'entre nous sont tués ? demanda Antoine.

— On croise les doigts et on détale comme des lapins, ricana Joël.

— Lorsqu'on part en opération, déclara Henderson, la seule chose dont on puisse être certain, c'est que *rien* ne se passera comme prévu. Mais le sang-froid et le bon sens permettent généralement de se tirer des situations les plus inattendues.

— Sauf si on se fait tous massacrer, bien sûr, ajouta Rosie sur un ton insouciant.

— Il est temps d'oublier les identités sous lesquelles nous avons travaillé depuis notre arrivée à Lorient. À partir de cet instant, nous sommes membres d'un commando franco-anglais. J'espère que vous connaissez tous vos nouveaux scénarios de couverture sur le bout des doigts. Luc, où t'es-tu entraîné ?

— À la caserne de Gosport, près de Portsmouth.

— Ton grade et ta date de naissance ?

— Seconde classe Jean-Marc Clergeau, Forces françaises libres, né le 16 janvier 1924.

Joël éclata de rire.

— Personne ne croira que tu as dix-sept ans. Tu n'as même pas de poils où je pense.

Luc se dressa d'un bond et baissa son pantalon de façon à exhiber la toison qui ornait son bas-ventre. Rosie simula un spasme de dégoût.

— Un peu de tenue, gronda Henderson. Pas de comportement indécent en présence d'une jeune fille.

— Oh, ce n'est pas la première fois qu'elle la voit, gloussa Luc. N'est-ce pas, Rosie ?

Cette dernière lui adressa un sourire malicieux.

— Il a fallu que je plisse les yeux, mais il me semble bien avoir aperçu une espèce de vermicelle, au milieu de la crasse et des morpions.

— Bon, arrêtez de vous chamailler et commencez à vous préparer. Remettez-moi vos anciens documents personnels.

Ils déposèrent papiers d'identité, cartes de rationnement et laissez-passer dans la boîte métallique qui avait contenu leur dîner. Henderson les réduisit en confettis puis les arrosa d'essence à briquet. Au moment où il s'apprêtait à y mettre le feu, des bruits de pas précipités résonnèrent dans la rue. Les agents se jetèrent à plat ventre. Trois garçons passèrent en courant devant la fenêtre, un policier de la Kriegsmarine à leurs trousses.

Lorsqu'ils se furent éloignés, Henderson détruisit les documents et s'assura de la pointe d'un stylo qu'il n'en restait plus un seul fragment lisible. Rosie distribua à chacun de ses coéquipiers une sacoche imperméable contenant un livret militaire britannique, un collier équipé d'une plaque d'identification et des papiers français.

— Ces faux sont de mauvaise qualité, fit observer Luc. Pourquoi ne pas avoir utilisé le stock de cartes d'identité vierges de la planque ?

— Parce que les Allemands trouveront ces papiers sur vous, si vous êtes tués, et ils ne doivent pas savoir que nous avons eu accès à des originaux.

— Mais si nous sommes contraints de battre en retraite et de franchir des postes de contrôle ? s'inquiéta Joël.

— Nous ne sommes que des pions, grogna Luc. Si la mission est un succès, l'état-major nous fera peut-être cadeau d'une médaille, mais si nous sommes abattus, personne ne versera une larme sur notre sort.

Henderson connaissait bien ces moments d'abattement, fréquents chez les commandos sur le point de lancer l'assaut.

— Je ne veux pas entendre ces propos défaitistes, dit-il d'une voix ferme.

Au fond de leur sacoche, les agents découvrirent une montre de plongée, un briquet tempête, plusieurs centaines de francs et trois petits lingots d'or.

— Réglez vos montres, ordonna Henderson. Il est exactement huit heures trente-deux minutes.

L'équipe devait se mettre en route à huit heures cinquante. Il n'y avait plus une seconde à perdre.

Les agents revêtirent des sous-vêtements et des uniformes noirs des commandos de l'armée britannique puis, échangeant des rires nerveux, se noircirent le visage, le cou et les mains à l'aide d'un bâton de maquillage.

Enfin, ils commencèrent à s'équiper. Chaque sac à dos contenait des munitions, des vêtements civils, des rations de survie, de l'eau, une boussole, des cartes et une trousse de premiers soins. Ils étaient armés d'un pistolet neuf millimètres muni d'un silencieux glissé dans un holster de poitrine, d'une mitraillette Sten prolongée par une baïonnette et d'un poignard à la lame en dents de scie.

Luc n'avait jamais semblé aussi heureux.

— Je vais les massacrer ! lança-t-il en se frappant fièrement le torse. Dites-moi juste où se planquent ces salauds de nazis !

Son visage s'assombrit lorsqu'il réalisa qu'il devrait également porter l'un des deux sacs d'équipement contenant une cinquantaine de kilos d'explosifs.

Avant de quitter la boutique, ils placèrent un petit pain de plastic au milieu de la pièce, puis entassèrent leurs vêtements et tous les objets qu'ils étaient contraints d'abandonner à proximité. Henderson brisa le détonateur prévu pour s'actionner deux heures plus tard.

— On a deux minutes de retard, dit Henderson en jetant un coup d'œil à l'extérieur pour s'assurer qu'ils avaient le champ libre. Tout le monde dehors, et en vitesse.

CHAPITRE QUARANTE

Henderson ouvrit la marche, suivi par les agents qui, répartis en binômes, transportaient les sacs d'explosifs. La nuit n'était pas encore tombée, et ils progressaient à découvert, mais la relève des ouvriers, prévue pour neuf heures, leur offrait une opportunité d'approcher du bunker.

Il aurait été suicidaire de pénétrer directement dans la zone sécurisée qui entourait la base des sous-marins, sur la rive ouest du canal. Henderson avait décidé de se frayer un passage dans le dépôt de charbon puis de traverser la pièce d'eau, large d'une cinquantaine de mètres, à bord de l'un des canots à moteur utilisés par les patrouilles portuaires.

Les agents avaient désormais l'allure de soldats, même si leur âge et la présence d'une fille dans leurs rangs décrédibilisaient leur couverture. Rosie se dirigea droit vers le poste de sécurité du dépôt et frappa à la porte. Un garde se présenta sur le seuil. Elle lui lança un sourire désarmant.

— Je suis désolée, minauda-t-elle, mais je crois que je suis perdue. Je suis arrivée en ville ce matin, et je suis à la recherche de…

Tout en parlant au soldat, elle tendit trois doigts dans son dos afin d'indiquer à ses coéquipiers le nombre d'Allemands présents à l'intérieur de la baraque.

— Qu'est-ce que c'est que ces traces noires sur ton visage ? s'étonna son interlocuteur.

Quatre projectiles jaillis d'un pistolet à silencieux criblèrent la fenêtre située à l'arrière de l'abri. En tournant la tête, l'homme découvrit les corps sans vie de ses collègues. Rosie dégaina son arme de poing, fit un pas en arrière et lui tira une balle en plein cœur.

Luc, tout sourire, apparut derrière la fenêtre, le pouce dressé.

— Zone sécurisée, dit-elle avant de couper le fil du téléphone à l'aide de son couteau.

Antoine traîna le cadavre de l'Allemand dans le bâtiment puis ferma la porte de façon à masquer le carnage aux regards extérieurs.

Henderson franchit le portail et progressa furtivement, pistolet au poing. Selon Édith, trois à cinq soldats gardaient le dépôt.

Il trouva le quatrième assis au bord du quai, de dos, en train de croquer une pomme. Après lui avoir tranché la gorge, il dissimula son corps entre deux monticules de charbon.

Les trois canots de patrouille étaient amarrés à un ponton flottant accessible par une courte passerelle mobile. Henderson monta dans l'un d'eux, en étudia les commandes, puis jeta un œil à la jauge de carburant.

Sa montre indiquait huit heures cinquante-neuf. L'équipe avait rattrapé son retard. Au moment où Antoine détachait l'amarre et prenait place à bord du canot, bientôt suivi de Luc et de Rosie, une sirène se fit entendre dans le complexe des blockhaus afin d'avertir les ouvriers de l'imminence du changement d'équipe.

Henderson tira sur le démarreur, et le moteur se mit à pétarader. Alors, il constata que la proue se soulevait dangereusement.

— On est en train de couler ! cria-t-il tandis que l'eau s'engouffrait à la poupe de l'embarcation.

Elle était conçue pour le transport de trois à quatre hommes, et Henderson avait supposé qu'il pourrait aisément supporter le poids des cinq membres de l'équipe. Hélas, il n'avait pas tenu compte des explosifs et des sacs à dos.

Luc et Rosie se hissèrent sur le ponton flottant afin d'alléger le canot et parvinrent *in extremis* à rétablir son assiette. Antoine et Joël commencèrent à écoper l'eau à l'aide de leur casque.

Soudain, Luc aperçut un soldat qui courait le long du quai en direction du poste de contrôle. À en juger par son visage bouleversé, il venait de découvrir le corps mutilé de ses collègues et comptait donner l'alerte sur-le-champ.

Luc franchit la passerelle. Alerté par le crissement de ses semelles sur les éclats de charbon qui jonchaient le sol, le policier de la Kriegsmarine se figea, à une quinzaine de mètres de sa position.

Luc brandit son pistolet, visa le torse, bloqua sa respiration et enfonça la détente. Il n'entendit que le claquement du percuteur.

L'Allemand saisit l'arme qu'il tenait en bandoulière. Luc sentit son sang se glacer dans ses veines. Même si son adversaire ratait sa cible, les détonations alerteraient les importantes forces de sécurité postées sur l'autre rive du canal.

Contrairement à Marc, il n'avait jamais brillé au lancer de couteau, mais son arme de poing s'étant enrayée, il n'avait d'autre choix que de tenter sa chance puis de se mettre à couvert derrière l'un des tas de charbon.

Au moment précis où il tendit la main vers son fourreau, une balle siffla par-dessus son épaule sans produire de détonation et atteignit le soldat en pleine poitrine.

Luc lança un regard en arrière et découvrit Rosie campée arme au poing. Il effectua une roulade latérale afin de dégager sa ligne de tir. Elle fit feu une seconde fois. Le projectile pénétra à la base du cou de l'Allemand et ressortit par le front, puis son corps bascula dans les eaux du canal.

Luc considéra son pistolet, lâcha une bordée d'injures et se rua vers le ponton. Henderson, Joël et

Antoine avaient déjà rejoint la rive opposée et gravi les échelles de bois permettant d'accéder au quai. À l'aide de cordes, ils y hissaient les sacs d'explosifs.

Sur leur droite, le blockhaus le plus proche formait une masse sombre et menaçante. Trois de ses sept alvéoles étaient occupées. Les autres étaient encore en cours d'aménagement et d'électrification.

Plus à gauche, le chantier du bunker réservé à la mise en cale sèche était illuminé. Des ouvriers harassés descendaient de vertigineux échafaudages plaqués contre les quatre parois. Leurs remplaçants patientaient au pied de l'édifice.

Le transfert des sacs achevé, Henderson remonta à bord du canot et regagna le ponton, sur la rive est du chenal. Il était profondément ébranlé par l'erreur qu'il avait commise en surestimant les capacités de l'embarcation.

— J'espère que le reste de votre plan est plus au point, lança Luc avec son habituel manque de tact, en étudiant son pistolet automatique.

Tandis que l'embarcation se dirigeait vers le complexe des bunkers, il ôta le chargeur et découvrit une cartouche coincée dans la fenêtre d'éjection. Il frappa l'arme contre la coque afin de l'en déloger puis tira une balle dans l'eau pour s'assurer qu'elle était de nouveau en état de marche.

— Je me disais bien que j'avais entendu un bruit bizarre, quand j'ai flingué les Boches dans le poste de sécurité, dit-il. Je ne me laisserai pas avoir deux fois.

Antoine aida Luc et Rosie à se hisser au sommet de l'échelle de bois. Henderson coupa le moteur puis débarqua à son tour.

Il avait choisi de traverser le canal à l'heure du changement d'équipe afin de minimiser les chances d'être repéré. Il supposait que la majorité des gardes de la Kriegsmarine seraient mobilisés pour contrôler les papiers des nouveaux arrivants et procéder aux fouilles des ouvriers soupçonnés d'emporter outils et bois de construction.

Point faible de cette stratégie, l'équipe devait à présent demeurer cachée à l'intérieur de la base pendant cinquante-cinq minutes en attendant la nuit noire.

Outre les trois énormes blockhaus réservés aux submersibles, les Allemands avaient prévu de bâtir de nombreux édifices annexes, dont seul le blockhaus des sous-mariniers était achevé : des ateliers, un dépôt de torpilles, un centre d'entraînement et des lieux de détente. Grâce à un important réseau de tunnels, la base pourrait essuyer des bombardements aériens sans interrompre ses activités.

Les principaux souterrains n'étaient pas encore en place, mais de courtes sections avaient été aménagées sous les bunkers lors de leur construction. Après avoir rampé à l'abri d'un talus de terre meuble, les cinq agents empruntèrent un tunnel à demi immergé qui courait sous le blockhaus bâti à l'extrémité de la presqu'île.

Si leurs renseignements étaient exacts, cinq équipages au grand complet s'apprêtaient à passer la nuit dans le blockhaus des sous-mariniers avant de prendre la mer en formation serrée à la faveur de la marée matinale. La construction comprenait huit dortoirs disposant chacun de quarante-huit couchettes. Selon l'informateur d'Antoine, ces espaces étaient délimités par de simples cloisons de bois, de façon à pouvoir changer rapidement l'affectation du bâtiment si nécessaire.

Près de l'entrée située au nord, au niveau du sol, se trouvaient la cantine et la salle de détente, une vaste pièce aux murs nus meublée de chaises et d'une table de ping-pong. Un souterrain courait vers le sud, mais il n'avait pas encore été relié au reste du complexe. Pour l'heure, ce n'était qu'un conduit d'une soixantaine de mètres de long s'achevant sur une mare de boue d'un demi-mètre de profondeur.

Le souffle court, les agents débouchèrent du tunnel qu'ils avaient emprunté pour gagner le cœur de la base. Redoutant d'être repérés par les ouvriers perchés sur les échafaudages, ils franchirent au pas de course la profonde flaque de boue située à découvert. Ils s'engouffrèrent dans le boyau et atteignirent la porte de bois provisoire donnant sur l'intérieur du bunker de sous-mariniers. Henderson balaya le sol à l'aide de sa lampe torche et découvrit des centaines de mégots de cigarette, preuve que des membres d'équipage venaient fumer en ces lieux afin d'échapper à la promiscuité des dortoirs.

— Posez votre équipement, vérifiez vos armes et désaltérez-vous, chuchota-t-il.

Lorsqu'ils eurent repris leur souffle, Rosie et Joël firent glisser les fermetures éclair des sacs d'explosifs. À la lumière de la lampe d'Henderson, les agents placèrent une multitude de charges de la taille d'un poing contre les parois du tunnel puis y plantèrent des détonateurs à déclenchement sympathique. Soudain, la porte s'ouvrit à la volée et deux jeunes Allemands déboulèrent dans le boyau obscur, bousculant Joël au passage.

Luc fit volte-face et porta la main à son étui de pistolet, mais Henderson s'adressa aux soldats dans leur langue natale.

— Vous vous trouvez sur un chantier de construction. Pour le moment, ce souterrain ne mène nulle part.

— Veuillez nous excuser, dit l'un des sous-mariniers.

Les deux importuns rebroussèrent chemin la tête basse, comme des enfants pris les doigts dans une boîte de gâteaux.

Lorsqu'une trentaine de charges eurent été mises en place, Henderson disposa un pain de plastic de la taille d'un ballon de football au centre de la mare, devant l'entrée du tunnel.

Enfin, il consulta sa montre. Il était neuf heures vingt-sept.

— Nous sommes dans les temps, annonça-t-il. Joël, à toi de jouer. Le moment est venu d'éteindre la lumière.

CHAPITRE QUARANTE ET UN

Les ouvriers chargés de la construction du bunker nord, répartis en deux groupes, travaillaient vingt-quatre heures sur vingt-quatre. L'équipe de nuit œuvrait à la lumière de puissants projecteurs qui éclairaient partiellement le blockhaus des sous-mariniers et rendaient impossible la mise en œuvre du plan.

PT avait détesté chaque seconde passée sur le chantier. Ses camarades avaient même, par plaisanterie, prétendu qu'il s'était poignardé lui-même afin de se faire porter pâle. Avant de regagner l'Angleterre, il avait décrit avec précision la disposition des lieux. Plus important encore, il avait fourni à Henderson une information capitale : selon la procédure mise en place par les Allemands, lorsque les sirènes annonçaient un raid aérien, la zone était immédiatement plongée dans l'obscurité et les travailleurs mis à l'abri dans les alvéoles habituellement réservées aux U-Boot.

La base recevait les alertes par téléphone, *via* les stations radar de la Luftwaffe disséminées le long de la côte. Henderson avait envisagé d'attaquer la salle de commandement, de liquider les officiers supérieurs, puis de lancer une alerte depuis le poste de contrôle principal. Mais l'installation, située à vingt mètres de profondeur sous les alvéoles des U-Boot, semblait inexpugnable. Aussi avait-il décidé de manipuler un boîtier de raccordement électrique.

Il avait sélectionné Joël pour mener à bien cette mission en raison de son agilité et de sa rapidité d'exécution. Ce dernier abandonna son sac à dos dans le tunnel d'évacuation, traversa la mare et s'immobilisa à l'entrée du souterrain qui s'étendait sous le bunker en construction.

Les mains et les bottes couvertes de boue, il courut jusqu'au sommet d'un remblai escarpé, puis se hissa jusqu'à la dalle où s'élevait le bâtiment en s'agrippant aux gaines qui hérissaient la paroi de béton. De sa position, il pouvait observer un échafaudage brillamment éclairé disposant de six niveaux où s'affairait une nuée d'ouvriers.

Joël laissa passer deux manœuvres qui poussaient des brouettes au pied de l'édifice et se précipita vers un coffrage rectangulaire vissé à la paroi du blockhaus. Il le déverrouilla à l'aide d'une clé en forme de T, jeta un regard à gauche et à droite, puis il inspecta les interrupteurs, les sections de fils électriques et les étiquettes rédigées en français et en allemand. Ce boîtier de raccordement permettait de contrôler l'éclairage provisoire de l'échafaudage. En étudiant la rangée supérieure, il remarqua un bouton alimenté par deux câbles portant l'inscription *TEST SIRÈNES — NE PAS ACTIVER SANS AUTORISATION*. S'il l'abaissait, Joël déclencherait l'alarme, mais il suffirait de le replacer dans sa position initiale pour l'interrompre. Il devait s'assurer que les avertisseurs fonctionnent jusqu'à ce que l'ensemble du personnel de la base se mette à couvert.

À l'aide d'une pince, il commença par couper le fil du combiné téléphonique placé dans la partie inférieure du boîtier. Ainsi, les officiers du poste de commandement ne pourraient pas entrer en contact avec les contremaîtres chargés de la surveillance du chantier. Joël détacha le premier fil électrique relié à l'interrupteur, sortit de sa poche deux mètres de câble de même section, en noua les deux extrémités dénudées et enroula soigneusement l'ensemble parmi les autres fils, de façon à faire perdre autant de temps que possible à celui qui tenterait de le déconnecter. Lorsqu'il eut répété l'opération avec le second câble, il colla une charge de la taille d'une balle de golf dans un angle peu visible puis il y planta un détonateur conçu pour exploser trois minutes après son activation.

— Attention à toi, mon garçon, fit une voix.

Joël se pressa contre le mur pour laisser passer deux ouvriers transportant une cuve de goudron brûlant, cassa l'extrémité du détonateur et joignit les deux câbles. Aussitôt, les sirènes placées sur le toit du bunker se mirent à hurler.

En dix secondes, la moitié des projecteurs qui illuminaient l'échafaudage s'éteignirent. Les autres demeurèrent allumés quelques minutes, afin de permettre aux travailleurs de descendre de la structure, de mettre le matériel le plus coûteux à l'abri puis de gagner les alvéoles avant que la base ne soit plongée dans l'obscurité.

Joël sauta de la dalle, rallia en courant le boyau d'évacuation du bunker des sous-mariniers, récupéra son sac et rejoignit Henderson qui se tenait accroupi au sommet d'un talus. Ce dernier lui confia le boîtier de mise à feu à distance.

— Excellent travail, dit-il. Maintenant, tu restes ici. Je me rends auprès de Rosie. Si possible, compte vingt secondes après l'explosion principale avant de faire sauter le tunnel.

— Compris, répondit Joël en se tournant vers le blockhaus nord, d'où les ultimes ouvriers décampaient désormais dans le noir absolu. On se retrouve près de la voie ferrée.

Le bunker des sous-mariniers mesurait une soixantaine de mètres de long. À l'approche de la structure, Henderson vit Luc et Antoine se hisser sur le toit légèrement voûté. Rosie, qui se bagarrait avec le sac contenant cinquante kilos de plastic, fut soulagée de le voir saisir l'une des poignées.

Les occupants du bâtiment avaient éteint les lumières dès le début de l'alerte. Appliquant le règlement à la lettre, les membres d'équipage présents à l'intérieur s'étaient retranchés dans les profondeurs du bunker, derrière une porte blindée à l'épreuve du souffle des bombes. Seuls deux policiers de la Kriegsmarine étaient demeurés en poste dans l'entrée décorée d'un portrait officiel d'Adolf Hitler.

Pistolet brandi, Henderson pénétra dans le blockhaus et abattit froidement les deux hommes, ainsi qu'un sous-marinier qui n'avait pas eu le temps de rejoindre la partie sécurisée du bâtiment avant la fermeture du sas. Il passa la tête à l'extérieur et fit signe à Rosie d'entrer.

Il était vain de s'attaquer à la porte conçue pour résister aux attaques aériennes de l'abri souterrain. Le plan consistait à faire effondrer le bâtiment afin de condamner les soldats qui s'y étaient réfugiés.

Tandis que Rosie et Henderson liaient les charges à l'aide de cordon détonant et les plaçaient contre les murs porteurs, Luc et Antoine prirent position au centre du toit, une structure de béton doublée d'une épaisse plaque d'acier dont la forme incurvée était censée défléchir les effets de souffle les plus dévastateurs. Conçu pour abriter des centaines d'hommes en milieu clos, il était percé de quatre bouches d'aération qui pouvaient être fermées à distance par des volets blindés en cas d'attaque chimique. Henderson avait misé sur l'hypothèse qu'elles resteraient ouvertes en cette chaude soirée d'été, en présence de deux cent cinquante sous-mariniers.

Les deux agents passèrent à l'action aux deux extrémités du toit. Luc s'accroupit près de la première ouverture et y jeta à la hâte six pains de plastic équipés de détonateurs qui se déclencheraient sous l'effet de l'explosion principale provoquée par Henderson et Rosie.

Il se pencha au-dessus de la deuxième bouche d'aération et répéta l'opération. À cet instant précis, les sirènes se turent. Luc entendait la voix des Allemands retranchés dans les profondeurs du bunker. Il n'y comprenait pas grand-chose, mais il lui semblait que le son produit par les bombes dégringolant dans les conduites avait semé une vive agitation. Un peu anxieux, il courut retrouver Antoine.

— Tu as terminé ? demanda-t-il. Ils ont mis fin à l'alerte. Ils ne vont pas tarder à rétablir l'éclairage.

— Tout va bien, répondit son coéquipier, partagé entre la peur et l'exaltation.

Luc sortit une lampe torche de sa poche, la braqua vers la porte du bunker et enfonça le bouton à trois reprises. Quelques secondes plus tard, Henderson reproduisit le signal.

— On a trois minutes pour se tailler, dit Luc en ôtant les boucles de son sac à dos dans la perspective d'une longue glissade sur les flancs du bunker, puis d'une course épuisante en direction de la voie ferroviaire située à trois cents mètres au nord.

Alors, les projecteurs se rallumèrent.

CHAPITRE QUARANTE-DEUX

Henderson et Rosie étaient à l'abri dans le vestibule du bunker. Joël, lui, se trouvait à découvert, mais il s'était jeté à plat ventre dans la terre humide. Intégralement couvert de boue, il était désormais parfaitement indétectable. Luc et Antoine, en revanche, se tenaient debout sur le toit, en pleine lumière.

Un cri résonna, puis Luc vit trois gardes de la Kriegsmarine jaillir d'un poste de contrôle situé près du portail principal du complexe, à cent mètres de là. Pourtant, une rafale se fit entendre, arrachant au toit une pluie d'éclats de béton. Un coup de feu claqua, puis Luc perçut un son comparable à celui d'une botte plantée dans la terre meuble. Un crachin rougeâtre éclaboussa son visage. Antoine lâcha un râle. Les trois soldats se ruaient vers le bunker, et un tireur était embusqué sur l'échafaudage.

L'une des sentinelles s'effondra, sans que Luc puisse déterminer qui d'Henderson ou de Joël l'avait prise pour cible. Les deux autres soldats se postèrent à couvert derrière une cabane de tôle.

— Tirons-nous ! lança-t-il.

Ce n'est qu'à ce moment qu'il réalisa qu'Antoine gisait à ses pieds. Il ne voyait pas la moindre trace de sang en raison de l'uniforme noir dont son camarade était vêtu, mais un fragment d'os saillait de sa jambe. Il saisit son bras et le poussa dans la pente. Une troisième balle atteignit le toit, à moins d'un mètre. Le corps de son coéquipier roula jusqu'à la tranchée profonde qui marquait la limite entre le bunker et la terre retournée.

À cet instant, la charge que Joël avait dissimulée dans le boîtier de raccordement détona, plongeant de nouveau toute la zone dans l'obscurité. Les balles sifflaient aux oreilles de Luc. Ayant glissé le long du toit, il s'accroupit au chevet d'Antoine.

— J'ai mal, gémit ce dernier. Va chercher Henderson.

— Évidemment que tu as mal, répliqua Luc avec froideur. Tu t'es pris un pruneau.

Il jeta un regard par-dessus son épaule. Il savait qu'Henderson était sur le point d'actionner les charges placées à l'intérieur du bunker.

Il glissa une main dans la veste de son coéquipier et ôta la goupille de l'une de ses grenades équipées d'un retardateur de dix secondes. Puis une autre. Puis une autre. Antoine avait gardé toute sa lucidité.

— Salaud, gémit-il.

— Ils te tueront de toute façon, répliqua Luc avant de se redresser et de se mettre à courir en direction du long tunnel menant au quai où l'équipe avait abandonné le canot. T'inquiète, on se retrouvera en enfer.

Il enchaîna huit foulées et bondit par-dessus le remblai. Il ne sut jamais si les grenades avaient explosé avant le bunker, mais il sentit la chaleur dégagée par les bombes malgré son uniforme de toile extrêmement épaisse. L'onde de choc le frappa de plein fouet, prolongeant son saut de plusieurs mètres.

Luc atterrit sur le ventre et glissa longuement en soulevant une haute vague de boue. Son épaule heurta un objet solide au passage. Lorsqu'il eut recouvré ses esprits, il roula sur le dos et découvrit un ciel orangé. Des gravats tombaient en pluie autour de lui. En se dressant sur un coude, il vit l'échafaudage du blockhaus en construction onduler dangereusement. Des planches, des outils et des sentinelles dégringolaient de l'édifice.

.:.

Henderson était un expert en maniement d'explosifs. La quantité de plastic placée au rez-de-chaussée du bunker des sous-mariniers représentait un peu moins d'un tiers de la charge embarquée par une seule bombe de la Royal Air Force, mais le positionnement des pains avait fait toute la différence.

Dix-huit engins avaient explosé à l'entrée de la structure, à proximité d'un mur porteur. Ils avaient entraîné son effondrement complet et la condamnation du sas d'accès à l'abri souterrain.

Les vingt-quatre kilos de plastic lâchés dans les conduites avaient aussitôt réagi à l'onde de choc. Les sous-mariniers avaient hurlé de terreur à la vue des langues de feu et des gaz mortels jaillis des trappes d'aération. Le souffle coucha instantanément les cloisons de bois délimitant les dortoirs.

Une dizaine de soldats furent victimes de l'explosion, mais les survivants se retrouvèrent piégés dans l'abri souterrain. La plupart perdirent de précieuses secondes à s'acharner sur le volant de la porte blindée. Lorsqu'ils réalisèrent qu'elle était irrémédiablement bloquée par les débris du toit, ils s'engagèrent dans le couloir d'évacuation envahi par une fumée extrêmement toxique. Ils y rampèrent tant qu'ils purent en tentant vainement de retenir leur respiration.

Seuls une vingtaine d'hommes terrorisés parvinrent à franchir la porte de bois située à l'extrémité du boyau. Joël entendit leurs hurlements et leurs déchirantes quintes de toux, puis les premiers d'entre eux titubèrent à l'extérieur de l'abri et s'affalèrent dans la mare de boue. Il égrena mentalement les secondes. *Dix-huit, dix-neuf, vingt.* Puis il tira sur le levier du détonateur, souleva le volet de sécurité et enfonça le bouton rouge. Plus de trente charges explosèrent à l'intérieur du tunnel, pulvérisant la majorité des fuyards. Puis la structure s'effondra, broyant les soldats qui avaient réchappé à la catastrophe.

Quelques secondes plus tard, la charge placée dans la mare détona à son tour et élimina les rares soldats qui avaient réussi à quitter le bunker.

Un nuage incandescent s'éleva dans le ciel d'encre. Joël était couvert de boue de la tête aux pieds. Il étouffait, comme s'il s'était plongé dans un bain trop chaud. Le cœur au bord des lèvres, il se mit à courir. À l'évidence, l'équipe avait accompli la tâche qu'elle s'était fixée : neutraliser cinq équipages de U-Boot. Mais les hurlements d'agonie qu'il venait d'entendre le hantaient. Combien d'hommes avait-il tués en pressant le bouton ?

Le doigt sur la détente de son pistolet-mitrailleur, il tituba en direction de deux Allemands. Il était prêt à faire feu, mais ils ne semblaient pas sur leurs gardes et n'avaient pas identifié son uniforme et son sac à dos. À leurs yeux, il n'était qu'un jeune ouvrier français pataugeant dans la boue jusqu'aux genoux.

– Tu vas bien, mon gars ? demanda l'un d'eux. Tu as vu ce qui s'est passé ?

– Je... je ne sais pas, bredouilla Joël. J'ai juste couru droit devant moi.

Constatant qu'il n'était pas blessé, les soldats se précipitèrent vers les débris du bunker. Plongé dans l'obscurité et la fumée, il n'y voyait pas à trois mètres.

Il avait perdu le sens du temps. Il ne savait même pas dans quelle direction il progressait. Par chance, quelques minutes plus tard, il posa le pied sur une surface bétonnée et aperçut devant lui une volée de rails brillamment éclairée.

Comme promis par le complice espagnol d'Antoine, une draisine, véhicule à bras destiné à l'inspection des voies ferrées, se trouvait pile à l'endroit prévu. Elle était composée d'un boggie surmonté d'une plate-forme de bois et d'un levier permettant de mettre l'ensemble en mouvement. Lorsqu'il s'en approcha, Henderson et Rosie jaillirent des taillis qui bordaient les rails.

— Tu t'es drôlement roulé dans la boue, fit observer sa camarade. On dirait un mort-vivant.

Puis, prenant conscience de l'expression bouleversée de son coéquipier, elle ajouta :

— Tout va bien ?

— L'opération est une réussite, répondit Joël. Mais c'était vraiment horrible, là-bas, de les voir sortir du tunnel et d'enfoncer le bouton.

Henderson posa une main sur son épaule.

— Si tu n'éprouvais pas ce sentiment, tu ne serais plus un être humain, dit-il. Où sont Luc et Antoine ?

— La dernière fois que je les ai vus, ils étaient pris sous le feu ennemi, en pleine lumière. Ils ont réussi à descendre du toit, mais je n'en sais pas plus.

Henderson consulta à nouveau sa montre.

— Nous avons quatre minutes de retard. Bientôt, les Allemands rétabliront l'éclairage et se réorganiseront.

— On ne pourrait pas attendre un peu ? demanda Rosie.

Henderson secoua la tête.

– Si Luc et Antoine sont encore en vie, ils pourront toujours quitter la zone en suivant la voie ferrée. S'ils n'atteignent pas le point de rendez-vous à temps, ils se réfugieront à la planque. Nous ne pouvons pas demeurer ici plus longtemps. Ce serait suicidaire.

.:.

Luc était parvenu à se redresser lorsque le souffle de la troisième explosion le coucha à plat ventre, si bien que la boue s'engouffra dans sa gorge et ses narines. Une minute durant, il resta frappé de stupeur, le sang battant douloureusement à ses tempes. Saisi d'une quinte de toux, il fouilla dans son sac à l'aveuglette, en tira sa gourde, avala une longue gorgée puis se nettoya hâtivement le visage. Lorsqu'il se releva, il découvrit l'empreinte de son corps, parfaitement dessinée dans la terre meuble. Alors seulement, il prit conscience que l'éclairage avait été rétabli et que plusieurs sentinelles de la Kriegsmarine étaient postées sur le toit qui, demeuré intact malgré l'écroulement des murs, avait scellé l'accès à l'abri souterrain.

Il devait garder la tête froide. En raison de la position des soldats, il lui était impossible de contourner le bunker et de progresser trois cents mètres à découvert jusqu'à la voie ferrée.

Il consulta sa montre. Vingt-deux heures seize. Il n'avait guère de chance de rejoindre le point d'extraction avant l'heure limite prévue par le plan initial. Il envisagea d'emprunter le tunnel menant au quai où l'équipe avait débarqué, mais il lui aurait fallu s'aventurer à proximité de l'entrée effondrée du boyau d'évacuation dont les Allemands inspectaient les débris dans l'espoir de retrouver des survivants.

Luc n'avait pas d'alternative : il devrait se hisser sur la structure branlante qui ceinturait le bunker en construction afin de gagner la rive est du canal. Terrifié à l'idée que les gardes l'aperçoivent, il progressa en rampant vers le bâtiment. Des planches avaient dégringolé de l'échafaudage. L'une d'elles, tombée miraculeusement entre la base de l'édifice et le sol boueux en contrebas, lui permit de grimper sur la dalle de béton.

L'assemblage conservait un équilibre précaire, mais le souffle l'avait écarté de plus d'un mètre de la paroi. Au sommet, les barres verticales étaient déformées, signe qu'il était sur le point de s'effondrer, emporté par son propre poids.

Malgré la pesanteur de son équipement, Luc monta sans difficulté au premier niveau, dont une seule planche était restée en place. S'agrippant solidement à une barre de fer, il avança un pied après l'autre, à la manière d'un funambule, jusqu'à l'angle du blockhaus.

Un ingénieur examinait la façade nord à la lueur d'une lampe torche.

— Il va falloir démonter tout l'échafaudage, grogna-t-il.

Redoutant d'être découvert, Luc se hissa à grand-peine jusqu'au quatrième étage de la structure. Il se glissa jusqu'à la façade est, étudia le quai et constata que les embarcations amarrées n'avaient pas souffert des explosions. Avisant une grille d'aération, il jeta un œil à l'intérieur du bunker en construction et découvrit une foule d'une centaine d'ouvriers qui, rassemblés dans une alvéole, fumaient en discutant avec animation des causes supposées de la catastrophe.

Luc s'accroupit, s'accorda quelques secondes pour établir un plan d'action puis décida de rejoindre l'endroit où l'équipe avait accosté moins d'une heure plus tôt.

Il avait quelque chance d'y retrouver le canot, mais il ne se berçait pas d'illusions : si, comme il le supposait, les corps des Allemands tués dans le dépôt de charbon avaient été découverts, les lieux devaient grouiller de soldats.

Il n'avait qu'une certitude, celle que l'évasion ne serait pas facile et qu'il devrait tôt ou tard ouvrir le feu pour sauver sa peau. Il sortit une chemise propre de son sac et s'en servit pour nettoyer son pistolet et sa mitraillette.

Enfin, il commença à descendre les degrés de l'échafaudage. Alors qu'il s'apprêtait à rejoindre le premier étage, le faisceau d'un projecteur l'aveugla.

Il entendit des cris en allemand, puis des bottes foulant nerveusement la chaussée. Une balle frappa le mur du blockhaus. Il n'avait pas repéré la position du tireur, mais il devait à tout prix quitter les lieux avant l'arrivée des renforts.

Il détacha une grenade de sa ceinture, en ôta la goupille et la lança en direction des soldats qui remontaient l'allée desservant les bunkers du complexe. Il s'agrippa à une perche d'acier et s'y laissa glisser à la manière d'un sapeur-pompier. Au moment précis où il toucha le sol, l'engin explosa, tuant un garde et blessant gravement son binôme.

Parvenu sur le quai, Luc eut la surprise de le trouver désert, mais son soulagement fut de courte durée. De l'autre côté du chenal, le dépôt de charbon était illuminé. Bientôt, il fut à nouveau ébloui par le faisceau du projecteur. Des détonations se firent entendre, puis il se retrouva sous un feu croisé. Comme les balles filaient dans toutes les directions, il se mit à courir, prit une profonde inspiration et plongea dans l'eau de mer chargée d'hydrocarbures. Entraîné par le poids de son sac et de son pistolet-mitrailleur, il s'en débarrassa et donna un solide coup de pied pour remonter à la surface.

Constatant qu'il se trouvait toujours sous les tirs ennemis, il reprit rapidement son souffle puis piqua vers le fond, nageant aussi vite que le lui permettaient ses bottes et son uniforme. Après une seconde halte, il atteignit l'autre rive du canal et se glissa sous le ponton flottant. Pour l'heure, il restait invisible aux yeux de l'ennemi, mais sa situation semblait absolument désespérée.

CHAPITRE QUARANTE-TROIS

Henderson d'un côté, Joël et Rosie de l'autre manœuvraient le levier de la draisine. Les deux agents eurent les plus grandes peines à lancer le véhicule, mais dès qu'ils eurent pris de la vitesse, ils éprouvèrent un vif plaisir à sentir le vent chahuter leurs cheveux et à se laisser bercer par le tressaut régulier des roues à l'intersection des rails.

La voie ferrée, qui reliait les docks à la zone de fret où ils avaient fait sauter les locomotives quelques semaines plus tôt, était mal surveillée. Seule une patrouille à pied aurait pu intercepter les agents de CHERUB. Ils avaient quitté la base navale sans être réellement inquiétés. Ils se dirigeaient vers le centre de Lorient, filant entre les hangars et les maisons délabrées.

Ils étaient impatients de s'éloigner de la presqu'île, mais la ligne aux rails mal ajustés était réservée à la circulation de convois lourds et lents, si bien que la draisine, abordant un virage, encaissa un choc violent qui faillit éjecter Henderson sur le bas-côté.

S'étant sortis de ce mauvais pas, ils décidèrent de ralentir d'allure. À l'approche d'un passage à niveau situé au cœur de Lorient, ils entendirent le grondement caractéristique d'une moto. Henderson tira le levier dont l'extrémité venait se caler contre la roue arrière droite, produisant une gerbe d'étincelles sans guère influer sur la vitesse du boggie.

Le pilote de la moto actionna son avertisseur et pressa les pinces de freins de toutes ses forces. Fugitivement, Joël et Rosie lurent la terreur dans ses yeux lorsqu'il effectua une manœuvre qui lui permit d'éviter la collision *in extremis* et de frôler l'arrière de la draisine. Il perdit l'équilibre, glissa sur le flanc et termina sa course dans les buissons qui bordaient la voie ferrée.

L'équipe poursuivit sa progression et franchit le dernier passage à niveau, au nord de Lorient, près du poste de contrôle permettant d'accéder au centre-ville. Dans les minutes qui avaient suivi l'attaque, les mesures de sécurité avaient été considérablement renforcées. En croisant la route, ils aperçurent un grand nombre de gardes casqués et lourdement armés. Quatre Kübelwagen, des véhicules militaires légers, bloquaient la chaussée. Un panneau portant l'inscription CIRCULATION INTERDITE était exposé en évidence.

Ils continuèrent à manœuvrer la draisine sur quelques centaines de mètres.

— Danger, droit devant, annonça Henderson en lâchant le levier.

Selon le plan initial, ils auraient dû parcourir au

moins un kilomètre au-delà des limites de la ville, mais un train était stationné sur la voie parallèle, cinq cents mètres plus loin. Le chauffeur de la locomotive avait reçu l'ordre de stopper ses machines en raison de l'attaque dont avait été victime la base des U-Boot. Malgré la distance et l'obscurité, Henderson redoutait d'avoir affaire à un convoi chargé de troupes et d'armement en provenance d'Allemagne. Il tira sur les freins de toutes ses forces.

— Sautez ! ordonna-t-il.

Joël s'élança et se réceptionna souplement au-delà du ballast. Rosie perdit l'équilibre et s'écorcha le coude sur une pierre tranchante. Henderson roula dans l'herbe mais, les bras tétanisés par l'effort, ne put se remettre sur pied qu'avec l'aide de ses agents.

Tandis que le véhicule poursuivait sa course à allure réduite, ils gravirent le talus bordant la voie ferrée et rejoignirent la petite route de campagne menant au dépôt des locomotives.

— Nous nous trouvons à environ trois kilomètres de Larmor-Plage, expliqua Henderson. Tenez-vous prêts à ouvrir le feu. Nous n'avons pas de papiers, et les Boches sont placés en état d'alerte maximale.

Excellent nageur, Luc s'éloignait du quai en apnée. Le faisceau des projecteurs balayait la surface de l'eau. Après avoir franchi un filet antitorpilles, il fit halte sur un banc de vase puis se prépara à traverser la rade, à contourner la pointe de la presqu'île afin de rejoindre la rive ouest. Il ôta sa veste et se débarrassa des munitions qui alourdissaient ses poches. Il envisagea d'abandonner ses bottes mais la perspective de devoir marcher pieds nus lorsqu'il aurait retrouvé la terre ferme l'en dissuada.

Après s'être déchaussé, il les noua l'une à l'autre par les lacets puis les attacha à sa taille. Outre son pantalon et son maillot de corps, il ne conserva que son couteau, sa montre, son pistolet et sa boussole.

— Vous avez entendu ? demanda un Allemand, posté au bout du quai, à une vingtaine de mètres.

Aussitôt, Luc se laissa glisser dans les profondeurs.

Lorient et la presqu'île de Keroman se trouvaient au cœur d'une rade qui, alimentée par deux rivières, s'ouvrait sur l'Atlantique. Cinq cents mètres séparaient Luc de la rive opposée. Il n'aurait eu aucune difficulté à parcourir cette distance en piscine, mais la mer était froide et il devait affronter un courant contraire provoqué par la marée. Tout autour de lui, il entendait gronder le moteur des bateaux de patrouille. Les lampes de recherche l'aveuglèrent à plusieurs reprises, mais sa tête n'était qu'un objet indétectable à la surface de l'eau. Désormais, il n'avait plus d'autre ennemi que lui-même.

Aux deux tiers du trajet, il se heurta au mur de la douleur. Redoutant d'être saisi de crampes et de couler comme une pierre, il envisagea d'appeler à l'aide, quitte à être capturé. Après quelques minutes, il trouva un second souffle et parvint tant bien que mal à atteindre la rive ouest de la rade. Là, il rencontra une digue de béton verticale. À bout de forces, il continua à nager le long de la construction dans l'espoir de découvrir un moyen de se hisser hors de l'eau.

Une haute vague soulevée par un bateau de patrouille le submergea puis le plaqua contre la paroi. Au prix d'un ultime effort, il réussit à regagner la surface. Alors, il aperçut un escalier de pierre dont les degrés détrempés étincelaient sous les rayons de lune.

Convaincu que son esprit lui jouait des tours, Luc parcourut les derniers mètres dans un état second et ne crut à sa bonne fortune qu'au moment où sa main se posa sur la première marche. Son cœur battait à plus de deux cents pulsations minute. Victime d'un terrible point de côté, il haletait et tremblait de tous ses membres.

Lorsqu'il eut retrouvé son souffle, il gravit fébrilement quelques degrés afin de se mettre au sec. Il dénoua ses bottes, les vida puis les enfila. L'eau polluée lui provoquait de vives démangeaisons et lui brûlait les yeux.

Il tituba jusqu'au sommet de l'escalier, s'accroupit sur une promenade de planches vermoulues maculée de déjections de mouettes, puis étudia les environs. À sa gauche se trouvait une casemate. Rien n'indiquait qu'elle fût occupée, tant les effectifs de l'occupant étaient réduits, mais il préféra courir jambes fléchies puis se poster à couvert derrière un muret. Le couvre-feu était en vigueur. Il devait tout mettre en œuvre pour éviter d'être découvert et capturé en possession d'effets militaires britanniques. Il s'engagea prudemment dans une ruelle et déboucha sur la place de l'église. Il en reconnut la silhouette et comprit qu'il se trouvait à moins d'un kilomètre de Kernével, où il avait débarqué trois semaines plus tôt et transporté l'équipement acheminé par le *Madeleine II* jusqu'à l'atelier d'un forgeron complice du réseau de résistance. Il envisagea de s'y réfugier, mais il ne se rappelait pas sa localisation précise, et il redoutait d'être surpris en train d'errer dans les rues du village. Il consulta sa montre : vingt-deux heures quarante. Le point d'extraction était situé à deux kilomètres de sa position. Il pouvait encore l'atteindre à temps au prix d'une course effrénée, pourvu qu'il ne croise pas de patrouille. Or, les Allemands étaient sans nul doute placés en état d'alerte, et la traversée du bras de mer l'avait privé de toute énergie.

.:.

Sachant les plages bien défendues, Henderson avait choisi une falaise pour site d'extraction. Arrivé sur les lieux avec quinze minutes d'avance, il localisa la puissante lampe torche et les vivres qu'Olivier et Michel avaient dissimulés dans un buisson au cours de l'après-midi. Chacun se désaltéra au goulot d'une gourde, puis Joël nettoya tant qu'il put son visage et ses mains incrustés de boue.

— Il y a une casemate à cinquante mètres, et une seconde à quatre-vingt-cinq mètres, dans cette direction, chuchota Henderson. Alors baissez la tête et tenez-vous prêts à tirer.

À vingt-deux heures cinquante-sept, il se posta au bord de la falaise et actionna brièvement la lampe. En se penchant, Rosie découvrit un à-pic de cinquante mètres s'abîmant dans les flots tempétueux.

— Vous croyez que c'est assez profond ? demanda-t-elle.

— Fais-moi confiance, assura Henderson. Place tes mains sur tes épaules, garde les jambes serrées et tout ira bien.

Il enfonça une nouvelle fois le bouton de la lampe. Cette fois, un flash blanc provenant d'une petite embarcation motorisée, stationnée à une centaine de mètres de la falaise, répondit à son appel.

— Va chercher les gilets de sauvetage dans les buissons, ordonna-t-il. Ensuite, tu expliqueras à Joël comment régler les sangles. Et n'oubliez pas de vous débarrasser de vos vestes.

En tournant les talons, Rosie vit Joël accourir dans sa direction.

— Quelqu'un remonte le sentier à vélo, annonça-t-il d'une voix anxieuse.

Henderson s'accorda quelques secondes de réflexion.

— Je dois rester ici pour échanger les signaux. Passez vos gilets en vitesse, puis embusquez-vous de façon à me couvrir et à le prendre de flanc si nécessaire. Tenez-vous prêts à ouvrir le feu.

Les agents se dirigèrent furtivement vers les fourrés. Joël en sortit un gilet de sauvetage et le lança en direction d'Henderson.

Ce dernier aperçut deux signaux lumineux au pied de la falaise.

— Ils sont en position, dit-il. On y va.

Joël gardait les yeux rivés sur le sentier. Désormais il pouvait apercevoir la bicyclette, le guidon équipé d'un panier et la roue avant qui vacillait dangereusement, comme si un vieillard poussait sur les pédales. Il épaula son pistolet-mitrailleur et visa le torse de l'inconnu.

— Attends, je crois que c'est Luc, dit Rosie.

Le cycliste lâcha l'une des poignées et boxa triomphalement les airs.

— C'est bien lui ! cria la jeune fille à l'adresse d'Henderson.

— Seul ?

— Aucun signe d'Antoine, confirma-t-elle.

Joël courut à la rencontre de son coéquipier. Ce dernier laissa tomber la bicyclette. Ruisselant de sueur, il éprouvait toutes les peines du monde à tenir debout.

— Tu t'es mis dans un drôle d'état, dit Joël en l'aidant à enfiler un gilet de sauvetage puis à se traîner au bord de la falaise.

— Je n'en peux plus, soupira Luc. J'ai dû m'arrêter deux fois pour dégueuler.

— Préparez-vous à sauter, annonça Henderson en actionnant sa lampe à trois reprises.

— Luc est à bout de forces, expliqua Rosie.

Henderson jeta sa lampe dans l'herbe puis posa sa paume sur le front du garçon, dont les yeux roulaient dans leurs orbites, signe qu'il était sur le point de perdre connaissance.

— Tu ne vas pas nous lâcher maintenant, fiston, dit-il. Nous allons sauter ensemble, en nous tenant les mains. Compris ?

— D'accord, dit Luc.

Rosie vit une forme se mouvoir dans les hautes herbes, à une trentaine de mètres. Elle s'accroupit et aperçut un casque allemand qui dépassait de quelques centimètres au-dessus de la végétation.

— Couchez-vous ! cria-t-elle.

Ses coéquipiers plongèrent à plat ventre. Aussitôt, une balle siffla au-dessus de leurs têtes. Joël mitrailla les fourrés au jugé. Saisis de panique, deux autres soldats révélèrent leur position par des gestes désordonnés.

— Rosie, Joël, sautez ! ordonna Henderson avant de couvrir leur progression vers le bord de la falaise par un tir nourri de pistolet.

Craignant d'être abattus, les deux agents se jetèrent dans le vide sans hésiter. Henderson vit l'un des Allemands quitter sa cachette et se ruer droit sur lui. Il le tua d'une balle dans la poitrine, mais d'autres coups de feu claquèrent. Le plan initial prévoyait que les membres de l'équipe devaient sauter à tour de rôle afin de permettre à l'équipage du bateau de les repêcher un à un, mais les chances d'être fauché par une rafale étaient désormais plus importantes que les risques de noyade.

Il lança deux grenades en direction des taillis puis prit la main de Luc.

— Prêt ?

Une balle siffla à leurs oreilles. La première grenade explosa au moment précis où leurs pieds quittèrent la terre.

Cinquante mètres plus bas, les bottes d'Henderson percutèrent la surface puis touchèrent le fond sablonneux. Sans lâcher le bras de Luc, il donna un coup de talon pour regagner l'air libre puis s'agrippa à une bouée qui flottait à sa portée. Deux Néo-Zélandais ramenèrent le bout auquel elle était attachée.

— Remontez-le en premier, dit-il en désignant son protégé. Il est épuisé.

Tandis que les marins s'occupaient de Luc, Joël et Rosie saisirent le gilet de sauvetage d'Henderson et le hissèrent sur le pont. Il demeura sur le dos, à bout de souffle, peinant à recouvrer ses esprits.

— Votre équipe est au complet, capitaine ? demanda un matelot. Pouvons-nous rejoindre le *HMS Gulliver* ?

— On ferait mieux de se mettre en route avant que les Boches ne trouvent ma lampe et ne commencent à nous canarder.

Tandis que l'embarcation filait vers le torpilleur amarré à quelques centaines de mètres du rivage, Rosie s'agenouilla au chevet d'Henderson.

— J'ai eu le souffle coupé au moment de l'impact.

Il esquissa un sourire avant d'ajouter :

— Et puis, je crois que je commence à être trop vieux pour toutes ces bêtises.

ÉPILOGUE

Deux semaines plus tard

Le centre de contrôle des missions de CHERUB était établi dans un hangar demi-cylindrique flambant neuf qui empestait la colle et la peinture. Il disposait d'un puissant émetteur radio permettant la communication avec les agents sur le terrain sans devoir s'en remettre aux opérateurs du MI6.

Mais tous les effectifs ayant regagné la base, Joyce Slater, dix-sept ans, comme toutes les filles hautement qualifiées du groupe d'opératrices, passait le plus clair de son temps à travailler sur des *indéchiffrables* : des transmissions qui, une fois décodées, n'avaient strictement aucun sens. Elle était particulièrement douée pour cet exercice.

Chaque matin, on lui confiait cinq ou six de ces messages par courrier, et elle s'estimait heureuse, le soir venu, d'avoir pu en déchiffrer la moitié.

L'enveloppe du jour lui était parvenue une heure et demie plus tôt. Comme à son habitude, elle avait commencé par écarter les cas désespérés, les lignes de code complètement brouillées et celles précédemment annotées par une collègue qui s'y était déjà cassé les dents. Elle tomba sur une note manuscrite rédigée sur une feuille de papier à en-tête de la division radio du MI6.

Chère Joyce,

Caroline s'est essayée sans succès au déchiffrage de ce message, mais vous connaissez bien Lavender, et je suppose que vous êtes la mieux placée pour briser ce code. Sa fenêtre débutera à quatorze heures. Si vous y voyez plus clair d'ici là, faites-le-moi savoir afin d'éviter une nouvelle transmission longue et risquée.

GLT

L'idée que Lavender ait pu envoyer un indéchiffrable amusait Joyce au plus haut point. Elles avaient suivi la formation d'opératrice sur les mêmes bancs et avaient toujours excellé, obtenant des notes comparables lors des examens.

— Voyons à quoi nous avons affaire, dit-elle en posant devant elle une feuille de papier quadrillé vierge.

Aussitôt, elle comprit que sa camarade avait omis la première ligne du poème sur lequel se basait le code. Mais Caroline avait elle aussi soulevé le problème sans parvenir à reconstituer le message. Joyce mit en œuvre quelques astuces courantes, tenta de deviner certains mots en fonction de leur longueur et de localiser les répétitions, mais la transmission était bel et bien brouillée.

Elle s'apprêtait à baisser les bras lorsqu'elle se souvint que Lavender avait l'étrange manie d'encoder indifféremment les dépêches de gauche à droite ou de haut en bas. Et si elle avait chiffré le message dans un sens puis l'avait télégraphié dans l'autre ?

La première tentative de Joyce ne donna rien, mais à la seconde, le texte se forma comme par magie sous la mine de son crayon.

— Eurêka ! s'exclama-t-elle.

Le début du message contenait des informations de routine transmises par le réseau de résistance de Lorient : allées et venues des U-Boot, requêtes matérielles et dernières nouvelles de la région. Joyce apprit qu'Hitler avait personnellement exigé l'exécution du chef de la sécurité de la zone militaire. Enfin, elle déchiffra l'ultime paragraphe.

Mme Mercier a reçu une courte lettre de Marc. Sa provenance exacte a été masquée par la censure, mais il se trouve dans un camp en Allemagne et attend son assignation à une équipe de travail. Il affirme être aussi bien traité que possible et nous prie de ne pas nous inquiéter pour lui.

Joyce n'avait jamais rencontré Marc, mais elle avait assisté à la cérémonie qui s'était tenue en sa mémoire et avait partagé la tristesse de ses coéquipiers. Elle décrocha le téléphone, mais la standardiste l'informa qu'Henderson était en discussion avec un ingénieur de l'armée et qu'il lui faudrait patienter quelques minutes. Elle tourna sa chaise roulante vers la porte de l'abri, dévala la rampe menant à la cour de récréation puis, emportée par son élan, acheva sa course contre le mur de l'école où résidaient les agents.

— Excusez-moi ! lança-t-elle, apercevant une silhouette derrière la vitre dépolie de l'entrée principale.

Luc, vêtu d'un short et d'un maillot de corps, apparut sur le perron.

— Qu'est-ce que je peux faire pour toi, l'éclopée ? sourit-il. Oh, je vois, la pauvre petite infirme a besoin d'un coup de main pour monter les marches. Coooomme c'est triste.

— Aide-moi, espèce de crétin, répliqua Joyce.

— Certainement pas, si tu me lances des insultes, répondit Luc sur un ton faussement outragé.

— Je vais t'apprendre les bonnes manières ! gronda Takada en surgissant dans son dos.

L'instructeur, qui était en train d'initier les plus jeunes résidents au maniement de la matraque, lui en assena un coup violent à l'arrière des genoux, l'envoyant rouler au bas des marches.

— Parfois, j'en viens à douter que tu es un être humain, ajouta-t-il.

Tandis que Luc se tordait de douleur sur le sol de la cour, l'instructeur aida Joyce à se hisser en haut de l'escalier, puis il frappa à la porte du bureau d'Henderson. Lorsqu'elle entra dans la pièce, la jeune fille le trouva effondré dans son fauteuil, devant une mer de documents administratifs.

— J'ai décodé un indéchiffrable, monsieur, dit-elle fièrement en brandissant sa feuille de papier. Et je suis prête à parier que vous allez être fou de joie.